バチカン奇跡調査官

原罪無き使徒達

藤木 稟

角川ホラー文庫
19088

目次

その昔、天草《あまくさ》・島原《しまばら》に大乱あり、
三万七千人のキリシタン達、十二万人の幕府軍と死闘す。

キリシタンを率いるは、天草四郎《しろう》なる十五歳の少年なり。

その少年、マルコム神父によって予言された者なり。

マルコム神父追放の前、『末鑑《すえかがみ》』なる一巻の書物を残し去る。

それに曰《いわ》く、
今より二十五年後、一人の善童が生まれる。

眉目秀麗《びもくしゅうれい》にして聡明《そうめい》。

誕生においては東西の空が赤く焼け、枯れ木に花が咲く。

習わずと全てを悟る。

その頭にクルスを立て海へ野山に白旗たなびき、天地震動せば万民が神を尊ぶ時来れり。

予言の噂は、一六三七年六月から広まり、天草一円にキリシタンの説教が広まれり。

そは島原半島へも、及ぶ。

天人と仰がれし天草四郎なるは、伝説の中の生き神様になるだけの天質をもちし若者なり。

6

彼は美貌《びぼう》と、叡智《えいち》の神童なり。
四郎は時に、壇上に立って説教し、諸方に信者が生まれる。
または、鳩を手に止まらせて卵を産ませ、海の上を歩いて渡り、奇跡を行いぬ。
人は皆、彼を神から遣わされた天人と呼びけり。

プロローグ　苦難の日に我を呼べ、我、汝を助けん

ロビンソン・ベイカーは二十六歳。若き海洋冒険家である。

究極のヨットレースと言われるヴァンデ・グローブ単独無寄港世界一周ヨットレースで完走を果たし、太平洋《たいへいよう》横断最速記録に挑むなど、気鋭の冒険家としてニュースにもしばしば取り上げられている。

また、彼の日に焼けた甘いマスクと鍛え上げられた肉体が、ファッション雑誌の表紙を飾ることもあった。

現在、ロビンソンは「プレスター・ジョン伝説を求めて」という雑誌の企画の為、太平洋を一人、ヨットで航行していた。

プレスター・ジョンの王国といえば、十二世紀から十七世紀にかけて、存在すると信じられた、伝説的な東方キリスト教国家である。

伝説によれば、キリストの弟子の一人トマスが東方へ布教をしに行き、ある国で殉死した。国王はトマスの死後、これを後悔してキリスト教に改宗し、王の息子ヴィザンは王位を継ぐと同時にキリスト教司教も兼ねるようになった。やがて、偉大なキリスト教王『司祭ヨハネス《プレスター・ジョン》』の時代には、イスラム勢力を打ち破り、ハマダーンの都市を征服。イスラム世界との争いを勝利に導く希望として、ヨーロッパ各地でその存在が語られるように

なったのである。

もっとも、ロビンソンには信仰心というものがあまり備わっていなかったので、東方キリスト教国家という響きには思い入れが無かった。だが彼は幼い頃、「プレスター・ジョンの王国には、グリフォンやケンタウロス、ファウヌス、サテュロス、キュクロープス、フェニックスが住んでいる」と書かれた本を読んだのをきっかけに、海洋冒険家を志したという過去があった。

冒険家にとって、プレスター・ジョンの王国とは、アトランティスやエーリュシオンと並ぶほどに有名で、ロマンを掻《か》き立てられる物語なのだ。

そして実際、「航海者たちよ、プレスター・ジョンの王国を探せ」という号令のもと、西欧において大航海時代が幕を開けたというのも、確かな史実であった。

ともあれ、ロビンソンは北赤道海流に乗ってフィリピン沖へ出、そこから黒潮に乗り、日本へ上陸しようとしていた。

ロビンソンは日本などには何の興味もなかったが、雑誌編集部の意向で、「プレスター・ジョンの王国は日本だった可能性がある」という記事にコメントを書かなければならなかったからだ。

陽気な冒険野郎、というフレーズがぴったり似合うロビンソンにとって、日本は到底興味を惹《ひ》かれる国ではなかった。日本人といえば陰湿でよそよそしく、皆が能面のような顔をしているし、日本は彼の祖国アメリカに対し、真珠湾《しんじゅわん》攻撃という卑劣なテロを仕掛けてきた国でもあるからだ。

本来なら上陸するのも忌ま忌ましいほどだが、仕事であれば仕方がなかった。ヨット乗りには大金が必要なのだ。それに上陸予定地の長崎では、雑誌社が高級ホテルを取り、彼のファン達と共に、航海の成功を祝ってくれる筈《はず》だった。

そうしていよいよ黒潮の流れに乗り、あと一日半程度で日本に迫ると思った昼過ぎの事だ。

ロビンソンの耳に、突然の台風情報が聞こえてきた。

「フィリピン北海で巨大台風が発生、速い速度で北上中。付近の海域にいる船舶は厳重警戒するように」

だが、何度か海上での危険を乗り越えた経験を持っているロビンソンは、台風をやり過ごすことが出来ると考えていた。

台風は北上するにつれて、大概は弱くなっていくものだし、その間もヨットは着々と日本への距離を縮めていく。彼の計算によれば、少しばかりの時化《しけ》た海ではあっても、悠々と船を陸に着ける自信があった。

ところが事態はそう甘くはなかった。

夕刻になると、海は激しく時化始めた。

だが当然、大海原の真っ只中《ただなか》に、船を寄せる場所などどこにもない。

「台風は勢力を弱めることなく北上しています」

ラジオから流れる音声に、ロビンソンは息を呑《の》んだ。

今や、船は不安定な揺りかごのようであった。

帆はバタバタと厭《いや》な音を立ててはためいた。

マストが時折、ぎいっと軋《きし》んだ音を立てている。

空を見ると南東から怪物のような黒雲の塊が押し寄せてきている。


もう追いついてきたか、マズいな……


下手に帆を張ったままだと、強風によって船が何処に流されるか分からない。

ぽつぽつと降るだけだった雨も、次第に勢いを増し、シャワーのように激しく船体を叩《たた》き始めた。

ロビンソンはずぶ濡《ぬ》れになりながら、船の帆を畳んだ。

時化や嵐との遭遇など、何度も経験している、今回も大丈夫だと、自分に言い聞かせる。

そんな彼の思いとは裏腹に、海はますます荒れていった。

激しい風雨がデッキを叩き、ドゴドゴという雷のような音を立てている。

「マビリスと名付けられた巨大台風は、勢力を増しながら北上中です。中心付近の最大風速は六十メートル、局地的降雨量は六百ミリに達する見込みです」

ラジオは未曾《みぞう》有の大型台風の到来を告げていた。

もしや、救援を求めるべきだろうか？

ロビンソンは陸との連絡手段である無線に手を伸ばしかけ、その手を止めた。

世界一過酷といわれるヨットレースを完走した男が、これしきのことで音をあげるなど、彼のプライドが許さなかった。

実際のところ、大きなレースでの彼の成功は、バックにしっかりとしたスポンサーが付き、優秀なスタッフが機材の調達やメンテナンスをしてくれたお陰であったのだが、ロビンソン自身はこれまでの成功を自分の実力だと勘違いしていた。

台風の恐怖より、ゴールで彼を待っているはずの声援やインタビュー、そして花束、名声を失う恐怖の方が、彼にとっては大きかった。

そして、自力でなんとか出来る筈だという過信が、彼の判断を狂わせたのだ。

高まっていくばかりの雷雨。激しく揺れる船体。

汗ばんだ手が握っていた無線は、いつしか不通になってしまっていた。

落雷のせいだろうか……。

衛星電話を用意しなかった過怠《かたい》が悔やまれた。

思わず私物の携帯電話を確認したが、表示は当然、圏外である。

ロビンソンはここに及んでようやく、肝がぞくりと冷えるのを覚えた。

もう、助けが呼べない……


絶望と死の恐怖がひたひたと押し寄せてくる。

ロビンソンは身を硬くし、ひとまず船室に閉じこもって危険をやり過ごそうと考えた。

船室の隅で息を殺し、一刻も早くこの時間が過ぎ去ることを願う。

だがやがて、船の上げる悲鳴のような異音が、まるで協奏曲のクライマックスのように高まり、船体が五十度近く傾いた。

ロビンソンは咄嗟《とっさ》に救命胴衣を手に取り、それを身につけた。

そうしながらも、頭の中で慌ただしく海図を思い浮かべる。

船の流され方から考えて、最も近い陸地まではおよそ十五キロ。

外は嵐だ。自力で陸地に泳ぎ着くのはほぼ不可能だろう。

ロビンソンはぐっと奥歯を嚙《か》み締めた。

天井のランプが振り子の様に揺れ、船体が大きく傾いたかと思った次の瞬間、ロビンソンは天井にしたたか頭をぶつけて横転した。


転覆した!

ロビンソンはすぐさま船室の扉に向かって走った。

急がなければ水圧によって扉が開かなくなり、船もろとも沈んで溺死《できし》だ。

船体が沈む際に生じる水流の渦に巻き込まれても、浮き上がれずに溺死だ。

一刻も早く船外に脱出し、船から遠くへ泳ぐしかない。

扉を開くと、短い廊下に海水がみるみる湧き上がってきた。

ロビンソンは船外に続く扉に駆け寄ると、大きく息を吸い込み、押し寄せてきた真っ黒な海水の中へと身を投じた。

懸命に手足を漕《こ》いで距離を稼ぎ、やがて救命胴衣の浮力で海面に浮かび出たロビンソンは、稲光の中、暴風雨の海に沈んでいく彼の帆船を見た。

なんとか沈没に巻き込まれずに済んだとはいえ、どうしていいか分からない。

頭上から繰り返し襲って来る高波と豪雨の中、息さえままならない。

彼が何より愛していた海は今、彼を裏切り、怪物のような口を開けて、彼を呑み込もうとしていた。

ロビンソンは動転しながら陸地の姿を求め、必死で四方を見回した。

だが陸地らしきものは見つからない。

辺りには荒れ狂う空と海とが広がっているばかりだ。

ロビンソンは海面を漂う板切れを見つけると、必死でそれにしがみついた。

それは壊れた船の船板だった。

ロビンソンは考えた。無闇に泳いで体力を消耗するより、このまま板に掴《つか》まり漂流していた方が、助かる可能性が高いのではないかと。ロビンソンと無線連絡が取れなくなったことを心配した誰かが、転覆した船の残骸《ざんがい》と共に漂っている自分をヘリコプターから見つけてくれるかも知れない。

このまま台風さえ通り過ぎれば……

だがその願いも虚《むな》しく、彼は後頭部に激しい衝撃を感じたかと思うと、意識を失った。
それからどれほど時間が経っただろうか。
ふと気付くと、ロビンソンは船板にしがみついたまま、漆黒の闇の中を漂っていた。
後頭部に痛みを感じ、触ってみるとぬるりと血の感触がする。
どうやら船の残骸に頭をぶつけ、失神していたらしい。
手足はすっかり冷え切っていた。
苦労しながら救命胴衣のポケットを開き、彼は防水携帯を取り出した。
やはり通話の表示は圏外のままだ。
時刻は午前二時半だった。
自分がどれだけ流されたのか、ロビンソンには最早《もはや》分からなかった。
転覆した現場からは、かなり遠ざかってしまったようだ。船の残骸は周囲に見当たらない。大海原にたった一人だ。これでは上空から見つけて貰《もら》うことも難しいだろう。

雨は幾分小雨になったものの、相変わらず降り続けている。

せめて星が見えれば陸地の方角に見当がつくというのに、夜空は厚い雲に覆われていた。

夜の冷たい雨が、体温を容赦なく奪っていく。

四肢の感覚も麻痺《まひ》してきた。

このままでは死を待つしかない。

黙って死を待つぐらいなら、体力の続く限り泳いで死にたいと思う。

だが、一体、どこへ泳いでいけばいいのだろう。


　どうか、神よ……

ロビンソンは生まれて初めて心から神に祈った。

神よ！　私を陸地へとお導き下さい！


その瞬間だった。

ロビンソンの視界に、ちらりと不思議な物が映った。

光だ。

灯台やブイの放つ光とは全く異なる、淡く厳かな光だ。
ロビンソンは不思議な光に吸い寄せられるようにして水を掻《か》き始めた。
がむしゃらに一直線に、ゴールを目指して彼は泳ぎ続けた。
蓄積した疲労が、身体を鉛のように重くする。
やがて朦朧《もうろう》とし始めた意識の中で、ロビンソンは信じられないものを見た。
奇跡だ。
漆黒の海上に、主キリストの姿が浮かび上がっているではないか。
瞬間、ロビンソンの魂はわなわなと震えた。

おお、神よ！

混濁していた意識は冴《さ》え、失われていた力が四肢にわき上がってきた。
主の元へ行こう。あそこに行けば、必ず助かる筈《はず》だ。
ロビンソンは強い確信を胸に、神々しいキリストの姿を目指して泳いだ。
海水との過酷な格闘は数時間にも及んだだろう。
だが彼は諦《あきら》めることなく泳ぎ続けた。
主の御力《みちから》がなければ、主の守りがなければ、到底それも叶《かな》わなかっただろう。
とうとう主の足元まで迫ることが出来たロビンソンは、その時ようやく自分が陸地の近くまで辿《たど》り着いたことを知った。

身体を引きずるようにして、陸に這《は》い上がる。

そこから見上げたキリストは大きく、安らかな光に包まれていた。

頭に茨《いばら》の冠を被《かぶ》り、左手に羊飼いの杖《つえ》を持ち、優しげに微笑んでいる。

奇跡と呼ぶしかない不可思議な光景に、ロビンソンはおののいた。

主よ、お救い下さり、感謝します

ロビンソンが祈りを終え、視線を上げた時、再び奇跡は起こった。

キリストはまるで満足したかのように少しずつ光を失い、その御姿を闇へと溶け込ませたのだ。

ロビンソンは慌てて辺りを見回した。だが、最早、主の姿はどこにもなかった。

目の前には二十メートルばかりの高さの崖《がけ》面がそそり立っている。

他にあるのは岩と砂ばかりだ。

辺りを見回しても、街灯や民家や車のライトは見当たらない。

無人島にでも漂着したのだろう。

とにかく雨宿りをと思い、岩陰を目指して歩き始めた所で、ロビンソンの体力は限界を迎えた。

彼は膝《ひざ》から地面に崩れ落ちた。

最早、指先ひとつ動かすことができない。


折角助かったのに、このままじゃ凍死だぞ……

せめて濡《ぬ》れた身体を拭《ふ》かなければ……


焦る気持ちと裏腹に、瞼《まぶた》さえもが重く垂れ下がってくる。

だがその時、ロビンソンは薄れゆく意識の中に見たのだ。

長い黒髪を靡《なび》かせた美しい天使が海辺を歩いてくるのを。

天使は柔らかに微笑んで、ロビンソンの身体にそっと触れた。

温かなぬくもりと安堵感《あんどかん》に包まれるのを覚えた次の瞬間、ロビンソンの意識はぷつりと途切れた。

第一章　東方の奇跡の地へ

1

　バチカン市国。

　イタリアはローマ、テベレ川の西に位置する、面積・人口ともに世界最小の独立国家。

　イエス・キリストより「天国の鍵《かぎ》」を授けられた聖ペテロの代理人たる、ローマ法王の住まう場所。

　別名、「魂の国」とも呼ばれる其処《そこ》は、全世界に十二億人余りの信者を持つカソリックの総本山だ。三二四年にローマ皇帝コンスタンティヌスが、ペテロの埋葬地に最初の聖堂を建設して以来、キリスト教世界に多大なる影響を与え続けている。

　先頃バチカンではコンクラーヴェが行われ、中南米出身者としては初、ヨーロッパ以外からは約千三百年ぶりの新法王が誕生した。

　新法王は、世界各国で教育機関を運営する男子修道会のイエズス会に属している。イエズス会からの法王選出も初めてのことだ。

　ただ、新法王が引き継ぐのはスキャンダルまみれのバチカンであった。欧米諸国では、カソリック神父による子供への性的虐待が次々と明るみに出ている。失墜した教会への信頼を取り戻さなければならない。指摘されている法王庁の不正会計問題や、マネーロンダリング《資金洗浄》の疑惑にも対処する必要がある。

様々な外圧を受け、新法王は身内の犯罪に対する断固とした対応、不正追放に向けて取り組む姿勢を積極的に提示することが求められていた。

実際、バチカン内でも改革の試みはいくつか開始されたが、千七百年間もの長きに亘《わた》って盤石に築かれた組織構造、権力構造にメスを入れることは容易ではない。

バチカンは現在、難しい舵《かじ》取《と》りを迫られていた。


そんなバチカン内には、『聖徒の座』という秘密の部署が存在する。

バチカン市国中央行政機構の内、列福、列聖、聖遺物崇拝などを取り扱う『列聖省』に所属し、世界中から寄せられてくる『奇跡の申告』に対して、厳密な調査を行い、これを認めるかどうか判断して、十八人の枢機卿《すうききょう》からなる奇跡調査委員会にレポートを提出する部署である。

かつての『異端審問所』が魔女などを摘発する異教弾劾の部署であったのに対し、『聖徒の座』は、法王自らが奇跡に祝福を与えるという目的で設立された経緯がある。

奇跡調査官達は皆、某《なにがし》かのエキスパートであり、会派ごと、得意分野ごとにチームを組んでいる。そして日々、バチカンに報告されてくる様々な奇跡の調査に明け暮れ、世界中を飛び回っていた。

だが、バチカンにはドミニコ会、イエズス会、フランシスコ会の三大派閥のほか、カルメル会、トラピスト会、サレジオ会、シトー会など様々な会派があり、会の数だけの秘密と摩擦があった。

大抵の場合、奇跡申告がなされた教会の調査は、その教会の属する宗派が行うことになっている。そしてそこには、宗派ごとの決まりや事情や裏の歴史が絡んでいる。故に、違う派閥の者同士は迂闊《うかつ》に会話すらできない。

そうした『聖徒の座』にも、改革の動きが始まりつつあった。

聖徒の座の責任者の一人であるサウロ大司教によって、『禁忌文書研究部』なる新たな部署が設けられたのだ。

『禁忌文書研究部』は、長い間バチカンの古書室に封印されていた『危険な書物』を解読し、まとめ上げていくという役目を担っていた。こうした文書に手をつけるのは、バチカンの歴史上初めてのことだ。

さらに『禁忌文書研究部』の構成員がまた問題であった。法王からの指示でサウロ大司教が選んだ『聖徒の座』の学者達が、会派や階級を超えて集められたのだ。

それはバチカン内において極めて異例のことであり、バチカンが危機にあるこのような時期にやるべきことではないと声高に非難する声もあったが、法王のたっての願いであり、意志であるという文書が開示されたために、保守的な枢機卿達も今回ばかりは特例を認めざるを得なかった。

古文書・暗号解読のエキスパート、ロベルト・ニコラス神父は、『禁忌文書研究部』のメンバーに選ばれた一人であった。

ただし、禁忌文書研究部のメンバーの名は公表されておらず、メンバー同士が互いに顔を合わせることも未《いま》だない。

身分証代わりの磁気カードで出入りを許される『聖徒の座』の一角、常時守衛に守られた厚い扉と鉄格子の奥に、歴代のバチカン上層部の面々が目を通した後、世に公表すべきではないと判断された古書達が眠っている。

ロベルトは指定時間にそこへ到着し、本人確認と身体検査を受けると、鉄格子の脇に取り付けられた生体認証スキャナに掌《てのひら》を翳《かざ》して、パスワードを打ち込んだ。

鉄格子が開いた先には金庫室のような書庫がある。だが、直接そこへは入れない。

脇の廊下を進むと、地下へと続くエレベーターが四基もある。それらは禁忌文書研究部のメンバーが互いに顔を合わせないよう、制御されていた。

使用可能なエレベーターを選んで階下へ降りる。

担当官から資料の入った箱を受け取り、サインを書く。

それからロベルトは、自分に与えられた個室にそれを持って入った。

途端に背後で電子ロックの音が響く。

廊下で他のメンバーと顔を合わせる可能性があるという理由から、勝手な部屋の出入りは禁じられていた。外出の際は、担当官の許可を得て解錠してもらう。

そう聞くとまるで牢獄《ろうごく》のようだが、個室内部は意外に快適だ。

空調は良く、コンパクトな洗面台とトイレも備わっている。

机と椅子とベンチが一つずつ。ローカルネットワークに繋《つな》がれたパソコンとスキャナ。卓上ルーペと道具類。天井には監視カメラが二台ついていた。

個室に私物を持ち込む際には届け出が必要であり、当然ながら情報漏洩《ろうえい》に繋がるカメラや携帯電話などは持ち込めない。

ロベルトは既に許可を得て、愛用の文房具やトレース用紙を部屋に備え付けていた。

白手袋をはめ、利き目にモノクルをつけて、そっと資料を開く。

ロベルトにとって、夢にまで見た禁忌文書の解読である。

彼は自分がこのメンバーに選ばれたことを心から誇りに思い、舞い上がったが、それと同時に、サウロ大司教が何らかの深い考えを持ってこの部署を作ったことにも感づいていた。

それは『禁忌文書』を解読したり、修復したりしていれば自《おの》ずと分かることであった。

先日からロベルトが取り組んでいるのは、スペインのサンタ・マリア・デ・モンセラート修道院において、一六三三年三月二十一日の復活祭に行われた儀式について記した秘密文書であった。

モンセラート修道院といえば、黒い聖母（ヌエストラ＝セニョラ・デ・モンセラート）が安置されている、カタロニアで最も有名な巡礼地のひとつである。

この黒い聖母像には不思議な伝承があった。

西暦八八〇年。羊飼いの子供達が、モンセラートの岩山に空から不思議な光が美しいメロディとともに降りてきて山の山腹に留《とど》まるのを見、洞の中を調べたところ、黒い聖母子像を発見した。知らせを受けた町の司教は、聖母子像を山から降ろそうと試みたが、どうしても動かなかった。発見された場所に留め置くべきだと悟った司教は、聖母に祈りを捧《ささ》げる修道士の庵《いおり》を現地に設けることとした。それがモンセラート修道院の起源である。

黒い聖母は現在も、磔刑《たっけい》のキリスト像の真上に、あたかも聖堂の主祭神であるかのように安置され、フランスのルルドの聖地、サラゴサのエル・ピラル聖堂などと並ぶマリア信仰の聖地として、人々の崇敬を集めている。

ともあれ、カソリック世界の最古の修道会であるベネディクト会と、有名な黒い聖母子像に纏《まつ》わる暗号文書とあれば、ロベルトの食指が動かぬ筈《はず》はなかった。

ロベルトは試行錯誤の末、暗号文が『ルルスの円盤』を応用したものだと見破った。

ルルスの円盤とは、複数の文字列を組み合わせる機械仕掛けの円盤表である。

考案者であるライムンドゥス・ルルスは、十三世紀の人物で、十字軍《じゅうじぐん》遠征が終わる時代にイスラムへの伝道活動を行ったことで知られる、フランシスコ会の修道士だ。

マジョルカの著述家であり、ヘルメス学の哲学者だった彼は、理学にも明るく、ゴットフリート・ライプニッツにも影響を与えた。法学面では、ローマ法の注解者としても知られている。

『啓蒙博士《けいもう》』の異名を持つ彼は、自らの神秘体験から『ルルスの術』なるものを考案し、その一部が模倣されてイングランドに伝わったことから、彼をイングランド錬金術の祖、異端の錬金術師として見る者もいる。

ともあれ、ルルス自身が用いた円盤は、三つの同心円から出来ていた。それぞれが歯車で組み合わされ、三枚の円盤を回転させることによって任意の三文字の組み合わせを作る。

文字には予《あらかじ》め、それぞれ意味を定めておく。例えば「Bは善人、Cは偉大、Dは慈悲」といった具合にだ。そうして円盤を回転させ、無思索のうちに現われた文字の組み合わせを、神の啓示や宇宙の真理として受け取るという、元来、神秘主義的な意味合いの強いものであった。

何故それが真理となるかといえば、神の作った言語《ロゴス》がこの世界を成り立たせている以上、世界は文字の組み合わせそのものだからである。

例えばネコという言葉は、獣の猫がいたから生まれたのではなく、猫の存在の有る無しを問わず、予め神によって作られていたのであり、獣の猫を表す表音が世界中で異なり不完全なのは、神の完璧《かんぺき》な原始語が失われた為なのである。

そこで、文字の並び替えが出来る文字盤が示すアルファベットの組み合わせを通じて、神の真理に到達しようとする方法が模索された。それを結合術《アルス・コンビナトリア》と呼ぶ。

実際にルルス盤で文を作ると、象徴的で神秘的な文章が出来あがるものだ。

そして後期ルネサンスをピークに拡大したルルス術学派の発展と、暗号術の発展は、言語学への関心の高まりから、足並みを揃えることになった。

ことに中世の修道士達は、アルファベットが示す意味や使用する文字数、文字の組み合わせなどの暗号を会派や組などの単位で決め、会派ごとのルルス盤をよく用いた。

それを解く方法は、例えば文中に意味不明の文字列が現れた際、それを置換暗号と考え、特殊な使われ方をしている文字や複数回登場するアルファベットに着目しながら、前後の脈絡と照らし合わせ、意味を繋いでいくのである。

ロベルトは秘密文書の暗号化された箇所に、自分の知る祈禱《きとう》文が含まれていることを手掛かりにして解読作業を進め、全文の解読に成功した。

作業の為に、彼は現存する歯車仕掛けのルルス盤を参考に、自作のルルス盤まで作成していた。

それは九文字からなるものであった。単純な置換暗号なら、九文字で示せる意味は僅《わず》かだが、それを同心円上に三列並べて組み合わせれば、表現の幅が格段に広がり、文を書くことができる。

単純な例でいえば、「飛ぶ」「鳴く」「羽」なら鳥が連想できるし、「飛ぶ」「速い」「機械」なら飛行機が思い浮かぶ。そのように、イメージを伝える事が出来るのだ。

ともあれ、文書の冒頭には、次のように書かれていた。

『一同は集うと、まず十字架にかけられたキリストの像を、次々と足で踏み、そうして唾《つば》を吐きかけた』

その点について、ロベルトは特別な驚きを感じなかった。

キリストの受難と復活を虚偽だとするグノーシス派の一派では、そうした行為がしばしば行われていたことを、知識として知っていたからだ。

グノーシス主義では、「物質的・肉体的なもの」と「霊的なもの」とを対立的に考える二元論をとり、前者を悪とし、前者と後者は相容れない存在であると考える。

従って彼らは、「イエスが神であるならば、神が劣悪な肉体をまとうはずがない」と主張し、「イエスは元々霊的な存在であった。肉体として生まれたり（受肉）、十字架の上で苦しんだり死んだりすること（受難）もなく、肉体の復活もなかった。復活のイエスは、霊的に現れて啓示を伝えたものである」との立場を取る。

イエスの肉体は、クレネのシモン（キリストの十字架を代わりに背負った男）の体を借りたに過ぎず、磔刑となって死んだのはシモンだったというのだ。

こうした思想を背景に、原始キリスト教の儀式においても、十字架を冒瀆《ぼうとく》したり、キリストを拒否することで成立する象徴劇が行われていた。

また彼らは、肉体を持つ人間を「悪神によって創造されたもの」とし、絶対の禁欲によってしかそこから解放されることはないと説いた。

無論、イエスが最初から霊的存在であれば、「人類の代償として犠牲となり、罪をあがなう」必要もないことから、贖罪《しょくざい》という概念も否定される。むしろイエスは地上を否定するために、人間の肉体を借りた、というのである。

こうした考えからグノーシス主義者たちは、教会にいながらも十字架を憎悪し、これに唾を吐きかけるのだ。

ロベルトは文書の続きを読み進めた。

『一同は黒聖母の前に、バフォメットの像を飾った。

それは髑髏《どくろ》の上に乗った両性具有の神像で、手には太陽と月を模した飾りのついた杖《つえ》を持っていた。それから一同は槍《やり》で七面鳥を突き刺して殺し、その生き血を杯で飲み干し、聖なる母へ祈禱を捧げた。

おお、偉大なるイシスよ
貴方《あなた》こそは神々の創造主。永遠の母
本当の聖母であらせられます
貴方は死と生を司《つかさど》る御方。そして処女にして子を宿した天の母

ご覧下さい、私達はキリストの身体を貫いた槍を手に持ち、
その血を分かち合った兄弟です
私達は貴方の光に照らされます
永遠に勝利するイシスとその子たるホルス
キリストはあなたの息子であります
キリストは平和な後光を発しながら、地獄から復活し、
永遠に世界を統治するでしょう
その為の基を、私達は築くことを誓います
彼の平和な後光が世界に届くように
貴方の英知を売った裏切り者は、処罰されます
知は永遠に貴方と我らのもの
あらゆる試練に、我らは殉教をもって報います』

ロベルトの額にじわりと脂汗が滲《にじ》んだ。

光に照らされた者……。自らをそう呼ぶのはイルミナティに他ならない。

カソリック世界の最古の修道会であるはずのベネディクト会が、かくも異様な儀式を行っていたなど、こんな文書を表に出せる訳がない。

そしてもう一つの禁忌。

それは黒い聖母に纏《まつ》わる事柄であった。

黒い聖母。そう呼ばれる聖母子像は、フランスなどヨーロッパ中西部、特に古くケルト人たちが活躍した地域を中心に、四百体ほどが確認されている。十字軍の時代に作られたものが多数だ。

何故、それらが黒いのか。

おそらく土着の地母神信仰とマリア信仰が入り混じった御姿《みすがた》なのだろうとは、容易に推測できた。地母神が黒いのは、土が黒い為である。

ところがこの文書によれば、彼らは聖母子を「イシスとホルス」と呼んでいる。

イシスとは、エジプト神話の女神・アセトのギリシャ語読みである。この女神の名は玉座の象徴ともされ、殺されてバラバラにされた夫の遺体を集め、繋《つな》ぎ合わせて復活させるなど、生と死を操る強大な魔力を持つとされていた。

つまり、イシスには魔女としての側面があったのだ。

イシスに対する信仰は、紀元前一〇〇〇年紀にはエジプトから地中海《ちちゅうかい》沿岸全域に広がり、共和政末期にローマへ持ち込まれて発展した。

そして、二〇〇年頃にはローマ帝国全域でイシスは崇拝されていた。

その当時のイシスは「永遠の処女」とされ、オシリスの死後、処女のままホルス神を身ごもったといわれ、「天上の聖母」「星の母」「海の母」など様々な名で呼ばれていた。

それがやがてキリスト教の隆盛とともに、マリア信仰に取って代わられた。

エジプトにもコプト派キリスト教が広まると、イシス神殿は聖母マリアを祀《まつ》る教会として使用されたという。

イシスは「永遠の処女」となって聖母マリアと同一視され、イシスの強大な魔力を操る側面は忘れられていった……とするのが、定説である。

ところがここでイシスは再び「永遠の処女」であり、かつ「死と生を司る女神」と呼ばれていた。処女であることと魔力を持つことが共に肯定され、「本当の聖母」と讃《たた》えられている。

そのようなイシスに対する信仰が、ベネディクト会の本拠地であるモンセラート修道院で息づいていたとは、実に驚くべきことであった。

さらに儀式を行った者達らは、髑髏の上に乗り、手には太陽と月を模した飾りのついた杖を持つ、両性具有のバフォメット像を信仰していた。

バフォメット像——中世において多くの騎士団が崇《あが》めたというこの奇怪な像は、イシスとホルスの合体した姿だったのではないだろうか。

ホルスが「左右の眼が太陽と月」と表される男神であることと、古文献においてバフォメットが「太陽と月を模した杖を持つ像」として登場することは、無関係ではあるまい。

それにしてもこの場合、「裏切り者」とは誰のことだろうか……

そんなことを考えながら、ロベルトはふとミサの日付が何かの記憶と絡まっていることを感じとり、記憶の糸を手繰った。

一六三三年といえば、検邪聖省がガリレオ裁判を行った年である。

そしてガリレオは有罪となり、サンタ・マリア・ソプラ・ミネルヴァ教会にて、自らの地動説を過ちだったと否定したのだ。

ミネルヴァ……。彼女もまた知恵と魔力を持つ女神であった。古《いにしえ》のローマ人は、詩・医学・商業・製織・工芸・魔術を司るこの女神を尊崇した。芸術作品などでは、知恵の象徴であるフクロウと共に描かれることが多い。

異端審問所（検邪聖省）が、異端を根絶する為の宗教裁判を行うという名目で「異宗派の知識狩り」をしたことは明白だ。ガリレオが罰せられたのも、神と法王を侮辱する「地動説を唱えたから」ではなく、彼が罰せられたのは、当時の最先端の知識を、特権階級以外に広めようとした罪に対するものだったのだろう。

そのようにして「狩られた」知識は膨大な極秘文書となって、検邪聖省を率いるバチカンと、カソリック各宗派の本拠地に蓄えられていった。

それを支えたものは、知識に対する並外れた所有欲と独占欲ではなかったろうか。いや、そんな言い方は生温《ぬる》い。妄執にも似た、狂おしい情熱だったろう。

自身にもそうした情熱があると自覚するロベルトだからこそ、彼らが理解できる。

イルミナティ。

知恵という名の光を求める教団。

彼らは一体、いつから、どこから現れた存在なのだろうか。

ミネルヴァ教会と旧女子修道院の敷地の周辺には、古代ローマの時代の女神ミネルヴァの神殿、イシスの神殿、セラピスの神殿があり、この教会に隣接するドミニコ会の修道院の庭からは、エジプトのオベリスクも発見されている。

それらの時代に萌芽《ほうが》を求めるとすれば、彼らの起源は恐ろしく古い。キリスト教以前の、エジプト神話の影響を受けたローマ支配階級の聖所から生まれ落ちた組織ということになる。

カソリック最古のベネディクト会の誕生は五二九年。

モンセラートのベネディクト会修道院の設立は八八〇年。

そして一五五二年、イグナチオ・デ・ロヨラはモンセラートのベネディクト会修道院を訪れ、そこで啓示を受けたとして、後年、イエズス会を作っている。

そのイエズス会のシンボルIHSは、「救いの人イエス（Iesus Hominum Salvator）」の頭文字であると同時に、イシス、ホルス、セトのエジプト三神の頭文字でもある。

それらはただの偶然なのか？

それとも全ては闇の系譜で繋がっているのか。

この先、禁忌文書の解読が進めば、おのずとそれは明らかになるだろう。

そして、彼らの影響力がどれほどカソリック世界に及んでいるかも、明らかにならざるを得ない。
サウロ大司教は、一体、何をなさるおつもりなのか
恐らくはバチカンに蔓延《はびこ》る闇の勢力を洗い出す、その下準備……
だが、それは余りにも危険過ぎる……

ロベルトは空恐ろしい気持ちを吹っ切るように、パソコンに向かってレポートを書き始めた。

今は何も考えるまい。ただ、与えられた任務を遂行するだけだ。

レポートを書き終えると、時計は午後二時を示していた。

ロベルトは遅い昼食を摂《と》ることにした。だが、外に出るのも億劫《おっくう》なので、食事を部屋に運んでもらうことにする。

まるでホテルのルームサービスと言いたい所だが、運ばれてきたラテは冷めていた上、パニーニは固く、ロベルトの口に合わなかった。

ロベルトは溜息《ためいき》を吐き、しばらくベンチで休憩を取ると、再び新たな気持ちで次の書類に向き合った。

続いて彼が取り組んだものは、中世イエズス会の布教の記録に纏わる書類の束であった。

最初にざっと目を通し、全体像の把握に努める。

それから暗号部分に目を落とし、再び彼は謎に対する戦いを開始したのだった。

2

解読作業に一段落がついた所で、ロベルトは帰宅を願い出た。

時刻は既に午後八時を回っている。

彼が一旦《いったん》『聖徒の座』に戻り、メールと携帯をチェックすると、そこには仕事の連絡メールに交じって、滅多にメールを寄越《よこ》さない友人からのメールが届いていた。

差出人は平賀・ヨセフ・庚《こう》。ロベルトの奇跡調査の相棒である。


ご相談したいことがあります。　　　　　　平賀

今の時間なら、平賀はまだ科学部の実験室にいるだろうと見当をつけ、電話をかける。

『はい、平賀で……あっ』

その時、受話口から何か重い物体が倒れる異音が響いてきた。

「君、どうかした?」

『いえ、何でもありませんから、気になさらないで下さい。そんな事よりロベルト神父、メールは見て下さいましたか?』

「見たよ。相談したいことがあるって?」

『はい、大変お忙しい所を申し訳ないのですが、実は、フランシスコ会が南インドのゴアに建築中の教会がありまして、その近くの海から、二メートル十七センチという長さの、銀製の磔刑《たつけい》のキリスト像が引き上げられたんです。なんでも最初は漁師の網にひっかかったそうで、現場に居合わせたセザール・パストロ神父が像を引き取り、教会に持ち込んだとか。そして、その十字架についていた汚れや貝などを丁寧に剝《は》がしていきますと……』

暴走車のような勢いで喋《しゃべ》り出した平賀の言葉を、ロベルトは大きな咳払《せきばら》いで遮った。

「君、今は何処にいるんだい」

『私ですか? 科学部の実験室です』

「そう。僕も丁度、聖徒の座で帰り支度をしているところなんだ。もう時間も遅いことだし、良かったらその話、僕の家で夕食でも摂りながら、ゆっくり聞かせてもらえないか?」

『成る程、それは素晴らしいご提案です。私も調査に行き詰まっていた所ですし、ご相談に乗って頂けると助かります。それでは今からお迎えにあがります』

プツリと電話は切れ、暫《しばら》くすると息を弾ませた平賀が姿を現した。

＊　＊　＊

ロベルトはお気に入りのボサノバを流しながら、台所に立った。

蒸し暑さを感じ、空調を強めにかける。

今日のメインはラムチョップだ。冷蔵庫から取り出し、塩胡椒《しおこしょう》とローズマリーをまぶして、室温に戻しておく。オーブンを予熱しておく。

ジャガイモは洗って皮付きのまま小さめに切り、レンジで軽く火を通してローズマリーをまぶしておく。

赤と黄のパプリカは縦半分に切り、種と軸を取り除く。ズッキーニとマッシュルームは一センチほどの厚切りに。トマトは二つ切りにしておく。

耐熱皿に野菜類を並べ、塩胡椒とスパイスをふり、オリーブオイルを回しかける。

次に、叩《たた》いたニンニクをフライパンに入れ、少なめのオリーブオイルをかけて弱火で熱する。ニンニクの香りがしてきたら、アンチョビを加えヘラで混ぜ、ペースト状になれば、前菜用のアンチョビソースの完成である。

予熱したオーブンで、野菜のグリルを始める。

室温に戻したラム肉は、熱したフライパンに刻みニンニクと共に入れ、両面に焦げ目を付けたところで皿に取り出し、少し休ませておく。

同じフライパンでアスパラを綺麗《きれい》な緑色になるまでソテーし、アスパラを取り出す。

同じフライパンに赤ワインとバルサミコ酢を入れて煮詰め、ソースを作る。

加熱中のオーブンから適量のパプリカとトマトを取り出し、代わりにラム肉を投入して引き続き加熱する。

前菜用に取り出したパプリカとトマトは、しばらく冷ましておく。

その間にリゾットを作る。

玉ネギを刻んで鍋《なべ》で炒《いた》め、米を加えてさらに炒める。ストックしていたブイヨンスープを加え、パルミジャーノ、少量のオリーブオイル、白ワインを足して蓋《ふた》をし、沸騰するまでは強火で、その後は弱火で十五分間ほど炊き込む。

続いて前菜を作る。

冷めたパプリカの皮を剝《む》いて細かく刻み、チーズを塗った胚芽《はいが》クラッカーの上に載せる。アンチョビソースをかける。上にバジルの葉を置く。

ピクルスをスモークサーモンで巻いた口休めを作る。チーズを切る。

それらを前菜用の皿に見栄え良く並べ、ハーブのサラダを端に盛り、刻みトマトとアンチョビソースを絡めたドレッシングをかけた。

ロベルトは出来上がった前菜とカトラリーをテーブルに並べ、ワインを選ぶと、別室で読書をしていた平賀に声をかけた。

汚れたキッチンを片付けている間に、リゾットが出来上がった。味の調整をし、深めの皿二つに取り分け、赤い野イチゴの粒を散らす。アスパラの緑を中央に置く。それらをテーブルに運ぶ。

最後にオーブンからこんがり焼けたラム肉と野菜のグリルを取り出した所で、丁度、平賀がダイニングに入ってきた。

平賀がちょこんと椅子に座る。

ロベルトはテーブルの中央に、ラム肉と野菜のグリルを置いた。

ラム肉の上から赤ワインのソースをかけると、ジュワッという音と共に、香ばしい匂いが辺りに立ち込めた。

「いい香りですね。いつも素晴らしい料理を有り難うございます、ロベルト神父。こんなに複雑な料理が自宅のキッチンで出来るなんて、信じられない思いです」

平賀が感心して言った。

「いや、別にそれほど複雑な料理じゃないんだよ」

「そうですか？　私にはとても複雑そうに見えますが……」

調査の対象物でも見るかのように、じっとテーブルを観察し始めた平賀に、ロベルトは慌てて言った。

「冷めないうちに、召し上がれ」

「はい」

と、平賀はニッコリ微笑み、言葉を続けた。

「ロベルト神父、いつもこうしてお招きして頂くばかりですみません。私の家は今、内装をしているところなんです。出来上がったら、ご招待しますね」

(何だって!?)

と、ロベルトは思わず耳を疑った。

生活全般に関してはとことん無頓着《むとんちゃく》、ゴミの山と化した自宅で平然と暮らしている平賀が内装工事などとは、実に驚くべき話題であった。

彼のことだから、家に実験室でも作るつもりなのだろうか。

「そうなのかい。楽しみにしているよ」

ロベルトは曖昧《あいまい》に微笑んで答えた。

二人は食前の祈りを済ませると、ワインで乾杯をした。

「パーチェ」

平賀は機嫌良く前菜をつまみ、グリル野菜と野イチゴをつついている。

ロベルトがラム肉の焼き加減に満足しつつ、ワインを堪能《たんのう》していると、平賀がおずおずと話し始めた。

「あの……先程の話の続きなのですが」

「ああ、そうだったね。ゴアに建築中の教会近くの海から、磔刑のキリスト像が発見されたとか」

「そうなんです。偶然、漁師の網にかかったのです。汚れを取ってみますと、本物の銀に金細工を施した作りであると分かりました。このような立派な彫像が、建築中の教会近くで発見されたのは、神の御意志の証《あかし》であり奇跡に違いないと、私の所へ鑑定依頼が来たのです。

科学部で詳しく調べてみますと、十字架内部には空洞があり、全体が箱状の構造を持っていることが分かりました。そして、蓋を開けた中にはカソリックの式典に必要な道具類と書簡が入っていたんです」

「書簡か。何と書かれてあったんだい」

「可能な限り復元したのですが、読めたのは僅《わず》かな部分だけでした。ラテン語で『神の御恵みを東方の地に伝えよ』と」

ロベルトは「ふむ」と頷《うなず》き、リゾットを口に含んだ。塩分と僅かな酸味のバランスが良い味わいだ。

「年代鑑定の結果、彫像は四百年から四百五十年ほど前に造られたものだと分かりました。よくできた鋳型彫像で、内部にあった道具類からは複数の指紋が出ています。

鋳型彫像であるからには、他にも何体か造られていたに違いありません。そこで、十五、六世紀頃に造られた十字架を片っ端から画面照合してみたのですが、一致する形のものは見つかりませんでした。

十字架彫像がどこで造られ、どういう経緯でゴアの海から発見されたのか。他に特定の手掛かりになると思われるのは、道具類とそれらを収めていた小箱です。

小箱はメッキをした銅と象牙《ぞうげ》でできており、細かな彫琢《ちょうたく》が施されていました。類似画像を検索しますと、プラート大聖堂にあるマーゾ・ディ・バルトロメーオの十五世紀の作品に似ていました。そして、小箱の中には『聖なる帯』が入っていました」

「成る程。教会の祭壇が現在のような銀製になるまでは、祭壇にかける『聖なる帯』を専用の箱に保存するのが通例だったからね。マーゾ・ディ・バルトロメーオといえば、サンティッシマ・アンヌンツィアータ礼拝堂などを造ったミケロッツォの弟子だ。あとは『聖なる帯』をよく調べれば、それを造らせた人物も特定できるんじゃないのかい？　通常、聖なる帯には、それを造らせた人物の紋が刺繍《ししゅう》されている筈《はず》だ」

「はい。私もそう思って色々と調べてみたのですが、紋というのは歴代の法王や枢機卿《すうききょう》など何万もの種類が存在しているようで、専門ではない私には見当のつけようがなかったのです。布に傷みやすり切れが多いせいで、類似画像検索もままならず。そこで、ロベルト神父のご意見を伺えればと……」

「よし。僕に、その帯の紋を見せてくれ」

「はい、お願いします」

平賀は足元に置いていた愛用のボロ鞄《かばん》から、ノートパソコンをごそごそと取り出した。

ロベルトはその間に、平賀の取り皿の上へ、そっとラム肉を盛りつけてやった。

平賀はパソコンに数枚の写真を表示させ、ロベルトに示した。

赤と金糸で綴《つづ》られた幾何学模様と鏤《ちりば》められたイコンらしきものがある。その中央には、一つの紋があった。画像処理を施されてはいるものの、かなり不明瞭《めいりょう》だ。

ロベルトは記憶の中のデータベースを参照しつつ、問題の紋をじっと見詰めた。

やがて彼の脳裏に浮かび上がってきたのは、赤い球体の中に、生まれたばかりの幼い黄色のドラゴンが脚の無い身体を丸めているという姿であった。

ロベルトの答えは、意外に簡単に出た。

パソコンの画面から顔を上げると、子供のように瞳《ひとみ》を輝かせた平賀と目が合った。

「これを造らせた人物の名は、いかにも簡単だよ」

「誰です？」

飛びつくように訊《たず》ね返した平賀に、ロベルトは答えた。

「グレゴリウス十三世さ」

「そうだったんですか。それなら、第二百二十六代の法王猊下《げいか》が直々に造らせた聖なる帯ということですね」

「そうだね。グレゴリウス十三世といえば、グレゴリオ暦を使うよう命じたり、ローマ学院を始めとする聖職者養成の為の神学校を多数設立して大規模な援助を行ったり、サン・ピエトロ大聖堂内にグレゴリウス礼拝堂を設けたり、今はイタリア大統領の公邸として用いられているクイリナーレ宮殿を建設したりした、有名な法王だ。

彼が『聖マラキの予言』において『球体の中に胴体だけ』と表されているのは知ってるかい？　事実、グレゴリウス十三世の紋章は半分の竜で脚がない、つまりは胴体だけの姿だ。彼は球体を紋章としていたピウス四世によって枢機卿に推薦されたんだ」

ロベルトの言葉に、平賀は小首を傾げた。

「『聖マラキの予言』ですか？　歴代ローマ法王に関する予言といわれていますが、あれは偽書だったのではありませんか？」

ロベルトは徐《おもむろ》に頷いた。

「そうだね。聖マラキの予言——正式名称 Prophetia S. Malachiae Archiepiscopi, de Summis Pontificibus（全ての教皇に関する大司教聖マラキの予言）とは、十二世紀、北アイルランドの都市アーマーの大司教であった聖マラキアスが残した予言とされている。それが偽書だというのは有名な話だが、偽書であれば尚更《なおさら》、何故それが制作されねばならなかったのか。そこの所の意図と効能に関して、僕にはいささかの興味があるね」

「意図と効能……とは？」

テーブルに身を乗り出した平賀に、ロベルトは視線で料理を示しながら、「ひとまず食事をし給えよ」と言った。

平賀はいかにも上の空という顔で、リゾットを一口食べ、ラム肉に齧《かじ》り付いた。

ロベルトは小さく溜息《ためいき》を吐いた。

「まあ、いいだろう。聖マラキの予言について話すとしよう。

予言の内容そのものは、君も知っているだろう。百六十五代ローマ法王ケレスティヌス二世以降、対立法王十名を含む百十一人、あるいは百十二人の歴代法王についての予言だ。

予言は二語から四語の極めて簡素なラテン語の標語百十一個と、百十二番目に当たる最後の散文によって構成されている。

標語は法王が就任した順に並んでいて、該当する法王の就任前の姓名、紋章、出身地名、家柄、性格、在位期間の特徴的な事件などのいずれかを予言しているとされてきた。

聖マラキの予言によれば、現法王の時代に、カソリック世界に激変を起こす何事かが起こるという」

「はい。その為に動揺なさっておられる方々も多いとか」

平賀は困惑《こんわく》した顔で言った。

「現法王に関する予言はこうだ。『ローマ聖教会への極限の迫害の中で着座するだろう』『ローマびとペテロ、彼は様々な苦難の中で羊たちを司牧するだろう。そして、七つの丘の町は崩壊し、恐るべき審判が人々に下る』と。

実際、聖マラキの予言には、当たっている部分も大いにある。

例えば第百六十五代法王のケレスティヌス二世については、『ティベリウスの城より』と予言されている。そして法王はティフェルヌム＝ティベリヌム出身者だった。

『追い払われた敵』と表現されたルキウス二世は、その本名をゲラルド・カッチャネミチ（Cacciare＝追い払う、nemici＝敵たち）といった。

『スブッラからの大修道院長』と表現されたアナスタシウス四世は、大修道院長だったことがあり、生まれた土地は地元でスブッラと呼ばれていた。

他にもハドリアヌス四世やアレクサンデル三世、グレゴリウス十三世など、的確に法王を予言したと思われる内容は、実に七十四名分以上だ」

「それだけ的中しているとなると、現法王に関する恐ろしい予言も、本当になるかも知れないのでしょうか？」

平賀は深刻な表情で言った。

「確かに、この予言を真剣に捉《とら》え、世界最終戦争が起こるのではとか、現法王こそが反キリストではないかなどと騒いでいる輩《やから》はいるわけだが、無論、この予言書にはからくりがある」

「それは何ですか？」

「聖マラキの予言が初めて世に出たのは、一五九五年なんだよ。それまでの歴代法王の予言が当たっているのは当然だ」

平賀は大きな瞳をぱちりと瞬いた。

「そうだったんですか？　十二世紀にマラキ大司教が行った予言に、何者かが手を加えて出版したということでしょうか？

一五九五年といえば、クレメンス八世の時代ですよね。それならグレゴリウス十三世や、ましてケレスティヌス二世、ルキウス二世などは、それ以前の時代の法王猊下ということになります」

うん、とロベルトは頷いた。

「聖マラキの予言なるものは一五九五年、ベネディクト会のアルノルド・ヴィオンという修道士がヴェネツィアで刊行した著書『生命の木』に収録されて、世に問われた。ヴィオン自身は『十二世紀のマラキなる大司教が残した予言を、バチカンの文書保存庫から発見した』と主張したが、その証拠はなくてね。後年、バチカン図書館側でも詳細な調査が行われたんだけど、聖マラキの予言についての記録は発見されなかった。

聖マラキの予言とされるものの内容は、歴代法王の名を暗喩《あんゆ》する部分に加え、ラテン語での解説がつけられているんだが、解説の方は一五九〇年迄《まで》で止まっている。よって、少なくとも解説部分は、一五九〇年に作られたと考えるのが妥当だ。

僕が興味を覚えるのは、何故、そんな偽の予言書を世に発表する必要があったのかということなんだ」

「何故でしょうか？　私には分かりません」

平賀は首を傾げた。

「ヒントは一五九〇年という年にある。この年には、八月シクストゥス五世が、九月にウルバヌス七世が、相次いで亡くなり、次の法王選挙コンクラーヴェが行われた。

聖マラキの予言は、法王選挙前から、未来の新法王を『町の古さ《オルヴィエート》』と表現し、オルヴィエートの司祭だった枢機卿《すうききよう》ジロラモ・シモンチェッリが法王になることを予言していた。ところがだ。実際に選ばれたのは、オルヴィエートとは無関係なグレゴリウス十四世だったんだ」

「つまり予言が外れたということですか？」

「予言が外れたというより、宣伝活動が失敗したんだよ」

ロベルトの言葉に、平賀は不思議そうな顔で黙り込んだ。

「そこから推測される真相は、一五九〇年、ジロラモ枢機卿を次の新法王に推したい何者かが、コンクラーヴェのタイミングに合わせて、聖マラキの予言を書いたって事だ。十二世紀に書かれた正確無比な予言書がジロラモ法王の誕生を告げているということは、数ある法王候補の中で、彼こそが最も相応《ふさわ》しい『予言された法王』という裏付けとなる」

「つまり、コンクラーヴェの選挙戦を操作する為の宣伝ということですか？」

平賀は信じられないという顔をした。

彼のような純真な人間にとって、人が悪意的に人心を操作することがあるなど夢にも思ったことがないのだろう。まして神の国バチカンの中でだ。

「恐らく間違いない。当時の西欧では、様々な国の国際政治的な思惑が絡まり合っていた。それだから、国際的発言力が絶大である法王を誰が輩出するかという点は、重要な政治問題だったんだ」

「確かに。当時の国王は法王によって承認されるものだったのですから、ヨーロッパの王侯貴族の方々が、自分達に有利な法王を選びたいと思われたのも、無理はないかも知れません」

「そうさ。当時はハプスブルク家のスペイン王が全盛期を迎え、ポルトガル王をも兼ねるようになっていた。スペイン国王フェリペ二世はカソリックの守護神的存在で、法王選挙にも積極的に介入していた。

その一方、フランスのアンリ四世は、母親が熱心なプロテスタントで、本人も幼少時はプロテスタントだった経緯から、カソリックとプロテスタントとの融和政策を図り、フランスのカソリック同盟と激しく対立していたんだ。

法王選挙でグレゴリウス十四世が選ばれると、親スペイン派の法王は、フェリペ二世の強い勧めを受ける形で、アンリ四世を異端・迫害者として破門してしまった。

そうなる事を恐れた親フランス派の何者かが、聖マラキの予言を書いたんだろう。

聖マラキの予言書は一五九〇年の時点で、枢機卿らごく一部の聖職者の間で出回った、オカルト的な文書だった。そして五年後、それを入手したアルノルド・ヴィオンという修道士が、そうした経緯を知ってか知らずか、世間に公表したというのが真相だろう。

歴代法王を順に予言するというスタイルは、当時の流行《はや》りみたいなものでね、聖マラキの予言書の前年には『大修道院長ヨアキムの予言』と称する本もあった。歴代法王を対象とする偽予言書群は、ことにグレゴリウス十三世からシクストゥス五世の在位期間前後に多く出版されていた。

当時はカソリックの激動期だったから、そうしてコンクラーヴェに介入しようとする勢力が、後を絶たなかったんだ」

「そうですか……。現在もカソリックの激動期だと言われていますが、新たな偽予言書などが出回っていなくて、良かったです」

平賀はニコリと笑い、ワインを呑《の》んだ。

最近、殺伐とした禁忌文書ばかりを読んでいたロベルトは、平賀のような純真な相棒がいることの有り難さを身に沁《し》みて感じていた。

人の悪意に気づかないのは、平賀自身の中に悪意がないからだ。

この友人と語り合っていると、世俗の汚れが浄化されたような気分になる。

ロベルトは頬を緩め、食事を続けた。

(明日からはもう少し、心に余裕のある生活を心がけるとしよう。せめて昼食は外に食べに出ることにして、時間が合えばディナーに平賀を誘おう。たとえ神の使徒とはいえ、僕にも生活を楽しむ権利ぐらいはある筈《はず》だ)

そう思っていると、平賀が話しかけてきた。

「ロベルト、禁忌文書研究部の方は如何《いかが》ですか?」

「うーん、まずまずだね。やっている事自体は普段とあまり変わらないかな。ただ、毎日息が詰まるような緊張感はあるね」

「大変そうですね。もし私に何かお手伝いできることがあれば、仰《おつしや》って下さい」

「ああ、そうしよう」

ロベルトは頷《うなず》いた。

「ふと思ったのですが、今後、私に奇跡調査の出張があるとしたら、お忙しい貴方《あなた》ではなく、他の誰かと私がパートナーを組むことになるのでしょうか?」

「どうだろう。それはサウロ大司教のご判断としか言い様がないけれど、僕の本業はあくまで奇跡調査官なのだし、出張の命があれば、喜んで従うつもりでいるよ」

「成る程、そうですね」

そんな二人の疑問に答えが出る機会は意外に早くやって来た。

3

二日後、聖徒の座に出勤した二人は、各々サウロ大司教からの呼び出しを受けた。

階段を上がると、二階には各派閥の担当責任者の部屋がある。

ロベルトはフランシスコ会の部屋の扉を開き、中に入った。上司のサウロは相変わらずサンタクロースを思わせる風貌《ふうぼう》をし、重厚な机を前に、長い背もたれのある椅子に座っている。

「失礼します」

一礼をしたロベルトの背後でノックの音がし、続いて平賀が入ってきた。

「二人とも、揃ったか」

サウロは鋭い視線を二人に向けた。

「奇跡調査でしょうか？」

平賀が期待に満ちた目で訊《たず》ねる。

「ふむ、そうだ。今回の奇跡調査を行う先は日本なので、協議の結果、君達が適任だろうという話になってね」

「日本……」

平賀とロベルトは顔を見合わせた。

「どのような奇跡の報告があったのでしょう？」

ロベルトが慎重に訊ねる。

サウロは資料の入った箱から、灰色の紙束を取り出した。それは『熊本日日新聞日曜版』と書かれた、日本の地方新聞であった。

その一面に、画像の粗いカラー写真が掲載されている。

夕暮れの海に、三角形の小島が浮かんでいる。

季節は冬だろう。島は雪の白に染まっていた。

その白銀の山の頂上に、巨大な十字架が輝きながら聳《そび》え立っているのだ。

「十日前の真夏日のことだ。日本は熊本にある無人島に、忽然《こつぜん》と大雪が降り、空に巨大な十字架が浮かび上がって、消えたというのだ」

サウロは新聞の日付を示しながら言った。

平賀は大きく目を瞬いた。

「七月の熊本といえば、三十度近い気温の筈ですよ。そこに雪が降り、天空に十字架が現れるだなんて、まさに奇跡的な情景です」

サウロはじっくりと頷いた。

「目撃者の証言レポートも十人分ばかり届いておる。

しかも、話はこれだけではないのだ。同じ島に輝くキリスト像が浮かびあがり、一人の青年の命を救ったという奇跡が起こっている。

奇跡の目撃者は、ロビンソン・ベイカーというアメリカ人だ。私が説明するよりも、これを見た方が早いだろう」

サウロは資料の入った箱から、一枚のDVDを取り出した。

平賀がそれを受け取り、部屋に備え付けの液晶モニタで再生する。

最初に映し出されたのは『奇跡の探検家、ロビンソン・ベイカー講演会』という看板だ。そこからカメラは会館らしき場所へ入っていく。中には百名ほどの若者達が、パイプ椅子に座っていた。特に女性が多いようだ。

やがて万雷の拍手に迎えられ、講壇の上に若い男が姿を現した。ロビンソンだ。日に灼《や》けた肌に、肩まで伸ばした金髪。淡いブルーの瞳《ひとみ》。派手な花柄シャツに白いズボンを穿《は》いた、ハンサムな男だ。

ロビンソンは自らが目撃した奇跡について、朗々と語り始めた。

音質はあまり良くないが、画面の下にラテン語の字幕がついている。

彼は太平洋を帆船で航行していた際、台風に遭遇して死を覚悟したこと。その時奇跡が起こり、巨大なキリストの姿に導かれ、天使に命を救われたと語っていた。

しかも無人島に辿《たど》り着いた二日後には、夏だというのにその島にだけ雪が降り、巨大な十字架が空に浮かぶという奇跡が起こったという。

ロビンソンは大きく身振り手振りを交え、時に涙ぐみながら自らの体験を語っていた。

聴衆達も感動している様子だ。客席から嗚咽《おえつ》や悲鳴が聞こえて来る。

ロビンソンが語り終わると、興奮した十名ほどの若者が、会場警備員の制止を振り切って壇上へ駆け上った。

ロビンソンは笑顔を浮かべ、彼らを順次、ハグしていった。

それを見た他の聴衆達も、我先にと壇上へと駆け寄っていく。

不思議とパニックは起こらなかった。いつしか講壇の上には、ロビンソンを中心とした同心円状の人垣ができ、その誰もが微笑み合い、ハグをかわしている。

映像は一旦《いったん》そこで切れ、続いて次の動画が始まった。

暗く粗い画面に、激しい雨風の音が響いている。

画面には始終、水しぶきがぶつかっていた。

撮影者はロビンソン本人のようだ。興奮した彼の声が入っていた。

『この奇跡を見てくれ……。見えるだろう？　海上に主の姿が浮かんでいるんだ。畜生、うまく撮れてるといいが……』

映像が上下に激しくぶれているのは、彼が泳ぎながら撮影しているせいだろう。

やがて画面には忽然と、キリストの姿が映った。

茨《いばら》の冠をつけ、羊飼いの杖《つえ》を持つ輝く主の姿が、暗い海上に浮かんでいる。

画面は暫《しばら》くその姿を映したあと、プツリと途切れた。

「なんて素晴らしいんでしょう。早く現地へ行ってみたいです」

平賀は瞳を輝かせた。

サウロは静かに頷き、レポートの束を机に置いた。

「バチカンとしても、ただちに奇跡調査を行うべきだと意見は決まっている。ただ、君達には一つ、伝えておくべき事がある。

最初の新聞とレポートを送ってきたのは、日本の天草にある教会の主任司祭だ。彼はイエズス会の神父でな、バチカンから奇跡認定を得、奇跡の現場の近くに祈りの教会を建てたいと言い添えてきた。

だがこの件については同時に他からも、奇跡調査の申請が届いている。

ロビンソン氏の動画を送って来たのは、氏の地元にあたるカリフォルニアはフランシスコ教会の神父でな、正式にバチカンの許可と奇跡認定を得、積極的に布教活動を行いたいと言ってきた。そちらの申請者は、当然、フランシスコ会の司祭だ」

「成る程……」

ロベルトは思わず呟《つぶや》いた。

「そこで誰が奇跡調査に行くべきか、私とイエズス会が話し合ったのだ。

結果、現場が日本という点が決め手となり、平賀神父が適任だろうという話にまとまった。現法王猊下《げいか》ご自身はイエズス会であられるが、より公正な審査が望ましいとのお口添えもあってな。さらなる事情としては、現場近くの一帯は今、ユネスコの世界遺産登録に申請中であるらしい。仮にそうなれば、この一件は世界中の注目を浴びるだろう。

そうした状況の今、何より求められていることは、君達自身の曇りのない目で真実を見極めることだ」

「はい、分かりました」

平賀とロベルトは同時に答えた。

「出発は明日だ。君達を現地で迎えるのは、イエズス会士ということになる。いささか異例のことではあるが、協力できる場面があれば、互いに協力しあって貰《もら》いたい。

さて、他に何か質問はあるかね」

「イエス様のお姿は、これ一度きりしか現れていないのですか？」

平賀が訊ねた。

「うむ。たったこれ一度きりだということだ」

「それは、とても興味深いです」

平賀の顔は真剣になっていた。

「ロビンソン・ベイカーという人物とも話をしたいですね」

ロベルトが言うと、サウロは頷《うなず》いた。

「ロビンソン氏は日本に滞在中とのことだ。現場に行けば会える手配は整っている」

「分かりました」

二人は航空券と資料の入った箱を手に、サウロの部屋を退出した。

「まさか明日から日本とはね。いつもの奇跡調査より楽しみが多いよ」

ロベルトは廊下に出るなり、愉快そうに言った。

「どうしてですか？」

平賀は不思議そうに訊《たず》ね返した。

「君は日系人だろう？　いわば君のルーツの国だ。興味はあるさ」

すると平賀は、はーっと長い溜息《ためいき》を吐いた。

「その点に関しまして、私には大きな不安があります」

「何だい？」

「私自身が日本にそれほど馴染《なじ》みがあるかは疑問です。祖父の故郷とはいえ、子供の頃に訪ねただけの国ですし……。先程、サウロ大司教が『現場が日本という点が決め手となり、平賀神父が適任だろうという話にまとまった』と仰《おっしゃ》った時は、心臓が止まるかと思いました」

そう呟いた平賀の容姿は、ストレートの黒髪に黒いアーモンド形の瞳。肌は色白ではあるが、西洋人のそれとは異なり、象牙《ぞうげ》色を帯びている。体格は華奢《きゃしゃ》で小柄と、明らかに日系の特徴を多く有していた。

聖徒の座でも、彼を「日本人神父」と認識している者は多い。

だが実際のところ、平賀は格別日本に詳しい訳ではなかった。ただ、彼の両親がどちらも日系人であったことから、生家では日本語も使われていた。

「ところでロベルト、貴方《あなた》、日本語は分かるのですか？」

平賀の問いに、ロベルトは苦い顔をした。

「日本語は難しくて、攻略できていないんだ。ヨーロッパ系言語ならルーツが同じだから、さほど無理なく習得できるけど、日本語は世界でも難解な言語の一つだ。今回の僕は、通訳としてはまるで役に立たないだろう」

「では、私が日本語通訳になるわけですか……」

「宜《よろ》しくお願いするよ」

「はい……。その点についても、今一つ自信がないのですが、せめて今夜は猛勉強しておくことにします」

平賀は小さく身を竦《すく》めるようにして言ったのだった。

4

ローマから直行便で十三時間。関西国際空港に到着し、入国審査を済ませる。

国内便に乗り継ぎ熊本空港へ、さらにそこから四枚羽根のプロペラ機に乗り換えた。

機の搭乗客は僅《わず》かに十数名で、ロベルト以外は皆、日本人である。地元の商人なのだろうか、里帰りする人なのか、大きな荷物を抱えた人が大半で、中に数名、カメラを持った観光客らしき姿が交じっている。

二十分程度のフライトで、機は天草空港へ到着した。

とても小さな空港だ。荷物を受け取り、扉を出ると、十歩も行かないうちに建物の出口がある。

時刻は現地時間で三時過ぎ。

天草の日射しはきつく、気だるい湿気が肌に纏《まと》わりついた。

迎えが来ている筈《はず》だと辺りを見回すと、出口の側に立っている神父服の二人組をすぐに見つけることができた。

一人の神父は痩《や》せ型でインテリ風の冷たい顔つきをしており、もう一人は小柄で黒縁メガネをかけている。

「バチカンから来られた神父様ですね。お迎えにあがりました。私は北見《きたみ》・ペトロ・晃一《こういち》、隣にいるのは西丸《にしまる》・ミゲル・理《さとし》です」

北見と名乗った神父がラテン語で言った。

背後で西丸神父がぺこりとお辞儀をする。平賀もお辞儀を返した。

「平賀・ヨセフ・庚です。宜しくお願いします」

「初めまして、ロベルト・ニコラスです。北見神父はラテン語がお上手ですね」

ロベルトが極上のスマイルを浮かべて言うと、北見神父は「とんでもありませんよ」と微笑み返した。だがその目は笑っておらず、薄い唇を吊《つ》り上げるような微笑みだ。

食えない男だな、とロベルトは思った。

「では、車の方へどうぞ。私共の教会で司祭がお待ちです」

北見神父が歩き出す。

ロベルトと平賀がその後に続くと、平賀の横に西丸神父が並んできた。

「平賀神父は、日本語はお話しになりますか？」

西丸神父がそっと話しかけてくる。

平賀が「ええ」と答えると、西丸神父ははにかんだように微笑んだ。

「良かった。北見神父はラテン語が得意ですが、僕は苦手なので。北見神父は本当に何でもよく出来る方で、昔から僕達グループのリーダーなんです」

「グループといいますと？」

「北見神父と僕、他に南条《なんじょう》・マルコ神父と安東《あんどう》・クルス神父の四人は、長崎カソリック神学院の卒業生で仲間なんです」

「そうですか。仲の良い友人がいる事は幸いですね」

平賀は微笑んだ。

駐車場に着き、四人はワンボックスカーに乗り込んだ。北見神父がハンドルを握る。

車は静かに走り出した。一本道の国道を南へと走る。

途中でビルが立ち並ぶ一角が見えたと思ったが、すぐに町並みは途切れ、こんもりとした緑の山と小川、田畑、そして時折集落が続くばかりの景色となった。

実にのどかな風景だ。山の背は低く、家々は小さく、全てが箱庭のように小ぢんまりとしている。大気は湿り、土と緑の甘い香りがしていた。

日本といえば東京の高層ビルと京都の町並みを思い浮かべる程度の知識しかなかったロベルトは、この地が東南アジアの一角であることを実感した。

信号も滅多にない道を一時間近く走ると、海岸線に出た。静かな内海だ。

トンネルをいくつか潜り抜けた先に、古びた港町があった。その小さな商店が軒を並べる一角で、車は停まった。

平賀は弾むような足取りで車外に出ると、「祖父の田舎に似ています」と嬉《うれ》しそうに呟《つぶや》いた。

北見神父と西丸神父は、商店と商店の間の路地を入っていく。

足元は石畳だ。見上げると、日本家屋の屋根と屋根の間から、空へ向かって鋭く伸びる尖塔《せんとう》と白い十字架が見える。

なだらかな下り坂を入り江に向かって歩いた先に、﨑津《さきつ》天主堂が建っていた。

グレーカーキの外壁に、白い屋根。十本の白いピナクル。中央の尖塔《せんとう》の上に十字架を掲げたゴシック様式である。その構造は半分は鉄筋、半分は木造建てだ。

ファサードはコンクリートで、一見すると冷たく無骨な印象だが、円形を多用したモチーフや丸窓のデザインがそこに素朴な温かみを添えている。

扉口をくぐると下駄箱があり、そこで靴を脱ぐようにと命じられた。

教会内部は、三廊式のリブヴォールト天井になっており、厳粛な雰囲気を漂わせている。

平賀とロベルトが驚いたのは、教会の床が畳敷きであったことだ。

畳の上に百脚ばかりのパイプ椅子が並んでいるが、信者の姿はない。

強い日射しが片側から差し込むせいで、右半分の白い漆喰《しっくい》壁はやたらに眩《まぶ》しく、左半分の暗さが余計に際立っていた。

正面の祭壇にあるのは、色彩鮮やかなイエスの立像だ。

木と金細工の祭壇は隅々まで磨き込まれている。

その祭壇の前には三人の神父が立っていた。

「ジェラール司祭、バチカンの神父様達をお連れしました」

北見が言った。

ジェラールと呼ばれた司祭は上背が高く、髪は白髪交じりで五十代と思われた。険しく顰《しか》めた表情がそのまま皺《しわ》として定着したかのような、気難しげな顔をしている。

「教区の副主任司祭を務めておる、ジェラール・ヤコブ・バスティアです」

ジェラールが威厳のある口振りで言った。

ロベルトと平賀も身分を名乗る。

それに続いて、ジェラール司祭の側にいた若い神父二人も口を開いた。

「イエズス会の南条・マルコ・淳《じゅん》です」

南条神父は真面目そうな顔立ちで、銀縁メガネをかけている。

「同じく、イエズス会の安東・クルスです」

安東神父は黒い巻き毛で目鼻が大きく、南方系の顔立ちをしていた。

青年神父らが自らをイエズス会だと名乗ったことに、ロベルトは苦い顔をした。

「皆様が僕達を快くお迎え下さったことに感謝しています。僕達はフランシスコ会に所属する司祭ですが、貴方がたと同じ神の僕《しもべ》です。また、現法王猊下《げいか》ご自身もイエズス会でいらっしゃいますが、より公正な審査が望ましいとのお考えから、フランシスコ会の僕達をこちらへ派遣したと聞いております。猊下のご信頼にお応《こた》えする為にも、僕達は誠心誠意、今回の件を調査させて頂きます」

するとジェラール司祭は皮肉っぽく笑った。

「率直に申しますと、フランシスコ会から奇跡調査官が派遣されるとは意外でした。ですがこの私も、イエズス会の上層部より直々に、貴方がたへ協力するよう要請されております。そのように事が決まった以上、私も上の判断に従うつもりです」

「ご協力、心より感謝致します」

ロベルトはそつなく答えた。

「ところで、奇跡の現場にはいつ行けるのですか？」

横から平賀が訊《たず》ねた。

「船の手配もありますので、明日ご連絡します。その前に、奇跡の目撃者であるロビンソン氏とお会いになると宜《よろ》しいでしょう。ロビンソン氏と貴方《あなた》がたが同じ宿に泊まれるよう、手配してあるのです。私共の信者の方のご厚意で、宿舎を提供して頂きました」

ジェラール司祭が言った途端、北見神父が「ご案内します」と歩き出した。

教会を出、町外れまで歩くと、坂道を上った先に「よし岡《おか》」と看板の出た民宿があった。駐車場はがらんと広く、入り口に首輪を付けた中型犬が繋《つな》がれている。敷地内には二階建てのクリーム色の建物と、プレハブ小屋が建っている。

北見神父は開きっぱなしの玄関に入ると、呼び鈴を押した。

しばらくすると、前掛けエプロンを着けた男性が奥から現れた。蟹《かに》のように平べったい顔で、熊のようないかつい体格をした男だ。

「吉岡《よしおか》さん、こちら二人がバチカンから来た神父さんです」

北見が言った。

吉岡は「どうもご足労をおかけします、北見神父」と緊張したように言い、ぺこりとお辞儀をした。

「初めまして、平賀と申します。こちらはロベルト神父です」

平賀が日本語で挨拶《あいさつ》を述べると、男性はパッと顔を輝かせた。

「ど、どうも。親父の代から五十年、この民宿をやっております、吉岡です。うちは親父の代からキリスト教信徒です。私も〇歳の時に幼児洗礼を受け、今日までずっと神父様の教えにそって暮らしてきました。でも、まさかバチカンの司祭様がたがうちみたいな民宿に泊まっていかれるなんて、こんな僥倖《ぎょうこう》は一生に一度きりです」

吉岡はほくほくと喜んでいる様子だ。

「ロビンソン氏は何処ですか？」

「お部屋でお待ちです。さあさあ、どうぞ上がって下さい」

「はい、お邪魔します」

平賀はロベルトに「ロビンソン氏は中にいます」と告げ、靴を脱いだ。

ここにも玄関に巨大な下駄箱があり、一段上がった所からは板張りの床になっている。

吉岡に勧められるまま、二人はスリッパに履き替えた。

「では、僕はここで失礼します。後ほど荷物を届けさせましょう」

北見は一礼し、静かに去って行った。

吉岡は揉《も》み手《で》をしながら北見を見送ると、二人を先導して階段を上り始めた。

「いやあ、それにしても、神島《かみしま》で奇跡が起こるなんて、驚きでしたよ。どちらかというとあの島は、不吉な島だとか、祟《たた》りがあるとかと噂されていましたからね」

「奇跡が起こった島は『神島』というのですか？　地図で調べると、島影はあるものの、名前はどこにも載っていなかったので、私達は『奇跡の島』と呼んでいました」

「小さい無人島ですから、公式には名も無いんでしょう。ここら辺りの人間は神島と呼んでます」

「名前は神島なのに、不吉な場所なんですか？」

「ええ、そうですよ。神父さんはご存知かどうか分かりませんが、日本の神様はね、仏様と違ってよく祟るんです。なんでもあの島には、『真昼様《まひるさま》』とかいう怖い神様がいるとかでね。触らぬ神に祟りなしですから。

そうでなくとも、神島には毒蛇がいるって噂もありますし、『不知火《しらぬい》』って化け物も出るそうですし」

「不知火？　それは何ですか？」

「天草に伝わる妖怪《ようかい》です。他にもあの島には、『油《あぶら》すまし』なんて妖怪がおりましてね」

吉岡はそこで言葉を切ると、二階にある客間の扉をノックした。

すると、中から「ドウゾ」と日本語で返答がある。

吉岡が扉を横にスライドさせて開くと、畳の間の正面に、紺色の浴衣《ゆかた》を着、髪を丁髷《ちょんまげ》風に高く結んだ姿のロビンソンが、正座をしていた。

「ハジメマシテ、ワタシハ、ロビンソン・ベイカーデス」

ロビンソンは日本語で言うと、両拳《こぶし》を畳に置き、深々と頭を下げた。

「初めまして、平賀です」

平賀はスリッパを脱いで畳の上にちょこんと座ると、手は膝《ひざ》の上に置き、やはり深々と頭を下げた。

その様子を見たロビンソンは、「おお……」と感動した声をあげ、「なんてチャーミングな神父さんなんだ」と呟いた。

ロベルトは戸惑いながら、見様見真似で平賀と同じように振る舞った。

どうにも膝や脛《すね》が痛いと思っていると、吉岡がニコニコ顔で座布団を勧めてくる。

ロベルトはその薄いクッションに座ってみた。意外に座り心地は悪くない。

吉岡はロビンソンと平賀にも座布団を勧めると、自分も座布団を持って来て、ロベルトの隣に座った。

「ロビンソンさん、講演会の様子はＤＶＤで拝見しましたが、もう一度貴方の見た奇跡を詳しく話して下さい。お話は、レコーダーで録音してもいいですか？」

平賀はいきなり英語で切り出すと、ポケットから小型のレコーダーを取り出して置いた。

ロビンソンは頷《うなず》き、徐《おもむろ》に話し始めた。

台風に遭い、船が転覆したこと。大海原を漂流していた時、神に助けを求めたところ、海上に浮かぶキリストの姿を見たこと。そこに向かって泳ぎ着いた所、そこが陸地であったこと。自分の無事を見届けたかのように、キリストの姿が消えたこと……。

平賀はメモを取りながら、話の途中でいくつかの質問を挟んだ。

「ロビンソンさん、最初に不思議な光を見たということですが、どのような光でしたか？」

「神秘的な光だったよ。灯台やブイの明かりとは違うと、一目で思ったんだ」

ロビンソンは感動を追体験しているのだろう。熱い口調で答えた。

「どのように違うと思われたのです？」

「灯台やブイの明かりなら、白色か赤色だ。しかし、僕が見たのはもっと透明感のある、青緑色の輝きだった。エメラルドかサファイアのような光だったんだ」

「私が見た動画では、白っぽい光に見えましたが」

「カメラの調子が悪かったんだろうか。とにかく僕にはそう見えたんだ」

「あの動画は、いつ撮られたのです？」

「海を泳いでいた時だ。謎の光に近づいていくと、主の御姿《みすがた》がハッキリ見えたんだ。あまりに驚いて、思わず凍える手で携帯を取りだし、夢中で撮影したんだ。

あの粗い映像ではうまく伝わらなかっただろうけど、実際にこの目で見たキリストの姿は素晴らしかった。お顔も茨《いばら》の冠も、手に持つ杖《つえ》もハッキリ見えた。あれは絶対に幻なんかじゃないし、見間違えでもない」

「成る程。そして、貴方は無人島に泳ぎついた。そうすると、すぐに主の姿が消えたんですね？」

「そうなんだ。実に驚くべきことだった。僕の無事を確認して、主が満足されたんだ」

ロビンソンはうっすらと感動の涙を浮かべて答えた。

「その点も不思議なことです。主の御姿は、どのように消えたんですか？」

「どのように……と言われても困るが、すうっと……自然に消えたのさ」

「すうっと、というのは、光の全体が少しずつ光量を落としていくような消え方ですか？それとも電球がパチンと切れるように消えましたか？」

ロビンソンは暫《しばら》く考え込んで答えた。

「そうだなぁ……。喩《たと》えていうなら、蠟燭《ろうそく》の火が一本ずつ、ふっと吹き消されて、最後には全てが消えるような……そういう消え方だと思った」

「消え始めてから、消え終わるまでの時間はどれ程でしたか？」

「どうかなぁ。五分ぐらいじゃないだろうか」

「分かりました。約五分ですね」

「いや……その、僕にはそういう風に感じられたとしか言えないよ。あの時はすっかり意識が朦朧《もうろう》としていたからね」

「成る程。当時の貴方が低体温症と過労から意識の混濁状態にあっただろうことは、容易に想像できます」

平賀は小さく頷き、言葉を継いだ。

「長時間、海を泳ぎ続けた後に低体温症を発症し、貴方が意識の混濁状態にあったということは、簡単に言えば貴方は凍死寸前だった訳です。貴方はそこからどうして助かったのですか？」

「いや、どうしてと言われてもね……」

ロビンソンは平賀の質問に面食らいながら、腕組みをした。

「確かに僕はあの時、このままじゃ死んでしまうと思っていた。とにかく雨のかからない岩場にでも身を隠して、身体を温めなきゃいけないと焦ったが、その時にはもう身体が動かなかった。でもその時、僕はもう一つの奇跡に救われたんだ」

「もう一つの奇跡とは？」

平賀が身を乗り出して訊《たず》ねる。

「それが……とても信じて貰《もら》えないだろうが、僕は天使に助けられたんだ」

ロビンソンは照れたように頭を掻《か》きながら言った。

「どのような天使だったのです？」

「長い髪が風になびいて、とても美しい天使だったよ。彼が僕の側に近づいてきたかと思うと、ふっと身体が温かくなる感じがして、そのまま僕は気を失ったんだ。

気付けば翌日の昼で、僕は岩場に倒れていた。体力は少し回復していたので、島を歩いて回ったが、そこは誰もいない無人島だった。だから思ったんだ。僕が見た天使は恐らく幻で、あの時、僕は自力でどうにか岩陰に辿《たど》り着いたんだと……。

そして翌日、偶然通りがかった漁船に僕は拾われ、助かったんだ。しかもその次の日、島には大雪が降り、巨大な十字架が空に浮かんだらしい」

「貴方《あなた》はその雪と十字架を見ていないんですか？」

平賀が訊ねる。

「ああ。僕は病院に入院していたからね。看護師が持って来た新聞で見ただけだ。

でも、見たという人の話は聞いた。ここから少し北西にある大江《おおえ》の町の人なんかが大勢目撃したそうだ」

「成る程。ではそちらで話を聞き込むことにします。

ところでロビンソンさん、島が無人島だったからといって、天使の存在を否定することにはなりませんよ」

「平賀神父は信じるというのかい？」

「はい。信じない理由などありません」

平賀は微笑んで答えた。

「そうか……。誰に話しても気のせいだと言われたから、僕自身そうだと思い込んでいたよ。君が信じてくれて、僕は救われた思いだ。有り難う、平賀神父」

ロビンソンは嬉《うれ》しそうに言った。

最後に平賀は地図を広げ、ロビンソンの取った航路や船の転覆した場所を書き込み、島に漂着した時の様子などを細かくメモした。

5

一旦《いったん》聞き取りを終わらせた二人は、主人の吉岡によって「宿で一番良い」という部屋に案内された。それは、駐車場から見えたプレハブ小屋であった。

床は畳敷きで、やたらと広く、二十畳ばかりある。

部屋の中心にローテーブルが一つ、壁際に冷蔵庫が一つ置かれているだけで、他に家具らしきものはテレビとテレビ台だけだ。

ベッドも無ければ書机も無い。テーブルはあるというのに、ソファが無い。

呆然《ぼうぜん》としたロベルトの横で、平賀は「広いお部屋ですね」と嬉しそうに言った。

吉岡が満足そうに頷く。

「長旅でお疲れでしょう。どうぞゆっくりなさって下さい」

「有り難うございます」

平賀はキョロキョロ部屋を見回してコンセント口の数を数え、壁にモジュラージャックが無いことを確認した。どうやらインターネットは使えないようだが、田舎ならば仕方が無い。

「ご主人、この近所にインターネットが使える施設はありますか?」

「それなら、この部屋でもお使いになれますよ。無線の電波が飛んでいますから。ただ、設定やらの難しい事は分からないんで、夕食時、うちの娘に聞いてください。夕食は七時から、食堂の方にご用意します」

「分かりました」

主人の吉岡が部屋を出て行くと、平賀はテーブル近くの床にぺたりと座った。

「ロベルト、見て下さい。これはコタツですよ」

「コタツ？」

「はい。ここで書き物をしたり、疲れればそのまま横になったり、さらに冬には暖房器具にもなるという、優れ物の家具です」

「成る程ね……」

平賀が時折、ソファを使わず自宅の床に座ったり、床の上に転がったりしているのは、日本のコタツ文化のせいだったのかと、ロベルトは理解した。

ロベルトはゆっくり室内を見回した。

玄関以外の三面に大きな窓があり、採光は良い。一つの窓からは駐車場が、残りの二つの窓からは静かな町並みと紺碧《こんぺき》の海が見えた。

部屋の奥にある扉を開くと、バスルームとトイレがある。比較的新しく清潔だが、天井の低さには驚いてしまった。屈《かが》まなければ頭を打つだろう。

玄関の脇には大きな襖《ふすま》があり、開くと布団と座布団が大量に入っていた。

ロベルトは座布団を数枚持ち、テーブルの側へ戻った。

「どうも床には敷物がないと、僕は落ち着かない」

「床ではありませんよ。これは畳です」

「ふむ。床ではなく、畳か……。それから、君のその座り方も僕は苦手だな」

「正座ですか？　確かに、慣れていないと脚が痺《しび》れますね」

「アラビア風に脚を組むのは、日本では失礼にあたるのかい？」

ロベルトはそう言いながら、座布団の上で胡座《あぐら》をかいた。

「胡座は正式な座法ですから、問題ありません」

「それを聞いて安心したよ」

ロベルトは苦笑した。

平賀はコタツの側に置かれた丸い木箱に気付くと、ロベルトに言った。

「ここに茶櫃《びつ》がありますよ。私がお茶を淹《い》れましょう」

「君がかい？　それは珍しい」

「私だって、お茶の淹れ方ぐらいは知っています」

平賀はそう言いながら急須《きゅうす》に茶の葉を入れ、テレビの横に置かれた湯沸かしポットから湯を注いだ。

「こうして少し蒸らします。日本茶は貴方には苦いと思いますが」

「失礼な。僕だって日本茶ぐらいは知ってるよ。最近はローマでも、カテキンやビタミンが豊富な東洋茶が注目されてるんだ。日本茶専門のバリスタもいるほどだ。

日本茶の種類としては、番茶、煎茶《せんちゃ》、ほうじ茶、玄米茶、茎茶、玉露、抹茶……他にも何かあったかな。

で、君が今淹れてくれてるお茶は、どの種類になるんだい？」

ロベルトの質問に、平賀は「分かりません」と小さく答えた。

「お茶の種類なんて、考えたこともありません。薄い緑色なら緑茶、茶色ならお茶というものだと思っていましたから」

平賀が湯呑《ゆの》みにお茶を注ぐ。

「黄緑色だ。なら、緑茶だね。うん、いい香りがする」

「ええ、落ち着く匂いですね」

二人はそれを飲み、ほうっと溜息《ためいき》を吐いた。

「さてと……。この部屋は広いので、明日私の荷物が到着しても安心して広げられます。ただ、テーブルが一つしかないのは、お互いの仕事にとって不便ですよね」

「ああ。宿の主人から借りるとしよう」

二人は納戸にあった座卓を二つ借り、それぞれ気に入った場所に配置した。

間もなく宿に届けられた手荷物の整理を終わらせると、特にすべき事が無くなった。

ロベルトは窓枠に腰掛け、ぼんやりと外を眺めていた。

茜色《あかねいろ》の夕陽と穏やかな海面、瓦《かわら》屋根の波の中央に、教会のシルエットが見える。

庭がなく密集した家々の軒の間に、迷路のような小道が巡らされている。

入り江に繋《つな》がれた船が凪に揺れている。

その向こうに広がる海は、東シナ海を経てインド洋から大西洋《たいせいよう》へ続いている。

路を行き交う人々の中には、神父服の日本人がいたかと思えば、和服のロビンソンの姿もあった。

和と洋が不思議に調和し、息づいている。

ロベルトは、かつて日本と西洋が出会った歴史がそのまま一枚絵に焼き付けられたかのような町の光景に、静かな感動を覚えていた。

平賀は座卓にノートパソコンを置き、ロビンソンが撮影した奇跡の動画を繰り返し見ている。

「平賀、何か気付いたことはあるかい？」

ロベルトが訊《たず》ねた。

「それは現地へ行ってみなければ何とも言えません」

平賀らしい答えである。

「明日からが楽しみという訳だね。そろそろ夕食に行かないか？」

「ええ、そうですね」

二人は立ち上がった。


離れの部屋から外へ出ると、目の前の駐車場に車が増えている。

前方の食堂の看板には明かりが灯《とも》り、中から賑《にぎ》やかな声が聞こえてきた。

宿泊客は自分達とロビンソンだけかと思ったが、食堂は繁盛している様子だ。

食堂の玄関を開くと数十足の靴が脱ぎ置かれ、広い畳の間に団体客の姿がある。

店内のカウンターキッチンの中では、吉岡が自ら包丁を握っていた。

「おおい、結子《ゆうこ》、神父様方をお席に案内してくれ」

吉岡の声に応《こた》えて、紺のワンピースの上にエプロンを着けた若い娘が、キッチンから出てきた。

どうやら吉岡の娘らしいが、小柄で小顔の日本美女である。化粧気がなく、長い黒髪を後ろで束ねた姿は、清楚《せいそ》そのものだ。

「どうです、私に似ず、美人でしょう？　結子は妻に似たんです。妻亡き後、家の仕事まで手伝ってくれてましてね。心の優しい、自慢の娘ですよ」

吉岡が自慢げに言うと、結子は顔を真っ赤にして、「お父さん、やめて」と言った。

そして「どうぞ」と軽く一礼し、二人を畳の席に案内した。

結子はテーブルの湯呑みに茶を注ぎ、また一礼をして静かに去った。

「彼女、いかにも日本女性という感じだね」

ロベルトは感心したように呟《つぶや》いた。

「どこがです？」

平賀は不思議そうに訊ねた。

「物静かで優しくて、シャイで従順そうだ」

「そうですか？　日本女性にそういうイメージをお持ちの欧米人はしばしばいらっしゃるようですが、私の知っている日本女性は皆、案外、気が強いですよ」

「へえ。僕にはとてもそうは見えないがね」

ロベルトは肩を竦《すく》めた。

その時、吉岡がテーブルに料理を運んできた。大皿に山盛りになった刺身の盛り合わせだ。

その分量の多さに、二人は目を丸くした。

「どれも旬の魚を私が捌《さば》いたものです。遠慮なく召し上がって下さい。こちらが黒鯛《くろだい》にスズキ、鯵《あじ》、ウニ、カンパチ、白イカ、うちわ海老《えび》です」

「あの、こんなに豪華にして頂いては困るのです。私達は神父ですから……」

平賀は本心から困惑して言った。

「いやいや、いいから、遠慮しないで！　足りなかったら言って下さいよ」

吉岡は嬉《うれ》しそうに笑い、平賀の肩を叩《たた》いて去った。

「遠慮しないでとご主人に言われましたが、ロベルト、そういえば貴方《あなた》はお刺身を食べられるのでしょうか？」

平賀は不安げに訊ねた。

「そうだね、まあ……食べられなくはないね。この宿の魚は新鮮そうだし、客が沢山入っている所から考えて、味も良い筈《はず》だ」

ロベルトは慎重な言い回しで答えた。

「そうですか。では、頑張って頂きましょう」

二人は食前の祈りを捧《ささ》げ、料理を食べ始めた。

「うん、いいね。魚の風味が濃くて新鮮だ」

「コリコリしてますね」

二人はしばらく無言で箸《はし》を動かした。

ひとつひとつの刺身は新鮮で美味だが、なにしろ量が多い。ようやく半分まで食べ終わった頃には、平賀の胃袋はとうに限界を訴えていた。

「どうも、神父様がた、お待たせしてすみません」

吉岡の元気な声が聞こえたかと思うと、今度は大きな丼《どんぶり》に入った魚汁とごはんが二人の前に運ばれてきた。

「お刺身はどうです？　美味《おい》しいでしょう？　さあ、どうぞこちらも召し上がってください。ねっ、遠慮はナシですよ」

平賀は「はい」と答えて冷や汗を流した。

「……ロベルト、すみませんが、私の胃は限界です」

平賀はテーブルに箸を置いた。

「実は僕もだ。けど、魚汁も美味しそうだよ。君も一口ぐらい食べてみれば？　味が違えば、新たな気分で味わえるだろう」

ロベルトは少しほっとした顔で、魚汁に手を伸ばした。

「貴方はおかしなことを仰《おっしゃ》る。気分では胃の容量は増減しません」

平賀はおくびを嚙《か》み殺しながら呟いた。

「それにしても、日本の食事はこんなに豪勢なのかい？」

「いえ、これは宿屋のおもてなし料理ですよ。特別です」

「そうか。じゃあ、充分もてなしてもらったから、明日からは食事の量を半分程度に控えてもらえるよう、君から主人に頼んでおいてくれるかい？　こんなに素材がいいものを美味しく食べられないのは勿体《もったい》ないし、残すのは失礼だからね」

「ええ、そうします」

平賀は早速立ち上がり、吉岡に話をしに行った。

ロベルトは残りの食事を胃に詰め込みながら、ふぅと溜息を吐いた。

その時だ。平賀によって遮られていた視界の先、ガラス窓の向こうに、じっと佇《たたず》む人影があるのに、ロベルトは気がついた。

白い顔に、白い着物を着、真っ直ぐ切り揃えたおかっぱ頭の黒髪をした少女、いや幼女というべきだろうか。それがまるで日本人形のような切れ長の目で、無表情にロベルトを見詰めている。

異様な雰囲気に、ロベルトはぞっと背筋を強《こわ》ばらせた。

少女はじっと立ち尽くして動かない。

ロベルトは思わず自分の背後を振り返った。団体客の誰かが、少女の知人であるかも知れないと思ったからだ。

だが、団体客達は誰も窓の外の異変に気付いていないようだ。

ロベルトが再び窓の外に視線を戻した時、少女の姿はかき消えていた。

「ロベルト、どうかしましたか？」

平賀の声が背後から聞こえた。

「……いや、何でもない。そっちはどうだった？」

ロベルトは言葉を濁した。

「ご主人にこちらの希望はきちんとお伝えしました。夕食が多ければ残しても大丈夫だと言ってもらえました」

平賀はテーブルの上に残った刺身を見ながら微笑んだ。

「それに結子さんからネットの設定の方法も聞けましたし、部屋に戻りませんか」

ロベルトは頷《うなず》き、立ち上がった。

＊　＊　＊

その頃、ロビンソン・ベイカーは退屈していた。

何しろ天草は田舎である。カリフォルニアではパーティ三昧《ざんまい》に明け暮れていたロビンソンに、退屈せずにおけという方が無理だった。

昼間はまだいい。海水浴に出かけたり、顔見知りの漁師の青年に操舵《そうだ》を教えたり、日本語を習ったり。時には道行く女性をナンパして、食事を奢《おご》って貰《もら》ったりできる。

だが、彼らは総じて夜が早いのだ。

町でただ一軒のカラオケバーも、十時に閉店してしまう。

ロビンソンは日本をすっかり気に入っていたが、その点だけは大いに不満であった。

今夜も買い置きのビールを飲んで床に入ったものの、眠れない。

カリフォルニアの仲間やファンに電話をかけようにも、向こうの時刻は早朝で、夜更かし組は眠りに就く時間だ。

午前二時。溜息《ためいき》を吐きつつ起き上がった彼は、ちょっとした気晴らしを思いついた。

先日、ファンが宿を訪ねてきてくれた時、打ち上げ花火をプレゼントしてくれたのを思い出したのだ。

マリンスポーツに興じていた学生時代には、よく友人と真夜中の海で打ち上げ花火をしたものだ。久しぶりに花火大会も悪くない、と彼は思った。流石に目の前の海辺でやる訳にはいかないが、この時間の海水浴場なら誰もいないだろう。

幸い、親しい友人が車を貸してくれている。

ロビンソンは、よく知った道を通って浜辺へ向かった。

現地に着くと、当然のことながら、人っ子一人いない。周囲に家らしい家も街灯もない浜辺は、ドキドキする程の真っ暗闇である。

曇り空のせいで、星もほとんど見えない。

漆黒の静寂の中に、濃い潮の香りが充満している。

その中を暖かい海風が吹き抜ける。

洒落《しゃれ》たランプの照明とワインでもあれば、意外とロマンチックに違いないのに、女性の一人も側に居ないのは残念だった。

(また今度、晴れた日にでも女性を誘って……)

そんな事を考えながら、浜辺の砂に花火を立て、ロビンソンは次々とそれに点火していった。

ぽんぽんと軽い空気銃のような音を立てながら、暗い夜空に、小粒の炎の花を咲かせて花火が散っていく。

赤、青、白、黄、緑。

ロビンソンは暫《しばら》くビール片手に、花火三昧をして楽しんだ。

すっかり花火が尽きてしまったので、再び宿に帰ることにし、車に乗り込む。

そして帰り道を走行したのだが、見慣れない山道に迷い込んでしまった。

浜辺から宿までは意外と簡単な道のりで、曲がる角も五カ所もないというのに、どうやら道を間違えてしまったようだ。

周囲に目印の建物もないので、一つか二つ、どこかの曲がり角を間違えたのかもしれない。

(俺は一体、どこを走ってるんだ?)

そう思う間にも、生き物めいて身をくねらせる樹木達が、庇《ひさし》となって車の上に覆い被《かぶ》さってきた。

いずれは国道に戻るだろうと強引に直進を続けてみたものの、道は次第に細くなっていく。見通しも悪くなり、枝の間から覗《のぞ》いていた空さえも見えなくなってしまった。

ざわざわと頭上で不気味な音が響いている。

鳥か獣か、よく分からない生き物が、木々の上を行き交っている様子だ。

視覚に頼れない分、ロビンソンの耳は酷《ひど》く神経質になっていた。

完全に迷ったようだ。

道を引き返そうにも、車を方向転換するスペースがない。来た道を全てバックで戻るのは面倒過ぎた。

どこか開けた場所はないかと見回していると、ヘッドライトに狭い横道が照らし出された。

ロビンソンはハンドルを右に切った。

この時、すぐにT字転換をして来た道を戻れば良かったのだが、ロビンソンはそのまま車を直進させた。

(この道の先が国道に続いてるに違いない。きっとそうだ)

生来の楽観主義と面倒くさがりから、ついそう思ってしまったのだ。

暫く走ると、道は完全に行き止まりとなった。

しかもガタンと音がして車が傾いた。左の前輪が溝に落ちたようだ。

「やれやれ……」

ロビンソンはうんざりしながら車を降り、懐中電灯で前輪を照らした。

見ると、タイヤが沼のように大きな水溜《みずた》まりにはまっている。

仕方なくロビンソンはギアをバックに入れた状態で、車の前方に回り込み、力一杯車を押した。

じりじりと車が後退する。

もう大丈夫かと手を離したが、身体はすっかり汗まみれだし、足元は泥だらけだ。

「ツイてないぜ」

ロビンソンはタバコに火を付け、一服した。タバコは滅多に吸わないのだが、苛立《いらだ》ちと心細さから、ついつい一服してしまったのだ。

一息ついて改めて周りを見ると、異様な形をした木々に囲まれた、不思議な場所である。

数日前に日本のアニメ映画で見た、森の妖精《ようせい》なんかが棲《す》んでいそうな佇まいである。

ロビンソンは好奇心から、辺りを少し散策する気になった。

暫く歩くと密集していた木立はまばらになり、その先に奇妙な光景が広がっていた。

山の斜面に張り付くようにして立つ古い家々と、墓の群れである。

ぞっと背筋を凍《い》てつかせた時、懐中電灯の灯がふっと消えた。

電池切れだろうか？

最悪のタイミングだ。

ロビンソンの脳裏に、難破の恐怖と孤独感が甦《よみがえ》り、彼はひいっ、と小さく呻《うめ》いた。

混乱した頭を何とか整理しようと、彼はその場で樹に凭《もた》れ、深呼吸を繰り返した。

(大丈夫……大丈夫だ、ロビンソン・ベイカー。なんたって、俺は主に祝福された男だ)

そう口の中で何度も繰り返すと、少しばかり恐怖が和らいでくる。

すっかり棒のように固まっていた手足にも力が戻って来た。

ほっと息を吐き、道を引き返そうとした、その時だ。

彼のすぐ眼の前を、ゆらりふわりと炎が横切って行った。

人影はない。

ただ真っ暗な闇の中を、炎だけが飛んでいるのだ。

それが木立の間から見え隠れしている。

ロビンソンの額に、どっと冷や汗が噴き出した。


ずるり……ずるり……


どこからか、大蛇が這《は》いずるような音が聞こえてきた。

(まさか毒蛇か？　なっ、何なんだ！)

ロビンソンは再び混乱し、硬直した。

どっとアドレナリンが脳に噴き出す感覚がある。

恐怖の余り五感が研ぎ澄まされ、警告のアラームが脳内に鳴り響いた。

その時、揺れる炎が一瞬、明るく燃えて辺りを照らした。

光の輪の中に映ったものは、異様な物体であった。

黒ずんだ緑色の手だけが、闇の中にぬるりと生えていたのだ。

身体も、頭も、足もない。

ただ、ゾンビのような手首だけが視界の先、ロビンソンの胸元辺りの空中にぽっかりと浮かんでいて、炎を持っている。

身体中の毛穴が開き、総毛が立った。

ロビンソンは声にならない悲鳴をあげながら、脱兎《だっと》の如く車に向かって駆けだした。

第二章　奇跡の島で囁かれる怪談

1

翌朝、ロベルトは小鳥の囀《さえず》りで目を覚ました。
枕元の時計を見ると午前四時。カーテンの隙間から見える空は暗い。
平賀は横の布団で丸まり眠っている。夕べも遅くまで起きていた様子だった。
起こすのも忍びなく、ロベルトが二度寝を決め込もうとした時だ。
突然、乱れ太鼓のような物凄《ものすご》い勢いで、玄関扉が叩《たた》かれた。
平賀が驚いて、布団から飛び起きる。
ロベルトは立ち上がって、玄関扉を開いた。
すると目の前に、真っ青な顔をしたロビンソンが震えていた。
「どうしたんです、こんな時間に」
訊《たず》ねてみるが、返事はない。
「まずは落ち着いて下さい。どうぞ中へ」
ロベルトが促すと、ロビンソンは蹌踉《よろ》めきながら部屋に入って来、コタツの前にストンと座った。その目は虚《うつ》ろで、放心している様子だ。

平賀も側に駆け寄ってき、ロビンソンの側に跪《ひざまず》いた。

「体調が悪いのですか？」

平賀は心配げに脈を取り、脂汗の浮いたロビンソンの額に触れようとした。その平賀の腕を、ロビンソンは縋《すが》り付くようにして摑《つか》んだ。

「たっ、助けてくれ！」

「あの、どこか痛い所や辛《つら》い所があれば、具体的に仰《おっしゃ》って頂ければ……」

言いかけた平賀の言葉をロビンソンは激しく遮った。

「違う！　み……見たんだ！」

「何をですか？」

「ファントムだ！　とっ、取り憑《つ》かれる！」

ロビンソンの叫びに、平賀とロベルトは顔を見合わせた。

ロベルトは鞄《かばん》から聖水を取って来ると、それでロビンソンに十字を切った。

そして二人は清めの祈禱《きとう》文を唱えた。

「あ、有り難う……。助かった……」

ロビンソンはほっと溜息《ためいき》を吐き、全身を脱力させた。

だが顔色はまだ青く、ショック状態が続いているようだ。

平賀は急須《きゅうす》でお茶を淹《い》れ、ロビンソンの前に湯呑《ゆの》みを置いた。

「一体、何があったんですか？」

静かに訊ねると、ロビンソンは湯呑み茶碗《ちゃわん》を手に取ったまま、眉間《みけん》に皺《しわ》を寄せてしばらく湯気を見詰めていた。

そしてぽつりと言った。

「ファントムを見た……。腕だけの幽霊だった。寝付けなくて深夜のドライブをしていたら、火の玉が、ふわふわと飛んでいた。ウィルオウィスプ《人魂》みたいに……。それから遠くにゴーストタウンみたいな集落が見えた。不思議に思って近づいて行くと、何も無い暗闇の木々の間から、突然ぬっと現れたんだ……」

「腕だけの幽霊が？」

ロビンソンはこくこくと頷《うなず》いた。

「そうだ。緑色をした腕が空中にぷかぷか浮かんでいて、手提げランプみたいなものを持っていたように見えた。

僕は霊感なんて、全く無かった。これまでファントムを見たという友人は何人もいたし、心霊スポットに行った事もある。友人達が何かを見て怖がっていた時も、僕には何も見えなかったし、感じなかった。ずっと、怖い物知らずのロビンソンと呼ばれていた。

なのに、どうした事だろう？　神の姿を見たかと思えば、今度はファントムを見てしまうなんて……。

神父様、僕は神に祝福されたんだと思ってた。けど僕は、悪魔に取り憑かれてしまったんだろうか？」

　ロビンソンは不安げに言った。

「いえ、もしかすると、貴方《あなた》は伝説の生命体に遭遇したのかも知れません」

　平賀が神妙な顔で答えた。

　ロベルトは怪訝《けげん》そうに平賀を見た。

「君は何の話をしているんだい？」

　すると平賀はくるりとロベルトを振り返った。

『油すまし』ですよ、ロベルト」

「油すまし？　何だい、それは」

　平賀は手元にパソコンを引き寄せ、いくつかの画面を表示させて二人に示した。

「昨日、宿の主人の吉岡さんから、『神島には、不知火《しらぬい》や油すましという妖怪《ようかい》が出る』と教えて頂き、一体どういう物なのかと、昨夜遅くまで調べていたのです。

　サイトの説明が日本語なので、翻訳してお伝えしますね。

　まず、不知火というのは、深夜、海岸から数キロ離れた海上に、ぽつぽつと『親火《おやび》』と呼ばれる火が出現し、それが次第に数を増やして、最大何キロにも亘《わた》って並んで見える現象です。

　現在ではあまり見られなくなったこの現象は、大気光学現象だと推測されていますが、断定はされていません。昔の人はこれを妖怪の仕業と考えたようです。

次に、油すましというのは、熊本県に伝わる妖怪です。油の瓶を下げた妖怪で、時々、人々を驚かせると言われていますが、その姿は明らかではありません。なぜなら、油すましの顔や身体を見た者はおらず、油を持った手だけ、あるいは炎と手だけ、もしくは油にまつわる道具だけが、突然、ぬっと現れるからです。

出現場所は大抵決まっていて、昔から油すましが出ると言われる場所において、『ここには昔、油すましが出たらしいぞ』と噂をすると、『今もーおるーぞー』という返事と共に、油すましが出現するといいます。

ちなみに、油すましが人間に対し、害を与えたという記録はありません。ただ驚かせるだけの妖怪のようです」

平賀はそう言うと、天草の地図を広げ、ロビンソンに『油すまし』を目撃した場所を訊ねた。ロビンソンが「よく分からないが、多分……」と、それを教える。

その目撃地点の近くに『油すまし地蔵』の標記があるのを確認すると、平賀は満足げに頷き、ロベルトを見た。

「民俗学的知識について大変博識のロベルト神父も、流石に日本の妖怪のことまではご存知なかったでしょう？」

そんな平賀を、ロベルトは呆《あき》れた目で見た。

「いや、妖怪ってつまりは、イエティやモスマンみたいなものだろう？　僕が日本の妖怪を知らないからって、そんな事を夜遅くまで調べていたのかい？」

「ええ、そうです。吉岡さんからこの地方の民話集もお借りして読みました」

平賀は枕元に置かれた数冊の本を示して言った。

「…………」

「ただの好奇心の為だけじゃありませんよ。不知火も油すましも、発火現象に関係する妖怪です。ですから、輝くキリスト像や、光る十字架の謎に関係するかも知れないと思ったからです。こうした情報は、いつもなら貴方から教えて頂くところですが、貴方に日本の資料を読んで欲しいとも言えませんので」

「成る程、そういう事か。急に君らしくない話を始めたから、驚いてしまったよ」

ロベルトはほっと胸をなで下ろした。

「平賀神父は、妖怪を信じてるのかい?」

ロビンソンはそう言いながら、熱心に身を乗り出した。

「そうですね。実在しないという証明が出来ない限りは、存在を否定しません」

平賀が淡々と答える。

「やはりそうか！　天使を信じてくれた平賀神父なら、そう言うと思ったよ。不知火に油すまし、日本にはまだまだそんな妖怪がいるなんて、実にエキゾチックだ」

ロビンソンは興奮し、話を続けた。

「本当の事を言うとね、僕は元々、プレスター・ジョンの王国に住んでいるというグリフォンやケンタウロス、フェニックスの存在に憧《あこが》れて、探検家になったんだ。だけど、二十一世紀の今、地球上からフロンティアは消失し、未開の海も、解き明かすべき謎も、ロマンも、全てが無くなったと思っていた。

でも流石は日本だ。こんなに不思議なことがまだ残っているなんて、嬉《うれ》しい驚きだ。きっと神は僕に大切なことを教える為に、ファントムが見える目を僕に授けて下さったんだ」

ロベルトは短慮で思い込みの激しそうなロビンソンの言葉に、短く溜息を吐いた。

「ロビンソンさん、貴方にファントムが見えたとして、神は貴方に何を教えようとしておられると？」

するとロビンソンは嬉しそうに答えた。

「勿論《もちろん》、僕が日本に留《とど》まり、知られざる日本を探検したり、素晴らしい妖怪のことを紹介するという使命があると告げてるんだろう」

「……ほう、成る程。貴方は現代のラフカディオ・ハーンという訳ですね」

ロベルトが皮肉混じりに言うと、ロビンソンは首を傾げた。

「ラフカ……？　それは誰ですか？」

「ラフカディオ・ハーン。日本名は小泉八雲《こいずみやくも》。ギリシャ出身の新聞記者で、日本研究家、日本民俗学者、小説家でもあった人物ですよ。四十歳の時に来日し、すっかり親日家になって、多くの紀行文や小説を書き残しました。特に有名な作品といえば、『雪女』や『耳無し芳一《ほういち》』といった怪談でしょうか」

その時、平賀が忙《せわ》しなく瞬きをし、小声で呟《つぶや》いた。

「ロベルト、耳無し芳一の話はやめにしませんか」

「どうしてだい？」

ロベルトが訊《たず》ねる。

「平賀神父にそう言われたら、余計に気になりますね、その耳無しとかいう話。僕は是非、知りたいです、ロベルト神父」

ロビンソンが瞳《ひとみ》を輝かせる。

平賀は時に、何でも無いような物事を怖がる所がある。ロベルトは軽く平賀をからかってやろうと思い、話し始めた。

「では、ロビンソン氏のリクエストにお応《こた》えし、話すとしましょう。

昔、芳一という名の、琵琶《びわ》法師がいた。彼は阿弥陀《あみだ》寺に住む盲目の坊主で、琵琶を弾きながら物語を歌い奏でて、生活していたんだ。

ことに彼の歌う、『平家《へいけ》物語』は切なく、人々を感動させた。平家物語とは、栄華を極めた平家という一族が、最後は戦いに敗れ、散っていくはかなさを歌った物語だ。

最後の戦さの『壇《だん》ノ浦《うら》』では、わずか八歳の幼い王と、彼を守ろうとした一族の貴族や武士が皆、死んでしまうという悲しい場面がある。芳一は、壇ノ浦を語らせれば右に出る者がいないという名手だった。

さてある夜、芳一が寺で留守番をしていると、一人の客が来た。彼は武士だった。

武士は、『わが屋敷へ、琵琶を弾きに来て欲しい』と、芳一に請うた。

芳一が武士に連れられ、屋敷に行くと、そこには多くの聴衆がいるようだった。目の悪い芳一には見えないが、気配で分かったんだ。

壇ノ浦を語るようにと所望された芳一は、一生懸命、歌い奏でた。

すると皆が芳一の演奏に聴き入り、彼の芸の巧みさを褒める声がした。

クライマックスになると、皆はすすり泣き、とても感動しているようだった。

芳一は、『七日七晩、この演奏を続けて欲しい』、『誰にも秘密で屋敷に通ってきて欲しい』と懇願され、それから毎日、屋敷へ通うことになった。

数日経つと、寺の和尚は、芳一の異変に気が付いた。目の不自由な彼が、夜毎出て行くのが心配で、理由を聞くが、芳一は答えない。そこで和尚は、彼を尾行するよう、寺男達に命じたんだ。

すると、どうだろう。

芳一はたった一人で夜道を迷わずどんどん歩いていったかと思うと、とうとう平家の墓地の中へ入り、墓の前で琵琶を弾き鳴らし始めたんだ。

その墓こそ、壇ノ浦で死んでしまった悲劇の王、安徳《あんとく》天皇の墓だった。

墓の周りには、無数の鬼火が飛んでいたという。

寺男達は驚いて、和尚に自分達の見た事実を告げた。

和尚は芳一を呼び、『お前が琵琶を弾き聞かせていたのは、安徳天皇と、その従者である死者達、つまりは怨霊達《おんりょう》だ』と教えたんだ。

そして、和尚はこう言った『怨霊達は、芳一の琵琶をただ聞くだけでは満足せず、きっと芳一を死の世界に連れ去ってしまうだろう』と。

和尚は芳一を守ってやらねばと考えた。

ところがその夜、和尚はどうしても用事で出かけねばならない。

寺男や小僧では力不足で、芳一を守ることはできないだろう。

芳一を怨霊から守るには、一体、どうすればいいのか……」

ロベルトが思わせぶりに一呼吸、間を置いた時、ガタンと平賀が湯呑《ゆの》みを倒す音がした。

ロベルトはそれには気付かないふりで、話を続けた。

「和尚は一つの方法を思い付いた。

怨霊というものは、清らかな物を見ることができない。

そこで、最も清らかなお経を、芳一の全身にびっしりと書くことにしたんだ。

黒い墨でもって、和尚は芳一の全身にお経を書きつけた。

そして、怨霊に声をかけられても、決して答えず無視するようにと、芳一に言いつけた。

その夜、芳一がいつものように座っていると、怨霊である武士が芳一を迎えに来た。

ところが、経文が書かれた芳一の姿は、怨霊には見えない。

『芳一、芳一はどこだ……』

怨霊は何度も呼びかけるが、芳一は必死でそれを無視し、返事をしなかった。

『声も聞こえない、姿も見えない。さて芳一はどこへ行ったのか……』

怨霊の独り言がすぐ側で聞こえても、芳一はじっと黙っていた。

ところが、この時、和尚は一つの失敗を犯していた。

芳一の全身に経文を書いたつもりが、うっかり耳にだけは書き忘れていたんだ。

怨霊には、ぽっかりと浮かんだ芳一の耳だけが見えていた。

『耳だけなら、ここにあるのに……。芳一がいないなら仕方がない。わしが来たという証拠に、耳だけでも持って帰ろう』

怨霊の手が芳一の耳をむんずと摑《つか》んだ。

めりめり……音を立てて、芳一の耳は引きちぎられた。

芳一はその痛みに耐えながら、必死で沈黙を守ったんだ。

翌朝、和尚が帰宅してみると、耳をもぎ取られた芳一が、血だまりの中に、意識のない状態で倒れていたという。

この出来事が世間に広まり、彼は『耳無し芳一』と呼ばれるようになったそうだ」

ロベルトが語り終え、平賀を見ると、平賀は子供のように怯《おび》えた顔をしていた。

「おや、どうしたんだい？」

ロベルトは初めて平賀の異変に気付いたかのように訊ねた。

「怖いです。その話は昔、話し上手な祖母に聞かされて以来、怖くて怖くてトラウマなのです。祖母は私を怖がらせるのが得意な人でして……。お願いです、もう二度とその話はやめて下さい」

「ごめん。もうしないよ」

ロベルトが言うと、平賀はほっと溜息《ためいき》を吐いた。

次にロビンソンの反応はどうかと顔を見てみると、こちらは頬を紅潮させ、鼻息を荒くしていた。

「面白い……。とても面白くて、怖くて、ファンタスティックで、本当にドキドキしたよ。ロベルト神父は話がお上手だ」

「それは良かった。この話を書いたのが、ラフカディオ・ハーンです。ネットなどで探して、他の作品も読んでみればどうでしょう」

「早速、そうするよ、有り難う。僕はきっとラフカディオ・ハーンのようになってみせる」

「それは素敵な夢ですね」

ロベルトは微笑んだ。

2

七時になり、身支度を調えた二人は食堂へ行った。

夕べと同じ席に二人分の朝食が配膳《はいぜん》されている。

メニューは焼き魚、卵焼き、海苔《のり》、味噌汁《みそしる》、ご飯であった。

「ロベルト、これは一般的な日本の旅館の朝食メニューです」

「イタリアの朝食はパンとコーヒー程度だが、手間がかかった料理だね。焼き魚が出て嬉《うれ》しいよ。夕べの刺身がまだ胃に残ってる気分なんだ」

ロベルトが苦笑した時、

「どうもお待たせしました」

吉岡の声がして、二人の前に刺身の入った鉢がドンと置かれた。

「夕べの残りのお刺身、醬油《しょうゆ》漬けにしておきましたから、どうぞ遠慮なく召し上がって下さい。折角、刺身が美味《おい》しいと仰《おっしゃ》っておられたのに、夕べは食べ切れなくて残念だったでしょう？　こうすれば翌日でもまた、美味しく食べられますからね」

吉岡はニコニコしながら去って行った。

平賀が吉岡の言葉を訳して伝えると、ロベルトは短く溜息を吐いた。

「確かに僕達が残した物なんだし、有り難く頂こう」

そう言いながら、ロベルトは一切れを口に運んだが、磯の香りに反応して胃の奥からこみ上げてくるものがある。

「すまないが……僕は無理だ」

「任せて下さい。私にも日系神父の意地があります」

平賀は険しい顔で刺身に齧《かじ》り付いた。

「ところで平賀、今日はどこから調査を始めるつもりだい？」

「やはり現場からですね。神島を調べたら、次は神島に雪が降り、巨大な十字架が出現したのを見たという人達の話を聞いてみたいです。つまり、この一帯の聞き込みです」

平賀は地図を広げ、神島を望む沿岸一帯を指で示した。


部屋に戻った平賀は、パソコンからシン博士を呼び出した。博士は平賀の奇跡調査の補佐役である。

コール音が三度鳴ったところで、シン博士の顔が画面に映った。

黒い肌と鋭い光を放つ鉄色の瞳《ひとみ》、高い鼻梁《びりょう》が印象的だ。彼はいつものようにピンと背筋を伸ばし、白装束を着け、頭には白い布を巻き、口元を白いマスクで覆っていた。

「おはようございます」

平賀が言った。

『こちらは午前一時です』

シン博士は無表情に答えた。

「あっ、こんばんは。さて、私の調査用の荷物は、いつこちらに届くのでしょうか」

『今日中の予定ですが、詳しくお知りになりたいですか？』

「はい」

シン博士は配送記録を確認し、

『荷物番号と、そちらの国での問い合わせ窓口をメールでお送りします』

「有り難うございます」

『他にご用件は？』

「ありません」

『では失礼します』

通話はプツリと切れ、すぐに博士からのメールが着信した。

「何というか、相変わらず無愛想な博士だね」

二人のやりとりを聞いていたロベルトは、肩を竦《すく》めた。

「そうですか？ 博士は親切な方ですよ」

平賀は全く気にしない様子で、シン博士に教わった問い合わせ窓口へ電話をかけた。荷物の到着は午後四時以降とのことだ。

「えっとそれから、船の手配がどうなったか確認しなければなりませんね」

平賀はメモを片手に、﨑津教会に問い合わせの電話をかけた。

暫《しばら》く話をした後、「午前九時に﨑津教会で待ち合わせです」と、ロベルトに告げる。

「君にそんな風な手配をしてもらうなんて、新鮮だ」

ロベルトは思わず呟《つぶや》いた。

「私だってやれば出来るんです。元々スケジュール魔ですからね」

平賀はメモ帳に今日の予定を書き付けると、愛用のリュックに調査道具を詰め込み始めた。

崎津教会で二人を出迎えたのは、安東神父であった。

目の前の港から船が出るというので、三人は歩き出した。

港に続く道には、干し魚が吊《つる》されていたかと思うと、漁具が置かれていたりする。

海沿いの家々は、一階部分が高床式で、そこが船のガレージになっていた。

安東神父は、港に繋《つな》がれた釣り船の一つに近づいて行った。

「木崎《きざき》さん、今日はお世話になります」

「いえいえ。確か、神島へ送迎でしたね」

答えた木崎船長は、人の善さそうな中年男性だ。平賀とロベルトにもぺこりとお辞儀をしてくる。二人もお辞儀を返した。

「念のため、着けて下さい」と渡された救命胴衣を身につけ、三人は船に乗った。

すぐに大きなエンジン音が轟《とどろ》き、船が動き出す。

強い海風と波飛沫《しぶき》が吹き付けてくる。

入り江を出ると、一気に波が高くなり、船は左右に揺れ始めた。

そうして二十分ばかりすると、尖《とが》った三角錐《すい》の形の島が見えてきた。表面は緑に覆われ、海から小さな山が突き出ているかのようだ。

着岸できる岸を求めて、船が島を回り込むように針路を変えると、島の裏側は緑もなく、断崖《だんがい》になっているのが分かった。

「どうして島の裏側だけ、山が禿《は》げているのでしょうか？」

平賀が訊《たず》ねると、安東神父は「分かりません」と首を横に振った。

木崎船長にも同じ質問をすると、「風と波の影響じゃないですか」との答えだ。

平賀は後で他の人にも聞いてみようと、メモを取った。

船が岸に寄せられる。ロビンソンが泳ぎ着いたのと同じ場所だ。

目の前は二十メートルばかりの断崖である。

ロビンソンの証言によれば、この断崖にキリストの姿が浮かびあがったという。

船は岩場の近くで錨《いかり》を降ろし、停泊した。

「私はここでお待ちしておりますので、岩伝いに上陸なさって下さい」

木崎船長が言った。

「貴方《あなた》がたは上陸されないのですか？」

平賀が訊ねると、木崎船長は頭を掻《か》いて言った。

「いやあ、つまらない縁起担ぎと笑われるでしょうが、漁師はこの島に上陸しない決まりになってるんです。『真昼様』っていう、この島の神様を刺激して怒らせると、その漁師の網に魚がかからなくなるという言い伝えがありましてね」

「私もここで船長とお待ちしています」

安東神父もすげなく言った。

そこで平賀とロベルトは、二人で神島に上陸することになった。

平賀は早速、嬉々《きき》として断崖の土を観察し、採取した。それから地面を這《は》うようにして歩き回りながら、写真を撮り、土を採取し始めた。

ロベルトは崖《がけ》をじっくりと見詰めていたが、土と黄色い砂ばかりの、ごく普通の山肌でしかない。

スコップを持って地面のあちこちを掘っていた平賀の側に、ロベルトは近づいて行き、平賀の作業が一段落するのを待って声をかけた。

「光るキリスト像がこの崖に浮かび上がった。それが仮に奇跡でないとすれば、どんな可能性があるだろうか」

「そうですね……。真っ先に考えられるのは、どこかからキリストの姿をこの崖に映写するという方法です。

崖面をスクリーンに見立てて、どこかから映像を投射する場合、この島の状況を見るに、映写設備を設置できる場所がありません。十メートル以上の画像を投射する設備を置くとしたら、海の中となりますが、それならばロビンソン氏が映写機の光源や、そこから放射される光に気付かない筈《はず》がありません。第一、この断崖の土の状態、色、凸凹の具合から見て、崖をそのままスクリーンとして使用しても、歪《ゆが》んだ画像しか映せないでしょう。

次に考えられるのは、3Dホログラム映像です。レーザーで空気をプラズマ発光させて映像を描画する方法は、様々に開発されています。例えば、床下に円錐形の特殊なスクリーンを置き、その周囲に強力なプロジェクターを複数設置し、スクリーンによって制御された映像が床上に3Dの像を結ばせるといった方法です。その場合は当然、地面の下に仕掛けをしなければならず、しかも装置は完全に防水されていなければなりませんが、調べてみたところ、そのような仕掛けは見つかりません。

また、最新の技術では、3Dプリンターを用いて二層のレイヤーにインクと小型LEDを印刷することで、電気回路が不要の発光体を作ることが可能です。紙や板など、印刷可能なあらゆる物を光らせることができます。

ところが奇跡の当日は台風でした。薄い紙などの仕掛けは不可能です。断崖の岩肌そのものに加工することは可能でしょうが、見た所、そのような痕《あと》もないんです」

平賀は嬉《うれ》しげに述べた。

「成る程ね。横からと下からの映像投射はないし、崖に細工も無いという訳か。では、上から投射の可能性はどうかな。或《ある》いは他に、どんな方法があるだろう」

「上からの投射の可能性は否定できません。

もし大掛かりな仕掛けが崖の上にあったとしても、ロビンソン氏には崖を登る体力もその手段も無かったでしょうから、それを目にする可能性は低かったと思われます。ですから、崖の上を調べる必要があります。

その他の方法としては、ごくシンプルに、LED電球などで主の像を作り出すやり方があるでしょうか。ですが、克明な画像を描く為には、直径二センチの電球が最低五千個は必要でしょう。一個の重さが七グラムとして、三十五キロ、電線の重さを考慮して五十キロ。それを台風の中ではためきもさせずに固定する……。そんな方法は今の私には思いつきません」

「ふむ。しかもこの島は無人島で、電力も無いのだからね」

「ええ。ですから、発電機を持ち込むしかありません。二十〜三十キロのハンディタイプの発電機を用いたとして、出力は二千ワットが限界ですから、仮に二十ワットの電球を五千個用いたとすれば、発電機は五十台以上必要となります。それだけの物を港から運び出すのも、設置するのも、片付けるのも、相当に目立つでしょう」

「ふむ……。まるでクリスマスツリーの電飾だね。それがクリスマスのような祝祭の演出の為というなら、そういう無理をするのも分かるがね。

ロビンソン氏が漂流したのも、台風が発生したのも、偶然の出来事だ。そんな準備を何の為に、誰の為にしたのかについても大いに謎という事になる」

「ええ。とにかくこの島を見て回り、崖の上に登ってみましょう。仕掛けがあるとしたら、現状、崖の上が最も怪しいかと」

「よし、行ってみよう」

岸壁の上に登るには、その裏手の緑鬱蒼《うっそう》とした崖から狭い登り道を行くという。

確かに島の裏側に回ってみると、そこはさながら小さなジャングルのようであった。

二人は道無き道をかいくぐって岸壁の裏側に向かった。

そして木の枝に掴《つか》まりつつ、緩やかな傾斜を選んで上に登り始めた。

その時、ロベルトは坂の下にある大きな特徴ある木の陰に、ちらりと人の姿を見たような気がした。

「平賀、人が……」

平賀は不思議そうな顔をして、日本語で声を上げた。

「誰かいらっしゃいますか？」

だが、反応はない。人影と見えたものも消えていた。

「勘違いだろうか？」

「そうですね。こちらに回ってみましょう」

平賀は茂みをかき分けた。その中に、古くは道だったような、道ではなかったような、よく分からない不自然なへしゃげた茂みがあった。棘《とげ》のある植物が狭い空間に飛び出していて、手足に刺さり、ちくちくとする。

「この辺りから登れるといっていたけど、迷ったのかな？」

平賀とロベルトは更に進んでみた。

葉が頭上から覆い被《かぶ》さり、光が徐々に失われていく。

高まるのは自分の鼓動だけだ。しかし尚《なお》も進むと、少し視界が開けたところに人の踏みしめたらしき登り道が見えた。

「どうやら道は合っていたみたいだね」

「ええそうですね。良かったです」

二人は汗を拭《ぬぐ》った。

整備されていない足元はぬかるみ、落ち葉で足が滑る。

まるで雨雲の上を歩いているような頼りない足元である。

注意していても、棘のある植物が手足に刺さる。

葉を茂らせた枝が頭上から覆い被さり、視界を暗く遮る。

道なき道では、木の枝や岩、蔓《つる》や根などを掴みつつ、時にはロッククライミングの要領で、斜面をよじ登らなければならなかった。

「なかなかこれは登りづらいですね」

平賀が息を弾ませながら呟《つぶや》いた。

「背中のリュックが邪魔だろう。僕が持つよ」

「いいえ、これは軽いので大丈夫です」

「辛《つら》くなったら言ってくれ」

じめじめとした湿気が纏《まと》わり付き、嫌な汗が流れる。自分の息づかいと鼓動だけが痛いほど高まっていく。

そんな格闘を一時間以上続けただろうか。

森が突然開けた。狭いながらに平地があり、ツル性の植物が蔓延《はびこ》っている。その先には獣道らしきものが見えた。

「ここには動物がいるんだろうか」

「いえ、人の足跡のようです。しかもまだ新しい」

「ロビンソン氏のものかな？」

「分かりませんが、複数の人物のもののようです」

平賀は慎重に地面の跡を確かめ、写真を撮った。

その付近には所々、土を掘り返したような跡や、抉《えぐ》ったような跡、斜面を削ったような跡もある。地面が穴になっている箇所もあった。

その意味は分からないが、無人島である筈の島に、人の立ち入りがあるのは確かだ。

二人は汗を拭い、ひと休憩を取ったあと、さらに道を進んで行った。

頂上が近くなり、頭上の茂みの隙間に空が映り、その空と境界を接する海が見えた所に、青い葡萄《ぶどう》のような実をたわわにつけた木が大量に茂っていた。

種類は分からないが、満開の白い花を咲かせた木もあった。花々はまるで暗い道の出口を示す灯りのように感じられた。

さらに登ること三十分あまり。ようやく二人は山の頂上へ出た。

強い日射しが照り付け、海風が頬を撫《な》でる。

ハンカチで汗を拭っていたロベルトの横で、平賀は地面にしゃがみ込んだ。

「気がつきましたか、この足跡」

平賀が示した地面には、腐葉土と化したぬかるんだ箇所に、複数の靴痕がつけられていた。

「四種類……。少なくとも四種の異なる靴痕があります」

平賀はカメラでそれらを撮影しながら言った。

「大勢の人間が、工作の為にこの場所へ来ていたんだろうか」

「分かりません。ただ、土の凹《へこ》み具合から考えて、発電機のような重い荷物を運んだとは考えられません。それならば、荷車のタイヤの跡などがあってもしかるべきですし、木の幹や地面に鋭角や直角の傷や跡が、いくらかでも残っている方が自然です」

「そうだね。第一、大型機材を抱えて、あの山道を通るのは困難だろう」

「そうですね。不可能ではありませんが、困難でしょう」

「いずれにせよ、大勢の人間がここに通っていたことは分かった。だがその理由は分からない」

「現状、そうなります」

平賀は辺りを慎重に歩き回り、土や木のサンプルを採取した。

続いてリュックから双眼鏡を取り出し、島の四方を見回した。

三方は茫洋《ぼうよう》と広がる海ばかりである。

遠くに見える陸の天草は、断崖《だんがい》の海岸線で、黒い岩肌に波が打ち寄せていた。海に突き出した岬の部分に、鳥居が立っているのが見える。

調査のメモを書き終わった平賀に、ロベルトが話しかけた。

「この島に降ったという雪と浮かんだ十字架については、説明できそうかい？」

平賀は黙って首を横に振ると、満開の白い花を咲かせた木の側に立った。

「この木はホルトノキですが、見て下さい、葉先が赤く色づいています。ホルトノキは常緑樹ですが、秋から冬には少数の葉が紅葉することで知られます。しかも葉先だけが赤くなった点から考えて、寒くなったのは一瞬であり、しかも最近のことだと分かります。夏の雪は確かに降ったのです。ですが、どうしてそんな事が起こったのかは、今の私には分かりません」

平賀は首を捻《ひね》って答えた。

「焦ることはないさ。調査はまだ一日目だ」

ロベルトは断崖から見上げる空に、雲がゆっくりと流れていく様を見て言った。

3

二人は山を下り、船が待つ海岸へ戻った。

船上で木崎船長と朗らかに談笑していた安東神父は、二人の姿を見るとたちまち表情を強《こわ》ばらせた。

「いかがでしたか？」

安東神父は二人の顔色をじっと窺《うかが》うようにして、ラテン語で訊《たず》ねてきた。

「僕からは特に言うべきことはありません」

ロベルトが言うと、平賀も頷《うなず》いた。

「はい、今のところは何とも言えません。次に、この島に雪が降ったことや、十字架が浮かび上がったことを目撃した人に話を聞きたいのです」

「それでしたら、大江教会へ参りましょう。教会近くにお住まいの信者さんが何人も、目撃しています。喜んで証言に協力して下さるでしょう。主任司祭の武尾《たけお》神父様にも、ご挨《あい》拶《さつ》なさった方が宜《よろ》しいでしょう」

一行は船で﨑津へ戻り、平賀とロベルトは汚れた服を着替え、安東神父の車で大江教会へ移動した。

山間の道を抜けた小高い丘の上に、ハイビスカスの花や椰子《やし》の木々に囲まれて、大江天主堂はひっそりと建っていた。

ロマネスク風の白いコンクリート建造物で、丸ドーム形の鐘楼の上には控えめな十字架がちょこんと載っている。周囲を取り巻く山々の濃い緑が、教会の清廉な白さを鮮やかに引き立てていた。

ヨーロッパの教会と比べれば、極めて質素で玩具《おもちゃ》のように小さな教会ではあるが、ロベルトは却《かえ》ってそこに日本的な慎ましさを感じた。

手入れの行き届いた庭には、優しげな表情の胸像が建っている。私財を投じて大江天主堂を建築し、生涯を天草の人々に捧《ささ》げた宣教師、ガルニエ神父の彫像だ。

中に入ると、暖かなオレンジ色の壁と白い柱の空間が広がっている。

主廊部は折上天井、側廊部は平天井の三廊式で、それぞれ花弁をモチーフにした幾何学的な模様が優しい色彩で描かれていた。

床には簡素な赤いカーペットが敷かれている。

壁面には、悪人の最期、地獄、最後の審判、煉獄《れんごく》、善人の最期を表した版画が飾られている。中には、患者に外科手術を行う宣教師達の姿を独特の強いタッチと色彩で描いた絵もあった。

教会の中央奥、磨き上げられた祭壇の後ろには、聖母マリアの受胎告知の壁画。その両脇に「洗礼」と「聖体」をテーマにしたステンドグラスがある。

そして教会の中央付近の長椅子には、恰幅《かっぷく》のよい老年司祭と、十名あまりの信者が座っていた。

武尾司祭は温厚そうな顔立ちで、杖《つえ》を持っていた。そして、会話は日本語でしか出来ないと、申し訳なさそうに言った。

互いに挨拶を済ませると、平賀は早速、奇跡の証言を皆に求め、録音を開始した。

最初に話をしたのは、タクシー運転手の男性であった。

「あれは七月十二日の夕方のことたい。タクシー仲間から、ロビンソン氏が見た奇跡のことば聞いとった私は、なんとのう神島の事ば気になって、普段ば通らん天草灘《なだ》の西海岸沿いを走っとったとです。

丁度、北請神社《ほくしん》の辺りを通っていた時、神島の方へふと目ばやると、暮れかけた紺色の空の中を、真っ白な雪が、島に向かって降っていたとですよ……。

驚いて路肩に車を停めてから、丘に登って何ば事かと目を凝らしますと、今度は島の頂上付近に、輝く十字架が浮かんどるじゃありませんか。

神島の頂きは雪に覆われて真っ白で、その上には大きな十字架が浮かんでおったとです。

私はもう、どぎゃんことかと驚くばかりで。

すっかり、心ば奪われておるうちに、十字架は薄れて、雪も降り止んどりました。そこで慌てて携帯で撮った写真が、地元の新聞にも載った、あれ一枚きりです。

私はその足で大江教会を訪ねて、見てきたことを司祭様にお話ししました。司祭様は、それも主の奇跡に違いないと仰《おっしゃ》り、私を祝福して下さったとですよ」

その後は他の証言者も口々に目にした出来事を語ったが、新たな情報は出なかった。

「こんな気象現象が、今までこの地方で起こったことはあるんですか？」

平賀が皆を見回して訊ねると、全員が首を横に振った。

「まさか、こんな話は見たことも聞いたこともありません」

武尾司祭が代表して答える。

「雪が降った時、島に人は居なかったのでしょうか？」

「まさか、考えられません。もし神島で奇跡を見た者がいれば、ロビンソン氏のように名乗り出ている筈《はず》ですし、そもそもあそこは無人島です」

「そうですか……」

平賀は難しい顔をした。

武尾司祭はゴホリ、と勿体《もったい》ぶった咳《せき》をし、話を始めた。

「平賀神父様はご存知でしょうか。この天草の地にキリスト教が伝わったのは一五六六年。そこから大勢のキリシタンが誕生し、この地に西欧の素晴らしいキリスト文化が花開きました。大きな神学校なども建てられたんですよ。

ところが政府が禁教令を出しますと、今度は一転して、過酷な宗教弾圧、迫害、処刑、神父の追放、大勢の殉教といった、キリシタン達にとって苦難に満ちた暗黒の時代が、実に二百八十年近くにわたって続いたのです。

やがて時代が明治になると、再び宣教師の入国が許され、ガルニエ神父がこの地へやって来られました。

ガルニエ神父は三十二歳で天草へ来られた後、八十二歳で亡くなられるまで、一度も母国フランスに帰ることがありませんでした。なぜなら、帰省手当を全て、天草の貧しい者達や孤児達の救済に充てたからです。

いつも神父の服はぼろぼろ、食事は麦飯だけで過ごすという生活でしたが、医師でもあったガルニエ神父は、貧しき者、弱き者の友として、キリストの愛に生きられました。

そんなガルニエ神父のことを、地元の人々は親愛を込めて、『ぱあてるさん』と呼んでいたといいます。

私財をはたいてこの聖堂を建てると、ガルニエ神父は死の間際まで『墓はいらない』『墓にかけるお金があるのなら、人々に施しをしてほしい』と言い続けたそうです」

武尾司祭はそんな話を終えてから、縋《すが》るような目で平賀を見詰めた。

「この日本に於《お》いて、一度は途絶えた主の教えを復活させるべく活動し、以後、信仰の灯火を守り続けてきたのは、他ならぬ私達だと自負しております。

ですが、正直に申しまして、近年の教会運営と布教活動はうまくいっておりません。

その昔、島民の八十パーセントはキリシタンであったというのに、今は僅《わず》か一パーセントにも満たないのです。教会運営は大変です。その理由が何故なのか、私には分かりません……。

ですから今、貴方《あなた》がたに、神の奇跡をどうか認めて頂きたい。それが私達の切なる願いです。もし、ここ天草に今一度、神の奇跡が起こったと認められたならば、再び主の御名の栄光がこの国にもたらされるに違いありません。

貴方も日本人ならば、お分かりでしょう？　私共の切なる願いが……」

武尾司祭はそう言うと、平賀の手をぐっと摑《つか》んだ。

「はい、その為の奇跡調査です。主の御名《みな》の栄光の為にも、必ずや厳正な調査を行い、奇跡の真贋《しんがん》を見極めることをお約束します」

平賀は純粋な瞳《ひとみ》で答えた。

するとと武尾司祭はギョッとした顔で凍りついた後、大きく肩を落とした。

「……厳正……ええ、それは当然のことです。私としたことが、つい、あまりの不思議の前に気持ちが焦ってしまいました」

平賀の普段通りの態度と、あからさまに気落ちした司祭の表情から、日本語が分からないロベルトにさえ、二人の会話の内容が理解できた。

とはいえ、日本人司祭をフォローする言語を持たないロベルトは、ただ誠意を込めて司祭に頭を下げるしかなかったのだった。

「それでは武尾司祭、皆様、今日は貴重なお話をお聞かせ下さり、有り難うございます。またお話を伺いに戻るかも知れません」

平賀は爽《さわ》やかに告げると、ぺこりとお辞儀をした。

「平賀神父。調査は以上で宜《よろ》しいのでしょうか」

安東神父が訊ねる。

「はい。今日の所は結構です。分析すべき試料がありますので、宿に戻りたいです」

「分かりました」

三人が天主堂を後にして坂道を下ると、左手には墓地が広がっていた。

仏教徒の墓とキリシタン達の墓。和風洋風の墓が入り交じって立ち並ぶ様は、日本でしか見られない不思議な光景だと、ロベルトは思った。

＊　＊　＊

天主堂から国道に出る手前に、十字架やマリア像の写真入り看板が出ているのに、ロベルトは気付いた。

「あれは何です？」

「ロザリオ館という資料館です。なかなか良い施設です」

安東神父が答える。

「もし時間があれば、あそこに立ち寄らせてもらえないだろうか」

「ええ。時間なら、私は大丈夫です」

安東神父の赦《ゆる》しをもらったロベルトは、平賀にも問いかけた。

「平賀、良かったら少しあそこに寄って行かないか？」

「貴方が行きたいなら、別にそれで構いません」

平賀は興味なげに答えた。

資料館の中はひんやりとして、ひと気がなかった。

入り口の箱に料金を投入し、勝手に中へ入る。

早速展示物を見回ろうとしたロベルトを、突然、平賀が引き留めた。

「ロベルト。すみませんが、私はロビーでお待ちしています」

「えっ、どうしたんだい」

「何と言いますか、展示物や日本語の文字が沢山並んでいるのを見た途端、目が回って情報を受け付けなくなりました。今日は色々な物を見たので、頭が一杯になったのでしょう。少し休憩すれば治ると思います」

どうやら彼のハードディスクがオーバーヒートしたらしい。平賀はよろよろと、ロビーのソファに倒れ込んでしまった。

「困ったな……。君がいなきゃ、僕には書かれた文字の意味が分からない」

独り言を言ったロベルトを、安東神父が振り返った。

「僕が通訳になりましょう」

ロベルトは安東神父が親切な言葉をかけてきたことに驚きながらも、

「それは助かります。有り難う」

と、微笑んだ。

二人は展示物を見ながら歩いた。

最初はぎこちなかった会話も、互いのキリスト教に対する知識や、文化に対する知識の深さが分かるにつれ、次第に打ち解けたものになっていった。

館内の展示物は「踏絵」であったり、「隠し十字架」であったりした。

安東神父がそれらに解説をつけ加える。

「日本政府が禁教令を出し、全てのキリスト教徒は仏教徒に改宗させられました。そんな中でも、大江や﨑津の集落では、密《ひそ》かに信仰が守られていました。

政府は人々が仏教に帰依したかどうかを確認する為、年に一度、キリストの像を踏むという『絵踏み』を強いました。踏めない者は投獄、拷問によって棄教を迫られたり、島流しにされるなどの迫害を受けたのです。

一六四四年、最後の宣教師が殉教すると、国内にはカソリックの司祭が一人もいなくなります。ですが、キリシタン達は信仰を捨てず、ひっそりと主の教えを代々伝えていきました。こうした人々を『隠れキリシタン』といいます。

彼らは、ごく小さな集落単位で秘密組織を作り、ひそかに『オラショ』と呼ばれる祈禱《きとう》文を唱え、祈り続けたんです」

安東神父はそう言いながら、展示されているオラショの録音テープを再生した。

たっときよかれつさま　ひやちの
さがらめんとうさま　ほめ
たっとう　まえたまえ　おんほめ
たっとう　まえたまえ
おれじなりとがのけがれなきように、おんやどらせたもう
おんみのごっしゃん　母まりあ様
このよの　せうじんにおいては

きずをこうもり　しびうりて
きずを　こうもり　しびうりて
よすあるかっせにおいては　きずをこうもりしびうりて
この世においては　せりをうたもう　おみとます
天においては　たいしうとしてたてまつる
おんとりあわせに　おんとりやわせなりたもう
はからいたのみたてまつる
あんめんでうすさま

聞いていたロベルトであるが、意味はさっぱり分からない。

マリアとデウス（神）という言葉だけが拾えた程度だった。

「どういう祈り言葉なんですか？」

「そうですね。私にもよく分からない箇所はありますが、神を賛美します。汚れをはらうために母マリア様のもとにお生まれになったキリスト様が、この世の罪と罰を引き受けて、傷をうけて死んでいった。その後、天において様々なことを決める方となった。どうかその力でお計らいください、神よ。といったところでしょうか……」

祈禱文としては、内容的には自分たちが日々唱える言葉とそう変わらない。

ただ、響きはとても早口で、耳慣れない節回しだ。

日本に『隠れキリシタン』という人々がいたことを、ロベルトも知識としては知っていた。

先日、日本の首相が隠れキリシタンの遺品のレプリカである『魔鏡（光をあてるとキリストの像が浮かび上がる）』をバチカンに寄贈し、法王が『弾圧に耐え、信仰を守った日本の隠れキリシタンは、信者の見本であった』という内容のコメントを発表したからだ。

だが、その詳細について見聞きするのは初めてである。

隣の一角には、隠れキリシタンの住む日本家屋がジオラマで展示されていた。

実際に作られた隠し階段を上ると、屋根裏には、擦り切れた着物を着た農民らしき人々が、柱に刻んだ十字の印を一心に拝んでいる姿がある。

それは、ローマ帝国の皇帝ネロによって迫害されていた時代のキリスト教徒や、異教徒として共同体を追われ、岩山に立て籠《こ》もって信仰を守った修道士達の姿と重なり、信仰の持つ激しさをロベルトに伝えてきた。

ロベルト自身が神父を志したのは、生きる為の現実的手段に過ぎなかった。だからこそ、信仰の強さについて、深く考えさせられるのだ。

順路の先には、隠れキリシタン達が秘蔵していた聖像聖画やメダイ、ロザリオ、クルスなどの聖具や、聖母マリアに見立てて祀《まつ》ったという東洋式の観音像、背中に十字架の刻まれた仏像などが並んでいる。

「隠れキリシタン達はこれらを倉庫に隠し、『納戸神』と呼んでいたそうです」

安東神父が解説を加えた。

次にロベルトが見たのは、奇妙な壺《つぼ》であった。

おおよそキリスト教とは関係の無さそうな、黒ずんだ古い蓋《ふた》つきの壺がガラスケースの中に飾られている。

「これは何と書いてあるんです?」

「それは面白いですよ。『経消しの壺』という代物です。

当時のキリスト教徒が表面上、仏教徒を装う必要があったことはお話ししましたね。すると彼らが亡くなった時、仏僧が来てお経をあげるのです。しかし、それではキリスト教徒は天国(パライソ)に行くことが出来ません。

そこでキリシタンの指導者は、僧が経を読んでいる隣の部屋で、経を打ち消し、この壺の中に封じる祈禱文《オラショ》を唱えたんです。さらに、十字架を壺の中に出し入れして、経の力を消したといいます」

「なんだかキリスト教の話を聞いているような気がしないね。だが、面白い。実に密儀宗教的で、なかなか独創的だ」

ロベルトの言葉に、安東神父は初めて嬉《うれ》しそうに笑った。

「ええ、私も最初にこれを見た時、貴方《あなた》と同じ感想を持ちました。私もこうした資料を見るのが趣味なもので……」

「そうなのかい。僕もだよ」

微笑んだロベルトを、安東神父はじっと見た。

「少し、私のお話を聞いて頂けますか？」

ロベルトが戸惑いながら「ええ」と答える。

安東神父は小さく深呼吸をした。

「ロベルト神父に告白します。私は……貴方に嫉妬《しっと》していました。

私は神父を志した時から、いつか立派な仕事をし、それが認められてバチカンに招かれる事を一生の夢と思ってきました。その為に、人一倍努力もしてきました。

なのに貴方がたは、易々《やすやす》と私の夢を叶《かな》えていらっしゃる。それが悔しかった……。

バチカンの奇跡調査官は世界から選ばれたエリート集団だと聞き、どうせ身分を鼻にかけた嫌な奴らに違いないと、思い込んでいました。貴方が『法王猊下《げいか》の信頼にお応《こた》えする為にも、僕達は誠心誠意調査する』と仰《おっしゃ》った時も、本心からは信じられなかった。

けれど今日、貴方がたが神父服を泥だらけにして山に登られたのを見、また、貴方が武尾司祭様に深々と頭を下げられたのを見て、私は自分が恥ずかしくなった。

ロベルト神父、どうかこれまでの私の無礼を許して下さい」

安東神父は、ゆっくりとロベルトに頭を下げた。

ロベルトは面食らった。

「無礼など、とんでもありません。貴方のお陰で今日は様々な事を教わることができました。感謝しています。有り難う」

ロベルトも安東神父にお辞儀をした。

安東神父は苦笑して、

「貴方は変わっていらっしゃる。西洋人はお辞儀など、あまりしないものだと思っていました」

「ああ、それは……。調査のパートナーが日系の平賀だからね、なんだか伝染してしまったのかな」

「成る程。平賀神父も相当、変わっていらっしゃいますものね」

「ええ、よく言われます。ですが彼は、大変優秀で、信仰心の篤《あつ》い男です」

二人は残りの展示物を見ながら、様々なことを語り合った。

ロベルトは日本の隠れキリシタンという存在に、強い興味を惹《ひ》かれ始めたのだった。

4

宿に戻ると、部屋に大荷物が届いていた。

二人は梱包《こんぽう》を解き、部屋の模様替えを開始した。

宿の主人から座卓をいくつか借り、その上に、各種の化学反応を見る試験薬、ビーカー、フラスコ、電子顕微鏡、成分分析機などを、次々に並べる。

押し入れに黒カーテンを取り付け、簡易の暗室を作る。

するとと、部屋はすっかり実験室のように仕上がった。

所要時間は二時間ほど。ほぼいつものペースだ。

平賀は早速、採取した神島の土をアルミのバットに広げ、ピンセットで選《よ》り分けるという作業を開始した。

科学調査に没頭し始めると、彼を食堂に連れ出すのも一苦労になる事を知っているロベルトは、彼の集中力を削《そ》ぐべく、背後から話しかけた。

「ねえ、真夏に雪が降った現象について、君が大江教会の人達から話を聞いて分かったことはあったかい？　日本語だったから、僕には意味が分からなかったんだ」

すると平賀はハッと顔をあげ、ロベルトを振り返った。

「すみません。通訳するのをすっかり忘れていました」

「簡単なまとめでいいから、今、教えてもらえるかな」

平賀は「はい」と頷《うなず》き、メモを見ながら目撃者の証言を伝えた。

そして地図を取り出し、証言者それぞれが奇跡を目撃した場所を指し示した。目撃地点の一つは海岸近くの丘で、残りは大江教会近くの高台であった。

「ふむ。つまり今日分かったことは、複数の目撃者がいることと、島のホルトノキの紅葉から、夏の雪が降ったのは事実だったという事ぐらいか……。降雪と十字架の奇跡を動画で記録していた人はいなかったのかい？」

「残念ながら、いませんでした」

「そうか……」

「私は、真夏に雪が降るという現象の実例を何例かは知ってはいます」

平賀は難しい顔で答えた。

「そうなのかい？　例えば？」

「一八一六年のアメリカ北東部、カナダ東部、そして北ヨーロッパで吹雪が起こったことがあります。通常、アメリカ北東部やカナダ南東部は春から夏にかけての気候が安定しているんです。平均気温はおよそ二十度から二十五度ほどでしょうか。しかし異常気象で気温が五度を下回り、吹雪が起こったんです」

「異常気象か」

「ええ。しかし、神島に雪が降った時刻の気温を調べたところ、二十七度と分かりました。異常気象ではありません。それに、あの島にだけピンポイントで異常気象が起こるのも妙な話です」

「確かに、そうだね」

「一八一六年アメリカのケースにおいて異常気象が起こった原因は、火山の噴火でした。タンボラ山の噴火によって、季節風の流れが変化したのです。さらにアメリカでは翌年の冬、気温がマイナス三十二度まで低下して、アッパー・ニューヨーク湾が凍結しました。

その影響は広域に及び、当時の中国では寒さのために木が枯れ、稲作や水牛も被害を受けたと記録されています。残りの多くの農作物も洪水によって壊滅したようです。当時のインドでは夏の季節風の遅れによって季節外れの激しい雨に見舞われ、コレラが蔓延《まんえん》しました」

「今年はそんな大規模な火山噴火など、無かったよね？」

「はい、ありませんね。

より正確に言いますと、カリブ海セントビンセント島のスフリエール山、インドネシアサンギヘ諸島のアウ火山、鹿児島県鹿児島郡十島《としま》村の諏訪之瀬《すわのせ》島、フィリピンルソン島のマヨン山などが次々噴火したことにより、相当量の火山灰が大気中に放出されていた。それに加えてタンボラ山が噴火した結果、大量の火山灰が太陽光を遮り、世界的な気温の低下が引き起こされたんです。

アメリカでは『夏のない年』が続き、農作物の不足は深刻となり、東部の人々が中部や中西部、西部へ大量に移住するという現象を起こします。

ヨーロッパでは、ナポレオン戦争末期という混乱に加え、食料不足に苦しめられることになりました。イギリスやフランスでは食料をめぐって暴動が発生し、倉庫から食料が略奪され、スイスでは暴動があまりにひどく、政府が非常事態宣言を発令する程でした。

ヨーロッパ全体で、およそ二十万人の死者が出たといわれています」

「大自然の前には、人類は為《な》す術《すべ》もない訳だ」

ロベルトは肩を竦《すく》めた。

「そうですね。面白い現象としては、タンボラ山の噴火によって、ハンガリーに茶色の雪が降ったり、イタリアでは一年を通して赤い雪が降ったんです」

「茶色い雪に、赤い雪だって？　当時の人は余程の天の怒りだと思っただろう」

「そうかも知れませんね。物理現象的に言えば、大気中に放出された火山灰が雪に含まれた為、雪に色がついただけなのですが」

「噴火以外の原因で、夏に雪が降る現象はあるのかい？」

「あるにはあります。紀元前三〇〇〇年頃、アルプス上空に小惑星が落下して、破片が地中海一帯に降り注ぎ、急激な気温の低下を引き起こしました」

「噴火に小惑星の落下か……。当然、どちらもこの奇跡には関係ないだろう？」

「はい。気象関係の記録を調べてみましたが、今回の奇跡を引き起こすような異常は認められませんでした。

　分かった事といえば、ロビンソン氏が遭遇した台風についてです。巨大台風が突然発生したのは、おそらく太陽フレアが原因です」

「太陽フレア？」

　ロベルトが首を傾げた。

「ええ。その日、大規模な太陽フレアに伴う磁気嵐が地球に到達しています。その結果、電力網や無線、衛星通信に若干の乱れがあったようです。

　大規模な太陽フレアは、嵐や地震、その他の天候への悪影響を及ぼします。

ＮＡＳＡによりますと、太陽表面で七月七日から八日にかけて二つの大規模な太陽フレアが発生し、特に七日の太陽フレアは規模が大きかったということです。

この二つのフレアに伴ってコロナ質量放出と呼ばれる現象が発生し、その放出されたエネルギーが地球に届いたのです。

地球は大気圏に守られているので、人体にはそれ程の影響はありません。しかし磁気嵐の影響で停電したり、航空機などが使っている無線通信やＧＰＳ（全地球測位システム）、衛星などに一時的な障害が起きることもあります。

その影響で、カナダ北東部やアラスカなどでは素晴らしいオーロラが出たそうです」

「ふうん……。それが原因で光るキリスト像が現れるとか、真夏に雪が降るという現象は起こり得るのかい？」

ロベルトの問いに、平賀は「分かりません」と首を横に振った。

「そうか……」

ロベルトは腕組みをした。

「あとは浮かんだ十字架についてですが、これも証言だけではハッキリしません。もしかすると、セントエルモの火のような現象かも知れない……とも考えています」

「セントエルモの火というと、カエサルの『アフリカ戦記』や大プリニウスの『博物誌』に書かれている、嵐の日、船のマストの先に火が灯《とも》って見える現象だね。

古代ギリシャでは、発光が二つの場合、それを航海の守護神でもある『カストルとポルックス』の双子になぞらえて、風が収まる善き知らせと考えていたそうだ。

それで君の解釈では、セントエルモの火とは何だったんだい？」

「セントエルモの火とは、尖《とが》った物体の先端に於《お》いて、静電気などがコロナ放電を発生させ、青白い発光現象を引き起こす現象です。雷による強い電界が、船のマストの先端を発光させるのです。

神島のキリスト像は、台風の日に現れましたでしょう？　雪に浮かんだ十字架も、水の関係する異常気象という意味では共通点があります。

採取してきた神島の土に、静電気を溜《た》め込む性質の物質が含まれていれば、そのような現象も起こり得るのではないかと」

「成る程ね。それで、これから土を調べるつもりだった訳か」

「そういう事です」

「それじゃあ、夕食後に取りかかるといいよ。もう六時五十分だ」

ロベルトに言われて、平賀は心底驚いた顔で時計を見た。

「驚きました。もうこんな時間なんですね」

「食堂に行こうか」

「ええ」

二人は立ち上がった。

部屋の外に出ると、犬を連れた結子が敷地に駆け込んで来る姿が見えた。

吉岡が食堂から出てきて、結子を叱《しか》っている。

「あの二人、何を言ってるんだい？」

ロベルトは何気なく訊《たず》ねた。

「ええと……飼い犬が散歩の途中で動かなくなってしまって、結子さんが夕食の仕込みの準備に遅れたみたいですね」

「そうか。喧嘩《けんか》という程でもないんだね」

ロベルトが言った時、吉岡親子は仲良く話しながら食堂に入って行った。

ロベルト達も続いて食堂へ入る。

食堂には、その日も四組ほどの客が入り、賑《にぎ》わっていた。

そして二人に出された夕食は、やはり大盛りの刺身であった。

食事を減らして欲しいという平賀の訴えは、吉岡に届かなかったらしい。

「まあ、今日はよく動いたことだし、頂こうか」

「ええ……」

二人は食前の祈りを唱え、食事を開始した。

だが、平賀の箸《はし》はピクリとも動かない。

「どうしたんだい？」

「生魚を見ているだけで、一寸辛《ちょっとつら》いんです」

「けど、ここで残せば残すほど、朝食の漬けが増えるシステムだよ」

「それは分かってはいるのですが……」

平賀は真っ青な顔で呟《つぶや》いた。

「君、朝食の時に頑張り過ぎたんだ。幸い僕は腹ぺこだから、結構いけると思う」

ロベルトの言葉に、平賀はほっと溜息《ためいき》を吐いた。

「ところで、僕は夕べから気になっていたんだが、ロビンソン氏はここで食事を摂《と》らないんだろうか」

「そう言われてみれば、食堂ではお見かけしませんね。刺身が苦手なのでしょうか」

「かも知れないね。実際、僕も明日からの食事の対策について、考えなきゃいけないと思ってたんだ」

ロベルトは箸を置き、平賀をじっと見た。

「何の対策です？」

「君は調査に夢中になり出すと、昼夜がなくなるだろう？　決められた時間に食堂に行くなど、出来る訳がない」

「ああ、成る程。それは言えてますね」

平賀は他人事《ひとごと》のように頷《うなず》いた。

「そこで明日からの予定だが、食事を部屋に届けてもらえるよう、君が吉岡さんを説得するんだ。メニューはごく簡単な物で構わない、ご飯と一品だけでいいと伝えてくれ。

それが無理なら、僕がどこかで食事を買ってくることにする。吉岡さんにその許可を得てもらいたい」

「私に出来るでしょうか？」

「けど、日本語が喋《しゃべ》れるのは君しかいないだろう？」

「そうですね……」

平賀は決心したように頷き、吉岡に談判をしに行った。

そして、にこやかに席へ戻ってきた。

随分時間はかかったが、どうやら説得は成功したらしい。

「ロベルト、話し合いは上手《うま》くいきました」

「良かった。内心、心配していたよ」

「途中から、結子さんが私の味方になって下さいまして、『お父さんが頑固だから、神父さんが困っていらっしゃる。神父さんの言う通りにしてあげましょう』と、口添えして下さったんです。本当に助かりました」

平賀はほっとした顔で箸を取り、刺身を一切れつまんで食べた。

ロベルトがオープンキッチンの方を振り返ると、結子がはにかんだ微笑みを浮かべ、ぺこりとロベルトに頭を下げた。

「結子さんは、いい子だね」

ロベルトは感心したように呟いた。

「さて平賀、これで君はいつも通り、マイペースで調査を続けられる訳だ」

「はい。明日からロベルト神父はどうなさいます?」

「僕は暫《しばら》く資料の収集に努めるつもりだ。

まず、君が苦労している神島の降雪現象だが、大江教会の信者以外を訪ねれば、写真や動画が手に入るかも知れないだろう? この地方に伝わる発光現象のことも気になるし、この地方の文化についても興味がある。

まあ、僕は僕の仕事を、君は君の仕事を。いつもと同じことさ」

「ですがロベルト、通訳がいなければ、貴方《あなた》も動きづらいでしょう?」

困り顔で言った平賀に、ロベルトは携帯に安東神父の番号を示して言った。

「多分それは大丈夫だと思う。優秀な通訳の友人ができたんだ」

第三章　天草四郎とキリシタンの遺物

1

　翌日。顕微鏡を覗《のぞ》き込んでいる平賀を部屋に残し、ロベルトはサンタマリア館へ出かけた。運転手と通訳は勿論《もちろん》、安東神父である。

　海際に建つ白い建物の前で、安東神父は車を停めた。

　青銅色の小さな三角屋根の上に十字架が立ち、アーチ形や丸形のステンドグラスに彩られたその建物は、一見すると教会のように見える。

　車を降りるとすぐ目の前には、巨大な金色の十字架のオブジェがあった。

　奇妙なことに、その表面には、金槌《かなづち》、ヤットコ、五芒《ごぼう》星、茨冠、釘《くぎ》と槍《やり》のイコンと共に、日本語が描かれている。

「この文字は何と書いてあるんです？」

　好奇心からロベルトが訊ねると、安東神父はすらすらと空で唱えた。

「さんしゃる二、こんたろす五、くさぐさのでうすのたからしずめしずむる」

「どういう意味ですか？」

「私にも分かりません。それは誰も解けない暗号なんです」

暗号と聞き、ロベルトは俄然《がぜん》興味を覚えた。

「この十字架の由来を教えて下さい」

「ええ。お聞きになりますか？

一九三五年のこと、長崎県の近藤喜太郎《こんどうきたろう》という商人が、天草の隠れキリシタンから、長さ五センチ程度の黄金製の十字架を買い取ったそうです。

翌年、近藤氏はそれを溶かして金の指輪に換えようと、大阪の飾り屋に十字架を持ち込みます。すると数日後、飾り屋の主人が近藤氏を訪ねて来て言いました。

『この十字架は金の無垢《むく》とお聞きしましたが、目方が軽いようでしたので、細工をする前に調べてみたところ、表面を削った中からこんな物が出てきました』と。

見れば表面の金の中から、鉄の芯《しん》が覗いており、そこには虫眼鏡でしか見えないほど、小さな文字が書かれていました。

近藤氏が飾り屋の職人に『中の文字を傷つけないように、表面の金をはぎ取ってくれ』と頼んだ結果、中から出てきた鉄の十字架に、その言葉が刻まれていたそうです。

言葉の後半にあたる『くさぐさのでうすのたからしずめしずむる』は、『種々《くさぐさ》の、デウスの宝、沈め、鎮むる』という意味に読めることから、隠れキリシタンの財宝の在処《ありか》を告げる暗号だと、一時は大騒ぎになったんです。

すなわち、『さんしゃる二、こんたろす五』が示す場所に、財宝が眠っているのだと。

ともあれ、不思議に思った近藤氏は、十字架の売り主の家に行き、話を聞いたそうです。すると売り主は『母から譲られた。母も祖母から譲られた』と答え、その母も祖母も既に亡くなっていたことから、詳しいことは分からず仕舞だったといいます。

しかしその後、どこからともなく『さんしゃる二、こんたろす五』とは、ポルトガル語で『聖遺物が二つ、ロザリオが五つ』という意味だという噂が流れ、ロザリオが五つぽっちなのかと、財宝騒ぎは自然に収まったんです」

「それも奇妙な話だね。ポルトガル語で聖遺物は『ヘリキア・サグラダ（relíquia sagrada）』だし、ロザリオはポルトガル語では『ホザリオ（Rosário）』だよ」

ロベルトの言葉に、安東神父は噴き出して笑った。

「ええ、そうですよね。私もそう思います。しかし、『さんしゃる』や『こんたろす』に相当するポルトガル語は、私にも思い当たりません。だからやはり謎なんです」

「うん……。敢《あ》えて言うなら、『さんしゃる』はラテン語の『Sanctum（聖なる）』に似ているぐらいか。『こんたろす』の方は僕にも分からない」

「流石に鋭いですね。『さんしゃる』がラテン語だと主張している方々は他にもおられます。つまり『聖遺物が二個』の意味だと。

問題の『こんたろす』については、隠れキリシタンの祈禱文《オラショ》の中に、『コンタを取り上げ跪《ひざまず》き……願う』という箇所があることから、『コンタ』とは『ロザリオ』の意味で、その複数形の『コンタス』が訛《なま》って『こんたろす』になった、すなわち『ロザリオが五個』

という意味だろう、などと言われていますね。でも……」

「ラテン語の複数形に、sはつかない」

ロベルトが被《かぶ》せるように言うと、安東神父は頷《うなず》いた。

「はい。ご指摘の通りです」

「では、素直に考えて、この文面が近藤氏の見間違い、あるいは表面の金箔《きんぱく》を傷つけた事による文字の劣化という可能性はどうかな。元の十字架が僅《わず》か五センチなら、有り得ると思うけれど。

あるいは鉄の十字架に刻まれた文字自体が、どこかにある原本からの写しだったとしたら、写し間違いという可能性も考えられる」

熱弁を振るうロベルトを、安東神父は不思議そうに見た。

「すっかり誰からも忘れられていたこんな暗号に、貴方のようなバチカンのエリート神父が本気になるとは思いませんでした」

「なんだかすまないね。僕はこういう性質なんだ。僕は奇跡調査官の中でも、暗号や古物の修復が専門なものだから……。もし良ければなんだけど、その鉄製の十字架の本物を僕のこの目で見させて貰《もら》えないだろうか」

すると安東神父はたちまち困惑した顔になった。

それも無理はなかった。

『隠れキリシタンの財宝』というものが、もしこの暗号に隠されているとしたら、それはすなわちイエズス会が彼らに贈った財宝であり、イエズス会のものである。フランシスコ会のロベルトに、秘密を打ち明ける義理はない。

「おっと、どうやら僕は言い過ぎたようだ。僕は純粋に暗号解読が趣味なんだ。でも、踏み込むべきじゃなかったよ。困らせて悪かったね。もう気にしないで」

ロベルトが爽《さわ》やかに言うと、安東神父はほっとした顔をした。

それから二人はサンタマリア館へ入った。

隠れキリシタンに纏《まつ》わる展示物として、仏像の背後に隠された十字架、柱の中に隠されたマリア像、子供を抱いた観音像の「マリア観音」、徳利《とっくり》の模様の中に十字の形を入れ込んだもの等がある。

他には、ガルニエ神父の遺品であるロザリオや、置き十字架。

インドのアンダマン諸島から持ち込まれた透かし彫りの聖貝や、聖水入れに使用されていた大きな巻き貝もあった。

それから、日本の穴開きコインを十字に並べたもの。

「日本の古銭はこういう穴開きの物が多かったんですか？」

ロベルトが訊《たず》ねた。

「それもありますが、日本では円形のことを『まる』と発音します。そしてこれは八個のコインで十字架を作っています。数字の八は『や』と読みますから、『まる、や』すなわち『まりあ』の象徴と見立てたんです」

「日本人の見立ての文化というのは、面白いですね」

「ええ。京都にある枯山水の庭なども、白砂や小石の文様を水の流れに見立てたりします。実際にはそこに無い物を、あたかもあるように想像することを楽しむといいますか。あとは、コインをマリアと読むといったような言葉遊びも比較的好まれますね」

「実に興味深い」

二人は納戸の奥に隠すようにして作られた祭壇の前で立ち止まった。

置き十字架、西洋風の聖母の絵、中国式の観音像、和式の蠟燭《ろうそく》や日本の陶器人形といった雑多な置物が、粗末な木の棚に並んでいる。

その手前にあるのは一風変わった工芸品だ。

格子柄のある行灯《あんどん》と、鉄の急須《きゅうす》が対になっており、行灯に火を灯《とも》せば、格子の影が十字模様となって急須の丸い注ぎ口から急須内部に差し込み、注ぎ口の丸と格子の十字が組み合わさった「丸に十字」のしるしが現れるという仕掛けである。

「この急須に水を入れ、急須に差し込む『丸に十字』の光によってその水を清めて、それを聖水として用いていたようです」

安東神父の解説を聞いたロベルトは、感嘆の溜息《ためいき》を吐いた。

「とても美しい仕掛けですね」

出口に近い場所には、指物と呼ばれる、釘を使わず作った家具が展示されていた。

そこには四羽の鳩が向き合うという『図』が彫られていたが、鳩の背景にあたる『地』

に焦点を変えることで、図のない場所が十字架であることに気付くという仕掛けがなされていた。

「この指物は、天草四郎の家のものだと書かれていますね」

安東神父が何気なく言った。

「天草四郎？　誰ですか？」

ロベルトが問い返すと、安東神父は苦笑いをした。

「ああ、すみません。西洋の方にはほとんど知られていない人物ですよね。ですが、日本では最も有名なキリスト教徒かも知れません」

「それは気になりますね。どういった人物なのですか？」

「この先に天草四郎の記念館があります。ご興味があれば、立ち寄りましょうか」

「ええ、是非」

出口の脇には二階へ続く階段があった。

「二階には何が展示されているんです？」

ロベルトの問いに、安東神父は困り顔で、「見れば分かります。私はここで待っています」と答えた。

ロベルトは軽い気持ちで二階へ上った。

二階は古びた陶器人形が数百体と、柄もない徳利が数百個並んでいるという、実に異様な空間であった。

保管が悪いせいか、人形の目が落ちていたり、頭部が欠けていたりする為、不気味さはひとしおだ。しかも、どう見てもキリシタンと関係しているとは思えない。

ロベルトはほんの十数秒で階段を下りた。

階下では安東神父が笑いながら待っていた。

「見ればお分かりになったでしょう?」

「今夜の夢に出そうな不気味さでした。あれは何です?」

「地元の名産品で、泥人形と、白磁の徳利です。さあ、次へ参りましょう」

2

大きな橋を渡ると、車は賑《にぎ》やかな市街地に入った。

本渡《HONDO》と看板が出ている。

比較的新しい町の中を走っていると、古い桁《けた》橋構造の石橋と川が見えてきた。

大きな榎《えのき》が橋上に影を作り、それが川面《かわも》に映る様が美しい。

「あれは? 随分古そうな橋ですね」

ロベルトの呟《つぶや》きを聞いて、安東神父は車を路肩に停めた。

「あれは祇園《ぎおん》橋といいまして、国の重要文化財です。あの橋上で政府軍とキリシタン軍が激突した為、橋は血にまみれ、川は真っ赤に染まったといわれています。

その戦いを島原天草の乱といい、その際のキリシタン軍の大将こそ、当時わずか十六歳の天草四郎だったんです」

「天草四郎が、キリシタン軍の大将？」

「ええ。日本の学校教育では、一六三七年に起こったこの戦いを、キリスト教徒達の反乱だったと教えています。政府軍とキリシタン軍の宗教戦争の意味合いがあると。

　ですがご存知のように、バチカンの見解は異なります。カソリック世界では、天草四郎はキリスト教徒とも聖人とも認められていません。島原天草の乱は宗教戦争ではなく、農民一揆《いっき》であったという見解です」

「何故、そうした相違があるとお思いですか？」

「最大の理由は、天草四郎が正式な神父による洗礼を受けていないからでしょう。日本から全ての宣教師が追放されると、キリストの教えも日本独自のものになっていきました。それが正しいキリスト教かと問われれば、私にも『似て非なるもの』としか言えません」

「成る程……」

　祇園橋の向こうには、苔《こけ》むした石の鳥居が見えた。奥には神社があるのだろう。

　その鳥居は風雨にさらされ、扁額《へんがく》の文字も見えない有様だ。鳥居に渡された注連縄《しめ》は、まるで血を吸ったかのように黒く変色し、不気味である。

　そこで激戦があったと聞いたせいなのだろうか。やけに因縁めいた雰囲気が漂い、胸にもやりと妙な感じが湧き上がってくる。

「橋の向こうに見えるのは、神社ですね？」

ロベルトは鳥居を指さして言った。

「ええ。天草によくある『祇園社』というものです。京都にある祇園神社の分社です」

「神社といえば、神を祀《まつ》っているのですよね？」

「勿論《もちろん》です。確か、牛頭《ごず》天王とかいう名だったと思いますが……。私は日本人ですが、日本の神には詳しくないので……」

安東神父は済まなそうに言うと、アクセルを踏み込んだ。

すぐに車は急な坂にさしかかり、その坂を登った丘の上には、ドーム形天井の新しい建物が建っていた。

車を停め、二人は建物の前に備え付けのエスカレーターに乗った。

「サンタマリア館といい、キリシタン館といい、日本のキリシタンの資料館は、随分真新しい感じですね」

「こちらの施設は二〇一〇年にリニューアルされたばかりです。近年、天草観光の目玉として、こうした文化を紹介しようという行政の動きがあったようで、この種の施設が新設されたり、リニューアルされたと聞いています。

そもそも隠れキリシタンの研究が本格的に始まったのが昭和の終わり頃と言われていますから、まだその研究は三十年に及びません」

安東神父の言葉に納得したロベルトだが、新たな疑問も湧いてきた。

「隠れキリシタンといわれる人々は、今も存在しているんでしょうか」

すると安東神父は顔を曇らせた。

「それが……実はよく分からないのです。ここの館長先生によれば、彼らは絶滅したというのが学界の定説だそうです」

館内二階の展示室に入ると、真っ正面に聖旗が展示されていた。

ロベルトは思わず息を呑《の》んだ。

一見して、かなり古い代物だと分かる。教会以外の場所でこれほど古い聖旗を見るとは、意外であった。

「あの聖旗の由来を教えて下さいますか」

「ええ、私の知っていることなら……」

安東神父が答えた時、二人の背後から声がかかった。

「やあ、久しぶりだね、安東神父」

振り向くと、白髪に白髭《ひげ》の老紳士が立っている。顔つきは日本人だが、洒落《しゃれ》たヴィトンのスーツを上品に着こなした人物だ。

「幸田《こうだ》館長、お久しぶりです。こちらはバチカンからいらしたロベルト神父。陣中旗にかなりの興味がおありのようです」

するとと幸田館長は、ほっほっほっ、と楽しげに笑い、ロベルトの方を見ると、

「Parlez-vous français?（フランス語は話せるかね?）」

と、突然話しかけてきた。

「Oui, je peux parler français.（ええ、話せます）」

ロベルトは少し驚いて答えた。

「ふむふむ。それでは私に付いて来たまえ」

館長は悪戯《いたずら》っぽくウインクをし、すたすたと歩き出した。

「付いて来いと言われたが、いいのかな？」

ロベルトは小声で安東神父に訊《たず》ねた。

「ええ。良い物を見せて貰《もら》える筈《はず》ですよ」

安東神父は微笑んで答えた。

館長に案内されたのは、展示室の脇の扉からずっと廊下を進んだ先の暗室であった。

館長が、空調の効いた部屋の照明を点《つ》ける。

目の前には布のかかったガラスケースがあった。

館長がそっと布を取った。

中から出てきたのは、先程と同じ――いや、先程とデザインは寸分変わらないが、数倍も光沢の美しい聖旗であった。

「これは……」

「島原天草の乱の際、天草四郎が持っていた陣中旗じゃ。ヨーロッパの十字軍旗、ジャンヌ・ダルクの旗と並ぶ、世界三大聖旗のひとつというところじゃな。

表に飾っておるのはレプリカでね、こちらが本物だ。国指定重要文化財ゆえ、年間数回しか本物は展示してはおらんのだが、時々、こうして『虫干し』する時もあるんじゃよ」

館長は楽しげに言った。

「大変貴重な物を見せて頂き、有り難うございます」

ロベルトはモノクルを取り出し、利き目に装着すると、じっくり旗を見詰めた。

その生地は繻子《しゅす》の絹織物。卍《まんじ》と小さな菊が刺繍《ししゅう》されている。

大きさは約一メートル四方の正方形で、上辺と右辺には旗に竿《さお》を通す為の筒状の房が七つずつ縫い付けられていた。その部分の生地はやや粗く、旗の生地とは異なっている。

つまり最初は正方形の布だったものを、後で旗に加工したのだ。

中央に大聖杯。その上に聖餅《せいへい》。聖杯を挟んで左右には羽のある天使が二人、掌《てのひら》を合わせて祈る姿が描かれている。

天使の像は、油絵、そして顔料などで彩色されているのだろう。

だが、微《かす》かに違う光沢がある。足などの部分が着色されていない点も気になった。

描きかけなのか、それとも元はあった色が落ちたのか。

この聖旗は未完成品なのだろうか。

少し不思議な気がする。

最上部には中世ポルトガル語で「LOVVAD・SEIA OSACTISSIM・SACRAMENTO（いとも尊き聖体の秘跡ほめ尊まえ給れ）」と描かれていた。

右側の天使の上部にある赤黒い斑点《はんてん》状の染みは血痕《けっこん》に違いない。

穴が一ヵ所。鋭利な刃物による裂傷も所々に見受けられる。

激しい戦いの記録を生々しく刻み込んだ、歴史上の貴重な遺物である。

それにしても不思議な光沢だと、色に対して一見識あるロベルトは思った。

「これを描いたのは、天草一揆軍の副大将格でもあった南蛮絵師じゃと言われておる」

館長が言った。

「他にもこんな陣中旗があるのですか?」

「沢山あった筈じゃよ」

「筈? ということは、他の物は見つかっていないのですか?」

ロベルトの問いに、館長は徐《おもむろ》に頷《うなず》いた。

「隠れキリシタン、別名潜伏キリシタンというのはな、地域ごと、集落ごとに信徒会《コンフラリア》を作っておった。教会というものの存在が認められなかった為、小さなグループを作って秘密裏に集まり、手早く祈って解散する……といった形を取らざるを得なかった。それゆえ、個々の信徒会ごとに祈りの作法やルールが違っていた。旗もまた、信徒会ごとに違った物を持っていた筈なんじゃ」

「成る程……」

ロベルトは考え込んだ。

中世ヨーロッパに於《お》いても、民間信者達の組織・コンフラリアは発達していた。

日本にキリスト教を伝えたポルトガル・リスボンのコンフラリア・ミゼリコルディア（慈悲の会）の規則によれば、グループ内の者が亡くなれば葬儀を出すこと、運営資金としての献金を募ること、病院を作って病人を治療すること等の約束事が設けられていた。

そんなコンフラリアの旗が戦争用に使われるとは考えにくい。

やはりこの旗は、最初から戦争に使う目的で作られた物でなく、元は信徒会のミサや祭事用に使用されていたものを、旗に加工し、誰かが戦場に持ち込んだのだろう。

天草四郎が持ち込んだのだろうか。

「天草四郎がこの旗を持っていたという裏付けはあるのでしょうか？　この旗だけが無事に残り、他の物が失われたのは何故でしょう？」

ロベルトは慎重に訊ねた。

「ふむ。この旗が無事じゃった理由は簡単じゃ。

島原天草の乱の最後には、キリシタン軍は原城《はらじょう》という所に立て籠《こ》もっておった。そこに政府軍が総攻撃をかけたのじゃ。その決戦の少し前、鍋島《なべしま》家の家臣、鍋島大膳《だいぜん》というサムライが先んじて一人、抜け駆けをして原城に突入し、戦闘し、本丸にはためいていたこの旗を戦利品として持ち帰った。

それが鍋島藩に代々受け継がれた後、その子孫がアメリカへ売却しようとしたところを、日本の文化庁が急遽《きゅうきょ》、国の重要文化財に指定し、流出を阻止したという訳じゃ。

そして伝わる話によれば、この旗の下に立派な服を着た遺体が倒れていたという。それが天草四郎じゃった……といわれておる」

「いわれている、とは？」

「皆目分からんのじゃ」

館長はアッサリと答えた。

「天草四郎という人物には、とにかく謎が多く、様々な伝承がある。

今より二十五年後、東西の雲が赤く焼け、五国中が鳴動するとき、一人の神童が現れて、人々を救うであろう
神童は教わらずとも読み書きが出来、すべてのことに通じている
そして人々の先頭に立ち、クルスを掲げ、白旗をなびかせ、キリストの教えを再び甦《よみがえ》らせるだろう

——と、マルコム神父の記した『末鑑』において、その誕生と運命を予言されていた。

島原天草の乱後、唯一の生き残りである山田右衛門の口述書の中で『四郎は、才知にかけて並ぶものなし、儒学や諸術を身に付けたデウスの生まれ変わりである』と語られた。

実際、生まれながらにカリスマ性があり、大変聡明《そうめい》で、慈悲深かった。

容姿端麗で女が見たら一目惚《ひとめぼ》れするほどの男前だった。

彼が盲目の少女に触れると視力が戻った。

湯島《ゆしま》（天草と島原の間に位置する島）まで海の上を歩いて渡った。

四郎が手を高く掲げるとその手に水がたまり、その水が怪我人を癒《いや》した。

天から鳩を呼び、胸に抱くと鳩が卵を産み、その卵の中からは経文が現れた。

……等々じゃな。

中には、南蛮渡来の妖術《ようじゅつ》を操ったという伝承まであるぞ。

島原天草の乱はたった百二十三日しか続かんかった。

天草四郎は百二十三日の間だけ歴史に登場し、姿を消した。まさに謎の存在じゃ。

研究者の中には、天草四郎が存在しなかったと主張する者もおる」

「では、彼は伝説上の人物ということですか？」

ロベルトの問いに、館長は首を横に振った。

「記録上、確かなこともある。

天草四郎の本名は益田《ますだ》四郎というのじゃが、かつて小西行長《こにしゆきなが》というキリシタン大名が関《せき》ケ原《がはら》の戦いで敗れた時、その家臣に益田家というのがあった。小西氏滅亡後、益田家は浪人百姓として一家で熊本の宇土《うと》に居住し、益田甚兵衛《じんべえ》と天草の女性の間に四郎という男児をもうけた。その益田四郎という少年が、島原天草の乱に参加したことは事実じゃ。

では、益田四郎はどんな少年じゃったか？　その詳しい記録はない。

妹がいたという記述もあれば、妻帯していたことを示す文献もある。

なにしろ原城に立て籠もったキリシタン軍は皆殺しにされたんじゃ。一説には総攻撃の前に投降した者もいたというが、彼らの証言は残っておらん。歴史は常に、勝者の手によってのみ記されるからのう。

まあ、一般的に考えて、大名の家臣の家柄であれば、四郎少年が幼少期から学問に親しみ、高い教養を身に付けていてもおかしくない。優れた少年であったのだろうと思う。それを周りの人間が救世主として祀《まつ》りあげ、神格化した……。実態はそんな所ではないかと、わしは思う。

ともあれ、政府軍は四郎の顔を知る手立てもなく、戦死者の中から立派な服装をした少年の死体を四郎と断定した、とも伝えられる。

あるいは、総攻撃の前に逃亡した四郎を政府軍が捜したという記録もある。

また、死後に首を切断され、原城大手門前に晒《さら》されたとも伝わっておる。

じゃが結局、首実検を行っても、その首自体が天草四郎本人のものかどうかは最終的に分からなかったという。

遺体は長崎に葬られたが、墓は第二次世界大戦時、原爆投下により焼失してしまった。

要するに、謎が多いという訳じゃ」

「成る程……。天草四郎にまつわる伝説の真偽や、記録の曖昧《あいまい》さはさておき、結局、当時の反乱軍には、天草四郎というカリスマが必要だったという訳ですね」

ロベルトの言葉に、館長は大きく頷いた。

「当時の天草は、悪政に苦しんでおった。

有馬晴信《ありまはるのぶ》というキリシタン大名に代わって、松倉重政《まつくらしげまさ》という大名が中央幕府から派遣されてくると、彼は恐ろしい重税を百姓に課したんじゃ。

当時の日本では、米を税として幕府に納めておった。天草は平地が少なく、河川は小規模で、米作りには適さんかった。人々は畑の芋や海産物に頼って生活しておった。じゃが、松倉は採れない米を無理に作らせたんじゃ。

他にも身の丈に合わぬ贅沢《ぜいたく》を好み、既にある城の一部を壊して新たな城を築城するということもやった。それには延べ百万人もの人夫が駆り出された。城には中国から買った大量の火器が蓄えられ、その現金を捻出《ねんしゅつ》するのに、農民を搾り殺す勢いで搾った。

その子、勝家《かついえ》の時代になると、牛馬が道を通ると税を取り、畳を敷けば税をかけ、子が生まれれば人頭税をとり、死者を葬る穴を掘れば穴税をとったそうじゃ。

キリシタンを見つければ虐《いじ》め抜き、煮えたぎった熱温泉の湯を身体にかけ、死ねばそのまま灼熱《しゃくねつ》の中に捨てた。

一六三四年からの天候不順による凶作が続くと、餓死する農民が続出する中、勝家はいよいよ取り立てを厳しくしよった。米を出さん者は、反逆者とみなされ、なぶり殺された。

その方法は、農民を柱に縛り、蓑《みの》を着せ、火を点《つ》けるというものじゃった。蓑が燃え上がって人が苦しむのが面白いと、この刑に蓑踊りという名前をつけよった。

人間を籠《かご》に入れ、流れの速い川に浸《つ》け置いて殺すというのもあった。

勝家の家臣の口癖に、『農民は、搾れば搾れる』というのがあったそうじゃ。

口之津《くちのつ》という村には与三右衛門《よざえもん》という大百姓がおった。

毎年きちんと年貢を納めておったが、更に三十俵を出せと迫られ、無いと答えれば、息子の嫁が籠に入れられ、水責めされた。その嫁は臨月じゃった。米を出せば助けてやると言われたが、もう一粒の米も無い。自分か息子を身代わりにしてくれと訴えても、取り合ってもらえん。とうとう嫁は水中で産み落とした子と共に水の中で死んだという。

生きておってもこの世が地獄なら、死んで天国へ行こう――そんな思いが人々の間に広まっていったのじゃろう。

飢饉《ききん》が続き、終末論が囁《ささや》かれる中、先代のキリシタン大名が潰《つぶ》されて浪人となっておった旧家臣や武士達も立ち上がった。

そうした背景の中、四郎という救世主が担ぎ上げられたという訳じゃ」

館長は長い溜息《ためいき》を吐き、話を継いだ。

「松倉勝家は、それらをキリシタンの暴動と騒ぎ、周辺の大名に討伐の協力を要請したんじゃ。じゃが、集められた大名達が『反乱の原因は年貢の取りすぎにある』、『キリシタン討伐と聞かされ兵を出したが馬鹿馬鹿しい』と記した記録も残っておる」

「乱の実態は、百姓一揆《ひやくしようひつき》、もしくは浪人達の謀叛《むほん》であったと……？」

「まあのう。様々な事情が入り混じっておったのじゃろう。

当時の長崎から天草にかけてキリスト教徒が大勢おったのも事実じゃ。天草四郎はそれらキリシタン達を纏《まと》める顔じゃった。恐らくはそういう事じゃよ」

そう言うと、館長はじっくり白髭《ひげ》を撫《な》でた。

ロベルトと安東神父は部屋を出て、展示室へ戻った。

「ずっとフランス語で会話をしてしまったので、退屈だったでしょう。大変貴重な話を僕が一人で聞いてしまって……」

疲れたように伸びをする安東神父に、ロベルトが言った。

「いえいえ。私はもうあの方の話は何十回と聞いていますから、お気遣いなく」

「何十回もですか」

「ええ。この施設がこんな立派なものになる前から、よくここへ通ってたんです。私は昔から、欠けた矢尻《やじり》や割れた壺《つぼ》なんかをいつまでも眺めているような子供でしてね」

「僕も似たようなものですよ。古い物と本には目がないんです」

二人は顔を見合わせ、苦笑した。

「それにしても館長はフランス語がお上手で驚きました」

「あの年代のご老人には、フランス語を話す方が結構いらっしゃいます。

日本に最初にキリスト教を伝えたのはフランシスコ・ザビエル司祭とポルトガルの宣教師達でしたが、明治以降再びやって来た神父達はフランス人で、フランス語の教育が熱心に行われた時期があったのです。天草では一時期、フランス語が第二言語ぐらいのものになっていたそうですよ」

二人は展示物を見て回った。乱に使用された武器や、原城の瓦《かわら》、キリシタンの持ち物であった十字架などが展示されている。

安東神父は一枚のパネルの前で足を止めた。

「ここに天草四郎の容姿について書かれたパネルがありますよ。読みましょうか？」

「ええ、是非」

『髪を茶筅《ちゃせん》に結い、前髪を垂らし、普通の着物の上に白い綾織《あやおり》の羽織を着て、裁付袴《たちつけばかま》をはき、頭には苧《からむし》を三組にして鉢巻きにし顎《あご》の下で結び、額には小さなクルスを立て手には御幣を持っていた』。

「ふむ……」

決起に駆けつける天草四郎を目撃した、他県の武士による文章だそうです」

ロベルトはその姿を想像しようと試みたが、聞き覚えのない単語が多すぎて想像できなかった。

「普段の四郎少年は、前髪のある若侍の髪形で、南蛮襟に赤い着物、青い袴、そしてクルスをかざしていたと言われます。

もっとも幸田館長によれば、別の主張があるそうですが」

「どんな主張なんです？」

「台所のガスコンロに、鍋《なべ》を載せる五徳というのがあるでしょう？　ああいう金輪を頭に載せ、夜な夜なそこに蠟燭《ろうそく》を立て、髪を振り乱し、白装束で戦ったと」

今度はその姿がリアルに想像できた。ロベルトは苦笑した。

「成る程。実態はそんな所だったのかも知れませんね」

「ええ。たった三万七千人の庶民が、十二万人の大軍と対決し、四ヵ月もの間戦い続けたのですから、決死の戦さだったに違いありません」

その隣のパネルには、原城に立て籠《こ》もったキリシタン達に対し、天草四郎が言い聞かせたという『四郎法度書』が書かれていた。

安東神父がそれを読む。

一、今度、この城内に立て籠もっている皆は、数々の罪を犯し、教えに背いており、後生の助かりもおぼつかないかと思われるが、今度格別のご慈悲で、この城内の人数に神より召し抱えられたことは、どんなに有り難きことか分かりません。
言うまでもないことですが、油断せずご奉公しなければなりません。

一、オラショ（祈禱《きとう》）やゼジュン（断食）、ジシピリナ（苦行の鞭《む》打《ち》ち）などの善行だけでなく、エレジヨ（異教徒）を防ぐ手だてや、武器を持ち、戦いに精を出すことはご奉公です。

一、この世は夢のように儚《はかな》い世の中だと言うが、城内に立て籠《こ》もっている我等が命は、もっと短いものでしょう。昼夜おこたりなく以前からの行の反省を積み重ね、日々、オラショに努力しなければなりません。

一、皆が知っている通り、我等は計り知れない神の恩恵を受けながらも過ちをし、親族の忠告なども無視し、様々なことを我がのままで通してきた方々もいるでしょう。この度のことは、我等に堪忍と心のへりくだりの心が足りなかったために起こったことなのです。

なので、互いに意見を出し合い、過ごすことが肝心です。

ことに城内の者達は、あの世までパライソの友人なのですから努力に励みましょう。

右の条項は各人理解できるように、よく言い聞かせなければなりません。

なかでも堪忍とへりくだりと善行に努め、デウス（神）への祈念を勤めたならば、きっと神のご慈悲があるでしょう。

益田四郎　フランシスコ

それはギリギリの悲壮感の中にも謙虚さと穏やかさ、固い信念、そして他人への思いやりを感じさせる文面であった。

それが天草四郎本人の筆によるかどうかは分からないが、彼と彼を取り巻くブレーン達が相当の知識人であったことや、現代にも通じる民主的思想を持っていたことを強く窺《うかが》わせた。

人は皆、生まれながらに等しく原罪を背負っている。

それは神がご自分に似せてつくられたアダムとイヴが、神の教えに逆らい、知恵の実を食べて楽園を追放された、その罪の子の子孫であるからだ。

しかし、神を信じ、その教えに従うものには救いがある。

神の子であり救い主であるイエスを信じ、その教えを守るものは、原罪から救われて神の国へと入ることができる。その霊は父なる神のもとへ召され、永遠に滅びない。

こうしたキリストの「救い」が、虐げられた民衆達の心の拠《よ》り所となったのだ。

狭い円形の会場を一周すると、出口付近で再びあの陣中旗がロベルトの目に留まった。

この旗の下に倒れていた少年は、本当に天草四郎だったのだろうか

ロベルトはふと、そんな事を考えた。

3

「さて、次に行きたい所はありますか？」

町の食堂で遅い昼食を済ませた後、安東神父が言った。

「タクシー運転手が神島の奇跡を目撃したという辺りに行ってみたいのです。近くの住民にも目撃者がいるかも知れませんので」

「北請神社の付近ですね。あそこは……」

安東神父は何かを言い淀《よど》んだが、「まあ、行ってみましょう」と立ち上がった。

車は島の周囲を回るルートで海沿いの国道を走った。

青い海がさざめき、パパイヤや椰子《やし》の木が繁っている。

燕《つばめ》がひらりと飛び、野良猫がのんびりと歩く様は、小さな散文詩を見ているようだ。

空と海と町が宙で溶け合い、ゆったりとした時間が流れている。

それらが美しいほど、何故ここで島原天草の乱のような悲劇が起こらなければならなかったのかと、ロベルトの胸は痛んだ。

道中には「イルカウォッチング」という大きな看板と、そこに群がる楽しげな団体観光客の姿もあった。何やらそれも空しく見える。

やがて車は海沿いを南下し始めた。

妙見《みょうけん》社と書かれた神社や、妙見浦と書かれた看板を通り過ぎる。

高浜《たかはま》という町を通り過ぎると、小高い丘と山ばかりが続き、民家らしき物は見かけなくなった。

「もうすぐ右手に神島が見えるでしょう。この辺りを左へ行けば大江の集落になりますが、なるべく海沿いを走っていきます」

「大江よりも海際には、集落がないのですね」

ロベルトが呟《つぶや》いた。

「それが、正確には一つあるのです。山の中にある集落で、神島もよく見える場所かと思うのですが、いかんせん、非常に変わった人達が住んでいます」

安東神父は困惑顔で言った。

「変わった人達とは？」

「余所《よそ》者を嫌い、身内の結束が固く、秘密主義な人達と申しますか……。特に私達のような神父は嫌われるのです」

安東神父の言葉を聞いて、ロベルトには閃《ひらめ》くものがあった。

「西欧の歴史においても、カソリック神父を嫌って排他的なグループを作り、山に籠もって独自のルールを守り続ける、異端の修道会派が存在してきました。

もしかすると、その集落の人達というのは、隠れキリシタンではないのでしょうか」

ロベルトの推理に、安東神父はそっと頷《うなず》いた。

「実は、私達もそのように考えています。ただし、確証はありません。彼らは何も話してくれませんからね。

私と北見、南条、西丸の四神父は、彼らに本来の教会の信仰に立ち返ってもらいたいと考え、何度かその集落へ足を運んだことがあるのです」

「それで、どうなりました？」

「門前払いですよ」

安東神父は溜息を吐いた。

「どうやら芙頭という家が、その集落の中心となっているようなんです。『芙頭』という名字は、昔は『頭が腐る』と書いて『腐頭』という漢字を使っていた。その意味は頑固なキリシタンだったから、とも言われています」

「それは恐らく間違いありませんよ。彼らは隠れキリシタンだ。そうと分かれば、是非とも彼等に話を聞いてみたいものです」

「それが出来れば良いのですがね……。とにかく一度、訪ねてみましょうか」

「ええ、是非」

安東神父は山際に車を停めた。

そこから急な坂道を徒歩で登る。

二十分ほど歩くと、山を拓《ひら》いて作ったと思《おぼ》しき平地があり、手入れの良い畑や果樹園が広がっていた。そして、三十軒あまりの家々がひっそりと、軒を寄せるように建っている。

異様なことに、全ての窓は厚い雨戸で閉め切られ、玄関前には人の出入りを隠す為なのか、高い板塀が作られている。その為、家の中の様子は全く窺い知れなかった。

庭にも畑にも、全く人影はない。

動いているのは鶏小屋の鶏と、風にそよぐ木の枝だけだ。

畑を耕す途中だったのか、鍬《くわ》や鋤《すき》が中途半端な状態で土に刺さっている。まるでさっきまでここに生活していた人達が忽然《こつぜん》と蒸発したかのようだ。

「家の中に人はいるのでしょうか？」

ロベルトは思わず呟いた。

「分かりませんが、いないのでは？」

二人は一軒一軒の家の扉をノックし、声をかけて回ったが、どこからも返事はなく、人の気配も感じられなかった。

「どうです。手強《てごわ》いでしょう？」

安東神父の言葉に、ロベルトも頷くしかなかった。

再び車に乗り込み少し走ると、右手に北請神社が建っていた。

車を停め、階段を上ってがらんと広い境内に入る。

奥には簡素な社が建ち、そこから神島がよく見えた。

社の手前には古びた鹿の石像があり、その表面はつるつるに磨耗していた。

社の左手には、こんもりとした山があり、竹林が繁っている。

至極静かな情景だ。

聞こえる音といえば、竹林を渡るさわさわとした風の音ぐらいで、ひと気は全くない。

「この神社に、人は住んでいないようですね」

ロベルトは辺りを見回して言った。

「ええ。社務所などもありませんし」

安東神父が頷く。

ロベルトは、暗い社の中を覗《のぞ》き込んだ。中には太った男が大笑いをし、鯛《たい》を手に持っている絵が飾られている。

「この絵に描かれているのが、ここの神様ですか？」

ロベルトの問いに、安東神父も社を覗き込んだ。

「ああ、これはえびす様ですね。魚を手に持っていることから分かるように、豊漁を願う漁師達に親しまれてきた神様です。

この辺りの神社については、以前に北見神父から話を聞いた記憶があるんですが……。ちょっと思い出してみます」

安東神父は腕組みをして考え込んだ後、顔を上げた。

「確か、こんな説明だったと思います。

この神社には『北を請う』という名前がついています。北とは北の一つ星、すなわち北極星のことなんです。ですから、北極星を頼りに航海をした、航海者達の守り神ということになります。

古代中国では、北極星は天帝（天皇大帝）と見なされており、それに仏教思想の菩薩《ぼさつ》信仰が入り混じって、北極星を『妙見菩薩』の化身と考えるようになったとか。

北極星だけでなく、北斗七星なども、古くから航海の目印になりましたから、それらをひっくるめて『妙見さま』と呼び、信仰の対象にしたようです。

それで天草の島の海沿いには『妙見』と名の付く神社や地名が幾つもあるようです」

「成る程、とても興味深い説明です」

ロベルトは感心して言った。

「北見神父の受け売りですよ」

安東神父は照れたように言った。

「そういえば、北見は妙見菩薩の外見についても言ってましたね。なんと、頭に角のある鹿を載せた仏だそうですよ」

「仏の頭に、鹿の角があるんですか？」

ロベルトは驚いた。

「ええ、そうらしいです。祇園社の神である牛頭天王も角のある牛ですし、ここは鹿。私達から見れば、まるでサタンの姿ですよね」

安東神父は苦笑した。

＊　＊　＊

結局、神島の奇跡の目撃者には出会えぬまま、二人は帰路についた。

「まだ夕刻ですね。少し寄り道しませんか。お見せしたい物があるんです」

安東神父の提案で、二人は﨑津教会を通り過ぎ、コレジョ館に立ち寄った。

建物に入るとすぐ、ポルトガル船の緻密《ちみつ》な模型があった。かなり大きなものだ。

安東神父はつかつかと奥へ歩いて行く。ロベルトもそれを追った。

奥の部屋に一歩入ると、そこには巨大な印刷機が飾られていた。

「なんと、グーテンベルク印刷機だ……」

ロベルトは目を丸くした。

それはぶどう酒用のぶどう搾り器をヒントに、ドイツの金属加工職人グーテンベルクが発明した、世界初の大量活版印刷機であった。

グーテンベルク印刷機の登場以前、本を複製するには、手書きによる書写か、少部数の木版印刷に頼るしかなかったが、この機械により、本の生産は一変したのだ。

一四五五年に印刷された、ラテン語版の「グーテンベルク聖書」は特に美麗と有名で、技術的にも高品質だと賞賛されている。

「それは複製ですが、動くんですよ。しかも、周りに置いてある印刷物は本物です」

安東神父が言った。

見ると、ローマ字で印刷された『イソップ物語』、『平家物語』がガラスケースの中に飾られている。

新しいものではなく、当時印刷された原本のようだ。

この二つは、ロベルトは大英博物館でしか見たことがなかった。

おそらく世界でたった二つしかない代物だ。

思わず持って帰ってしまいたいぐらいの稀少品《きしょう》である。

他にも、当時の聖書や祈禱《きとう》文の印刷物が並んでいる。

それらを見て感嘆の溜息《ためいき》を吐いていたロベルトだったが、ふと安東神父が側にいないことに気付き、辺りを見回した。

すると部屋の奥に飾られた大きな絵の前で、安東神父が佇《たたず》んでいる。

その絵はロベルトにも大層見慣れたものであった。

バチカン図書館にある「ラテラノ教会行幸図」だ。

ローマ法王グレゴリウス十三世が崩御した後、新法王となったシクストゥス五世の豪華な戴冠式《たいかんしき》を描いた絵である。

安東神父の側に行こうとしたロベルトは、その時、あることに気がついた。

安東神父が絵の前で、声もなく泣いているのだ。

見てはいけないものを見てしまった気がして、ロベルトはそっと後ずさった。

気付かなかったふりで再び展示物を見ていると、安東神父が側にやって来た。

「ロベルト神父、面白いですか？　本がお好きと聞いたので、お見せしたくて」

安東神父は、何事も無かったかのように明るく訊《たず》ねてきた。

「ええ。有り難うございます」

ロベルトもそつなく返事を返した。

「一体、この印刷機でどのぐらい本を刷っていたのでしょう？」

すると安東神父は説明書きを見ながら、

「一万二千部ほど刷られていたという記録があるそうです」

と答えた。

「一万二千部……？　当時のヨーロッパでも、一つの本が出版されるのは、せいぜい三千部くらいだったんです。その四倍の読者層が、天草や周辺にはいたと……？」

ロベルトは自分の耳を疑った。

「当時の天草は稀《まれ》に見る近代都市で、文化都市だったそうです。

コレジヨと呼ばれる教育施設が建ち、貿易も盛んでした。

キリシタン大名は、宣教師や外国人貿易商と交易し、西洋の進んだ文化を積極的に取り入れたんです。

この印刷機もそうなんです。日本人では初めてローマ法王に拝謁した少年達が持ち帰ってきたものです」

「天正《てんしょう》遣欧少年使節の少年達ですね」

「ええ。彼らはあの絵にも描かれています」

安東神父はラテラノ教会行幸図を指さした。

その絵の中央部分から右上に大きく描かれた、白馬に乗った四人の少年は、キリシタン大名の名代としてバチカンを訪れた日本人なのである。

彼等は一五八五年三月、グレゴリウス十三世に謁見してローマ市民権を与えられ、同年五月、シクストゥス五世の戴冠式に白馬に乗って出席している。

たった十三、十四歳の少年達が、東洋からの使者として、バチカンから破格の歓迎を受けたのだ。

「彼等は印刷機のほか、ミサに必要な楽器も持ち帰って来ました。木製の美しいバイオリン、ハーブ、リュート、ヴァージナルなどです。そして豊臣秀吉《とよとみひでよし》という最高権力者の前で、西洋音楽を演奏すると、秀吉は喜んでアンコールをせがんだそうですよ。

ですが流石に大きなパイプオルガンは持ち帰れず、日本で試行錯誤しながら作ったそうです。それを復元したのが、このオルガンです」

安東神父は、木製の小さなパイプオルガンの側に立った。

ロベルトも近づいてよく見ると、パイプの部分は竹で出来ている。

「触ってはいけませんか？」

ロベルトが訊ねると、「館長に聞いてきます」と安東神父は答え、暫《しばら》くして館長を連れて戻ってきた。

館長はニコニコ顔でロベルトに挨拶《あいさつ》をした。

「バチカンの神父様がグーテンベルク印刷機や日本製のパイプオルガンに興味があると伝えたら、館長が大喜びしています。普段は人に触らせないオルガンですが、特別に触って良いと」

安東神父が通訳して館長の言葉を伝えた。

「有り難うございます」

ロベルトは、そっとパイプオルガンに歩み寄り、鍵盤《けんばん》を鳴らした。

西洋の重厚な銅製のパイプオルガンとは違い、柔らかで優美な音が響く。

すうっと心が穏やかになっていくような音質だ。

「いい音ですね」

ロベルトは心から微笑んだ。

「館長が言うには、このコレジョ館は、観光ツアーでも五分ほどしか滞在時間を取って貰《もら》えないそうです。折角、良い物を置いても誰にも理解されないと嘆いていたら、貴方《あなた》のような人が来てくれて、嬉《うれ》しいと言っています」

安東神父の言葉に、ロベルトは苦笑した。

「それにしても、竹のパイプオルガンや当時の楽器を使って、少年達はどんなミサ曲を奏でていたのでしょう」

ロベルトが歴史に思いを馳《は》せて言うと、館長が何事かを言い、そっと人差し指を口元にあてたかと思うと、その指で天井を指さした。

『静かにして、上の音に耳を澄ませてみなさい』

ジェスチャーでそう言われ、ロベルトが耳を澄ませると、微《かす》かな音楽が聞こえてくる。

「この音は？」

「今日は二階で、復元楽器によるコンサートの練習会をしているそうです」

安東神父の言葉に、ロベルトは驚いた。

「拝聴しても構いませんか？」

ロベルトの望は快く承諾され、三人は二階の練習室へ足を踏み入れた。

そこでは五人の楽器奏者がミサを奏でていた。

いつも教会で聞くメロディが、全く違った調べとして響いてくる。

優しく、優雅な音色だ。威圧感はなく、まるで竹林を通り抜ける風のような——。

西洋楽器の奏でるミサが荘厳な神の声とすれば、こちらは慈悲に満ちた聖母の歌声のようだ。

ロベルトはしみじみと、その心洗われる音色に聴き入った。

4

一方、平賀は朝から思い詰めていた。

昨日採取できた神島の土は、海岸部分と山の頂上部分だけであった。

平賀はどうしても、キリスト像が浮かんだといわれる断崖《だんがい》部分の土を入手したいと考えていたのだ。

バチカンから届いた未開封の荷物の中に、その為の道具は調っていた。

平賀は大きなリュックサックに小型のピッケルと登山用具を詰め込み、一人で崎津の港に出かけると、木崎船長を捜しあて、神島へ自分を届けてくれるよう懇願した。

断崖を調べるなら、断崖を登らなければならない。

それは当然のことだ。

だが、ロベルトに話せば、危険だと反対されるだろう。

だから黙っておいたのだ。

首尾良く神島に再上陸できた平賀は、昨日と同じルートで山の頂上に登り、既に目星をつけていた大木の幹にロープを固く結びつけた。

自分の身体には安全帯のベルトを巻き、安全帯とロープを強度の高い命綱で結ぶ。

これで落下死の心配はない。

平賀は片手にピッケルを持ち、腰に袋を六つ結わえ付けた状態で、急な断崖をそろそろと下っていった。

断崖は急な絶壁だったが、表面のわずかな凸凹を足場にすれば下っていけた。

平賀は自分の小さな足と軽い体重を神に感謝した。

絶壁の凹凸部分に雪の痕跡《こんせき》がないか、光の痕跡が発見できないか、目を凝らしながら崖《がけ》を降りる。

崖の高い所、中間の所、低い所の三ヵ所で、浅い部分の土と、ピッケルで掘った深い部部の土を採取する。

地面に着くと、腰の荷物を下ろし、命綱のフックを外して、再び山に登った。

下に垂らした命綱を引き上げ、今度は崖の右上に立っている木にロープを結び直す。

そして崖面の右側の土を同様に六ヵ所採取した。

もう一度山に登り、今度は崖の左側の土を六ヵ所採取した。

果たして意味があるかどうかも分からない、この気の遠くなるような重労働が、平賀を疲れさせることはなかった。

正確にいえば、彼は一度集中してしまうと、疲労を忘れてしまうのだ。

土というものは意外に重く、合計二十四ヵ所から集めた土をリュックに詰めると、ずっしりと十キロ近くになった。

平賀は最後にもう一度山に登り、ロープを回収した。

そして崖下に置いたリュックを担ごうとした所で、息切れを起こして地面に座り込んだ。

そこからぼんやりと崖を見上げる。


ここに主のお姿が現れ、ロビンソン氏を救ったのだ……


そう思うと、敬虔《けいけん》な思いが胸にこみ上げる。

平賀は何も無い断崖に向かって、そっと手を合わせた。

「断崖にお姿を現された主よ、その理由をどうか私に教えて下さい」

平賀はいつの間にかそんな祈りを口から発していた。

崖の前で座り込んだままの平賀を、木崎船長は船上からハラハラしながら見守っていたが、とうとう彼の側にやって来て、「大丈夫ですか？」と声をかけた。

平賀の全身は汗と泥にまみれ、服のあちこちがほつれていた。

「ご心配ありがとうございます。大丈夫です」

平賀は汚れた顔でニッコリと微笑んだ。

「あの……土などが何かの役に立つんですか？」

木崎は不審げに訊《たず》ねた。

「さあ、それは分かりません。もしかすると必要のない事だったかも知れません。ですが、私にとっては大切な事なのです。事実は意外な所から見つかる場合がありますから。土ひとつでも蔑《ないがし》ろにはできません。

ところで、木崎船長にお願いがあるのです。

海上保安庁の発表によれば、今日の干潮時刻は十五時三十九分です。その前後の時間に島を出発し、島の周囲をぐるりと船で回って頂きたいのです」

「えっ、ええ、いいですよ」

木崎船長は戸惑いながら頷《うなず》いた。

＊　＊　＊

外出先から戻ったロベルトは、部屋の戸を開いてぎょっとした。

ビニール袋に詰められナンバーを打たれた土の山が、所狭しと置いてあり、泥だらけの平賀が顕微鏡を覗《のぞ》き込んでいたからだ。

「平賀、これは一体どういうことだい？」

ロベルトが周囲を見回しながら訊ねると、平賀は顕微鏡から顔を上げた。

その顔も土だらけだ。

「あの岸壁の土を調べていたんです」

「岸壁の土って、神島の？」

「はい」

「どうやってそんな……。また危ないことをしたんじゃないかい？」

「大丈夫です。ちゃんと安全帯を着けて、危険がないよう採集しましたから」

「安全帯……。全く君にはいつも驚かされっぱなしだよ。無事で良かったけれど、よくもこれだけの量を持って帰って来たもんだ。

それで、土を調べれば何か分かりそうかい？」

「調べ終わるまで分かりません。何も出てこなくても、調べないわけにはいきません。なにしろ奇跡の現場なのですから」

平賀は淡々と答えた。

「そうだね。君は本当に何処にいてもいつもの君だ。

だけど僕からひとつ忠告する。君はシャワーか風呂《ふろ》を使うべきだし、泥だらけの服を着替えるべきだ。

もうすぐ吉岡さんが夕食を運んできてくれるだろう。そんな泥だらけの恰好《かっこう》をしていたら、心配されるか、宿を追い出されても文句は言えないよ」

すると平賀は驚いた顔をして、自分の手足を見た。

「もうそんな時間なんですか？　分かりました……シャワーを浴びてきます」

「君がそんなに夢中になるほど、変わった土だったのかい？」

「いえ、普通の火成岩が砕かれたものです」

普通の土に夢中になって時間を忘れるとは、実に平賀らしかった。

平賀が浴室に入ったのを見届けると、ロベルトは腕まくりをした。宿の主人にこの部屋の様子を見せるのはマズいと判断したのだ。

荷物用の段ボールを組み立て、ナンバー付きの土が混じり合わないよう注意しながら別々に詰め、それらを平賀の席の近くに積み上げた。

それから押し入れにあった箒《ほうき》を使って部屋を掃いた。

ほっと息を吐いた所で思い出したのが、昨日も山に登った後、汚れた神父服を脱いでそのまま洗い忘れていたという事だ。

ホテルならバスローブかパジャマにでも着替えるところだが、日本の旅館にもそんなシステムがあっただろうかと首を捻《ひね》って押し入れを開く。

すると竹で編まれた箱の中に、綿の着物が何枚か入っていた。白地に井桁《いげた》と二重丸の模様が藍《あい》染めされた、悪趣味な柄の浴衣《ゆかた》だ。

ロベルトは脱衣室にそれを置いた。

しばらくすると、浴衣を着た平賀が奥から出てきた。何やら不思議な布を全身に巻き付けた異国の子供のようだ。

平賀は何かに気付いたように机の方へ行くと、チカチカと光る携帯を手に取った。

「あっ、ロビンソン氏から不在着信とメールが沢山入ってます」

「ロビンソン氏から？　何と言ってるんだい？」

平賀は首を傾げながら、メールを読み上げた。

「一通目は、相談したいことがある。次が、大事な相談だ。その次が、時間はあるかな。次が、連絡をくれ。次が、連絡を待ってる。次が、どうして連絡くれないの。次が、もういい。次が、やっぱり連絡ください。次が、いつ連絡くれるの。次が……」

ロベルトは溜息《ためいき》を吐いた。

「随分しつこい男だな。相談の内容は書いてないのかい？」

「ありませんが、最後の二つは妖怪《ようかい》のことが書いてありますね。

一つ目が、『倉岳《くらたけ》近くに河童《かっぱ》が出るらしい』。その次が『河童街道に油すましの石像があった。色々な人に聞いてみたら、椿油の絞り職人である《アブラスマシドン》が事故で死んで、ゴーストになったのが油すましだと教えてもらった』だそうです。石像の写真が添付されています」

平賀が写真を表示した。それは首のない、石の地蔵であった。

「ふうん……。彼、ラフカディオ・ハーン目指して取材をしている様子だね。行動力は大したものだ。

それにしても君、いつの間にロビンソン氏にメアドを教えてたんだい」

「会ってすぐですよ。一寸《ちょっと》携帯を出してと言われ、パパッと、三秒ぐらいで登録を済ませてました。ロベルトも同じ部屋にいたでしょう?」

「いたけど僕は気付かなかった。ある意味、すごい神業だ。余計なお世話だけど、君も少し気をつけた方がいいかもだ」

「何にです?」

「何にと言われても、まあ、色々にだよ。さて、僕もシャワーを使うとしよう」

ロベルトは言葉を濁して立ち上がった。

5

深夜。

ざわざわと葉擦れの音が耳に付く嫌な夜だった。

外に干した神父服が不気味な人影のように揺れていた。

平賀は無言で土の分析を続けている。

布団に入っていたロベルトが寝苦しさを感じ、寝返りを打った時だ。

玄関の扉が叩《たた》かれた。

扉のガラス窓に黒い人影が映っている。

ロベルトはそっと身を起こした。

「平賀、外に誰かいる」

「吉岡さんか、ロビンソン氏でしょうか」

「分からないが、嫌な予感がする。用心しよう」

「相手が誰か分からなければ対処できません。呼びかけてみましょう」

平賀は扉に向かって、「どなたですか」と、大きな声を出した。

「芙頭という者だ。ここを開けてくれ」

よく響く、冷たい声がした。

ロベルトは「フトウ」という音節に反応した。

「平賀、外の男は今、フトウと名乗ったのか？」

「はい。ロベルトのお知り合いなんですか？」

男が立っていた。

「恐らく今日会い損ねた相手だと思う」

ロベルトが立ち上がって扉を開くと、黒いマントの襟を立て、鍔広《つばひろ》の黒い帽子を被《かぶ》った男が立っていた。

男は帽子を取り、ロベルトを見た。

中から現れたのは、まだ少年の顔立ちである。

艶《つや》のある髪を長く伸ばし、肌理《きめ》細かな白い肌、細く高い鼻、薄く引き締まった赤い唇をしている。眦《まなじり》がつり上がった切れ長の目が印象的だ。

上背はそう高くない。にも拘《かか》わらず、その全身から放たれる異様な気迫に圧倒され、ロベルトは思わず後ずさった。

芙頭少年はロベルトの脇をすり抜け、部屋に上がり込むと、玄関近くの畳に、背筋を伸ばした跪《き》坐《ざ》の姿勢で座った。

平賀はそこから少し間を取った場所に、彼と向き合って座った。

ロベルトも平賀の隣に座る。

芙頭少年は氷のような視線で一瞬ロベルトを見、次に平賀に向かって訊《たず》ねた。

「ラテン語が話せる仲間が外にいるが、私達の話し合いに通訳は必要か」

「ええ。私も日本語に自信がありませんので、通訳がいて下されば助かります」

すると芙頭少年は外に向かって「紗良《さら》」と呼びかけた。

すぐに白い着物姿の少女が入って来る。

紗良と呼ばれた少女は真っ直ぐ切り揃えたおかっぱ頭をし、切れ長の目で、身長は百四十センチ弱と大層小柄であった。感情も年齢も全く窺《うかが》えない、のっぺりとした顔立ちが不気味だ。

いつかの夜、食堂前の庭に立っていたのは彼女だったのかと、ロベルトは驚いた。

紗良は芙頭少年のやや後方に、音も無く座った。

芙頭少年は平賀とロベルトを穴が開くほど凝視した後、徐《おもむろ》に口を開いた。

「神島を荒らしているのはお前達か。あの島は今、非常に不安定な状態だ。神島には二度と近づくな」

それは険しい命令口調であった。すぐに抑揚のない声で、ラテン語の通訳が行われる。

「神島へ二度行き、少しばかり島の土を頂いたのは私です。いけない事なら、謝ります。ですが、私の仕事は奇跡調査です。神島に行くなと言われても困ります。

それにあの島が不安定とは、私には思えません。神島に地震や天変地異が起こった記録は観測史上ありませんし、地盤が緩いというデータもありません」

平賀は真っ向から言い返した。

芙頭少年は平賀を冷ややかに睨《にら》んだ。

「お前には何も見えていず、分かっていないというのか。バチカンの神父というから少しは話が通じるかと思ったが、残念だ。

神島が不安定だというのは、地盤の問題ではない。霊的問題だ」

「霊的問題……？」

「それが分からぬ者には語るべき言葉がない。分からなくとも従って貰《もら》うしかない類《たぐい》の問題だ。何故なら他に道はないからだ。

それからもう一つ。油すましの噂を触れ歩いている外国人というのもお前達か。油すましの噂をするな。お前達のせいで、起こらなくともよい災いが起こっている。昨夜から車のスリップ事故が多発しているのを知らないのか」

芙頭少年は、整った顔に嫌悪の感情を浮かべた。

「あの、待って下さい。貴方《あなた》の仰《おつしや》る意味が分かりません。まず、油すましの噂をしている外国人は私達ではありません。ロビンソン氏という、私達の友人です。

次に、油すましの伝説には、『ここに油すましが出たらしい』と噂すると本当に出る、とありましたが、彼らが人に危害を加えた例はありません。ですから、彼らと車のスリップ事故に相関関係があるとは、私には思えません。

それでも貴方が噂を止めて欲しいと望まれるなら、友人を説得することは可能です。ですがその前に私自身が納得していなければ、他人の説得など、どだい無理な話です。

何故、神島に行ってはいけないのか、何故、油すましの噂をしてはいけないのか。貴方が先に私を説得して下さい」

平賀は頑固に主張した。こうなると彼は非常にしつこい性質《たち》である。

だが、相手もかなりの頑固者らしかった。

「分からぬ者には分からぬ話と言った筈《はず》だ。こちらにはもう時間がない。私に従えないというのなら、話は終わりだ」

　立ち上がろうとした芙頭少年に、ロベルトは突然、ドイツ語で声をかけた。

『この中に、ドイツ語を理解する人はいますか？』

　芙頭、紗良、平賀の三人は、不可解そうにロベルトを見た。

　芙頭と紗良はよく分からないという顔をしている。

　平賀は目を瞬かせた。

「ロベルト神父の言ったことを私が通訳しますと……」

　言いかけた平賀の口に、「しっ」とロベルトは指を当てた。

『これから僕が芙頭君と交渉する。だが、紗良さんにこちらの手の内を聞かれたくない。だからこっちの打ち合わせはドイツ語で行う。いいね？』

『分かりました』

『君が神島から持ち帰った土だが、すべての分析には何日ほどかかるかな？』

『数日から十日ほどでしょうか』

『よし、分かった』

　ロベルトはゆったりと微笑み、ラテン語で芙頭少年達に話しかけた。

「お待ちください。僕が平賀を説得し、貴方がたの希望が叶《かな》うよう、計らいます。その為には簡単なお願いをするかも知れませんが……。話し合いはこれからですよ」

芙頭少年は、紗良からロベルトの言葉を聞くと、再び腰を落ち着けた。

「まず貴方が希望する神島への出入り禁止ですが、期限について話し合う余地はありますか？　例えば一週間、僕達が神島に入らないと約束すれば、貴方の希望は叶いますか」

ロベルトが言った。

芙頭少年の「もう時間がない」という言葉と、切迫した態度から、彼らには何らかの時間制限があるのではと推測したからだ。

「一週間だな。一週間神島に立ち入らないと、お前達の神に誓えるか」

芙頭少年は強い語気で言った。

『平賀、イエスと答えてもいいね？』

ロベルトが小声で言うと、平賀は頷《うなず》いた。

「ええ、誓います」

ロベルトは厳かに答えた。

すると芙頭少年は、ほっと小さく溜息《ためいき》を吐いた。

彼の話の意味は分からないが、その表情や言葉に嘘はないと、ロベルトは直観した。

「次に、油すましについてです。僕達の友人は今、日本の妖怪《ようかい》について調べ物をしているだけで、彼に悪気が無い事は、最初に理解して頂きたい」

芙頭少年は片眉《まゆ》を微《かす》かに持ち上げた。

「私が理解するかしないかなど、問題ではない。止めるか止めないかと言っている」

「彼にはそれを止めるよう、僕から説得しましょう。ですが、彼にも彼の自由があり、将来の夢もある。一体、彼をいつまで引き留めれば良いんです？」

すると芙頭少年は表情を強《こわ》ばらせ、暗い声で答えた。

「お前が私達の事情を探ろうとしているのは分かっている。だが、敢《あ》えて答えよう。三日だ。三日後の満月が無事に過ぎれば、後は好きにするがいい。

さもなければ、もっと大きな災いが起こる。恐らく、死人も出るだろう」

彼の言葉を聞いた瞬間、ロベルトの全身にぞっと血が粟立《あわだ》つ感覚が走った。


「死人が出る」とは、不気味な脅しだ……


ロベルトは困惑の表情を浮かべながら、ゆっくりと答えた。

「満月が終わるまで……ですか。ふむ。それは少し難しいかも知れません」

「何故だ」

「僕達の友人はかなり行動的な男で、引き留めるのは容易ではありません。恐らく僕が自分の仕事の手を休め、彼を監視し続けなければ無理でしょう」

「それをしないと言うつもりか」

「いいえ、違います。ほんの少し条件があるのです。貴方がそれを満たして下されば、僕は友人を引き留めることができる」

　すると芙頭少年は小さく頷いた。

「その前に質問です。芙頭さん、貴方がたの集落は北請神社の付近にある。違いますか？」

　芙頭少年はゆっくり頷いた。

「貴方がたの集落からは神島がよく見える筈です。あの島にキリスト像が浮かび上がった奇跡。あの島に夏の雪が降り、空に十字架が浮かび上がった奇跡。それらを目撃した方や、記録に取った方はいらっしゃいませんか？

　僕は明日から目撃者探しをする予定でした。それを諦《あきら》める代わりに、貴方がたから情報を頂きたい。妥当な条件かと思いますが」

　ロベルトの言葉に、芙頭少年は返答せず黙り込んだ。

　すると、それまで一切の無駄口を利かなかった紗良が、芙頭少年の耳元に告げた。

「シロウさん」

　そして芙頭少年と紗良は殆《ほとん》ど音のない声で会話を始めた。「真昼様」という単語が何度か囁《ささや》かれるのが漏れ聞こえ、時折、芙頭少年が胸元のロザリオに手をやっているのが、マントの合間から見える。

　暫《しばら》くすると、芙頭少年が顔を上げた。

「お前達に協力する代わりに、一つしてもらいたい事がある」

「何をすれば良いんですか？」

ロベルトの問いに、芙頭少年は答えず、

「後に伝える。小望月《こもちづき》の夜、迎えをやろう」

とだけ言い残して、紗良と共に去った。


四郎少年を見送った二人は、どちらからともなく溜息を吐いた。

「なんだか不思議な人達でしたね」

「半分この世の人間じゃないみたいだった。僕など鳥肌が立ってしまったよ」

ロベルトは腕を捲《まく》って見せながら言った。

「最後に紗良さんが言ってましたが、彼の名前はシロウというんですね。私はそれを聞いて、天草四郎を思い出しました」

平賀がぽつりと呟《つぶや》いた。

「うん。彼が芙頭の集落においてカリスマ的存在であることは確かだろう。天草四郎のようにね。二人が同じ名前なのは、故意なのか偶然か、分からないが」

「ロベルト神父、天草四郎のことなど、よくご存知でしたね。確かバチカンでは彼を聖人とは認めていない筈です」

「まあね。色々勉強したんだ」

ロベルトは今日見聞きしたことを、あれこれと平賀に語った。

隠れキリシタンに興味を持ったこと、キリシタン館で天草四郎の陣中旗を見たこと、サンタマリア館で見た十字架の暗号と不気味な土人形、コレジョ館でグーテンベルク印刷機や、復元楽器によるコンサートを見聞きしたこと。

そして、降雪の奇跡の目撃者を求めて芙頭の集落を訪れたが、誰にも会うことが出来なかったこと……。

全ての話を聞き終えると、平賀は「凄《すご》いです」と嬉《うれ》しそうに微笑んだ。

「いつの間にかそれほどの知識を蓄えていらしたとは。

そうなれば気になるのが、四郎少年が最後に言った言葉の意味です。一体、私達は何をすれば良いんでしょうね？」

「全く分からない。だが、彼らが神島の奇跡について何の情報も持っていないなら、条件など出さない筈《はず》だ。ああ言ってきたということは、何かの情報を渡すつもりはあるんだろう」

「ええ、楽しみです。では私も、私の仕事の続きに戻りたいと思います」

自分の机に向かった平賀に、ロベルトは背後から声をかけた。

「そうだ、平賀。ロビンソン氏にメールの返信をして、明日ここへ来るように伝えてくれ」

「あっ、そうでしたね」

平賀は携帯を取り出し、操作し終えると、再び調査に没頭し始めた。

第四章　重なり合う世界　裏神事

1

——翌朝、本当に死人が出た。

全身に高温の油を浴びた痕《あと》のある死体が、大戸《おおと》ノ岬で見つかったのだ。身元は不明で、事件と事故の両面から調査中だという。

また、松島《まつしま》道、中央広域農道、草積《くさづみ》峠で車のスリップ事故が相次いで起こっており、島民に対する注意が呼びかけられていた。

部屋で朝刊を読み上げた平賀は難しい顔をした。

「四郎少年の言った通りになりましたね」

平賀に呼び出されて部屋にやって来たロビンソン・ベイカーは、真っ青な顔になった。

「OHジーザス、それらが全て僕のせいだというのか……？」

「偶然かもだが、偶然にしちゃ不気味過ぎる。彼らの警告通り、余計な噂話は控えた方がいいだろう」

ロベルトが言った。

「そんな警告をしに来るなんて、彼らは一体、何者なんだ?」

ロビンソンが怪訝《けげん》そうに訊《たず》ねる。

「さあ、よく分からないよ。僕達だって昨夜初めて会ったんだから」

ロベルトは言葉を濁した。

「そんな知らない奴らの言うことを聞いて、今日から丸三日、ロベルト神父が僕を監視するって言うのかい? プライバシーの侵害だよ。そう思わないか、平賀神父」

ロビンソンは助けを求めるように平賀を見た。

「実際、亡くなった方もいらっしゃるのです。誰かに危険をもたらすような行動は慎むべきだと、私も思います。それに、私達は彼らと約束してしまったのです。私も約束は守りたいのです」

「じゃあ、平賀神父。君が『お願い《プリーズ》』と、僕に言ってよ。そしたら僕も言うことを聞く」

ロビンソンは指を組んだポーズで上目遣いに『お願い』と、実演した。

平賀は言われるままに指を組み、『プリーズ』と言ったが、それはただの真面目な神父の祈りにしか見えなかった。


部屋で平賀とゆっくり話をしたいと言い出したロビンソンをせき立てるようにして、ロベルトは彼を外へ連れ出した。無論、平賀の仕事の邪魔をさせない為である。

「ちぇっ、今日の予定が台無しだ。折角、デートの誘いも断ったのに」

不満げに呟いたロビンソンだったが、駐車場の植え込みを掃いている結子の姿を見ると、パッと顔を輝かせた。

「ユウコサン、オハヨウゴザイマス！」

ロビンソンが結子に駆け寄って行き、あれこれと話しかけているのを見て、ロベルトは呆《あき》れた溜息《ためいき》を吐いた。イタリアではよく見る光景だが、シャイな結子の方は迷惑そうに俯《うつむ》いたままだ。

ロベルトが二人の間に割って入るべきかと躊躇《ためら》っていると、母屋《おもや》から吉岡が飛んでやってきて、二人を引き離し、結子を連れて母屋へ帰って行った。

ロビンソンは肩を竦《すく》め、がっかりした顔でロベルトの元へ戻ってきた。

「折角、結子さんと会えたのに……。いつもあの親父がああして邪魔するんだ」

「そりゃあ吉岡さんの自慢の一人娘なんだから、追い払うのは当然だろう」

「いや、あの親父はやり過ぎだよ。僕は結子さんにとって危険人物だとか言って、僕、食堂へ出入りするのも禁じられたんだよ？」

ロビンソンの言葉を聞いて、ロベルトは苦笑した。

「君を食堂で見かけなかった理由はそれか」

「うん、そうなんだ。僕は会ったその日に結子さんに恋をした。人生初の一目惚《ひとめぼ》れだ。だから、『結子さんは僕の天使だ、聖母だ、付き合って欲しい』と、言ったんだ。そしたら結子さんに悲鳴をあげられ、親父さんに叱《しか》られた。

でも、僕の気持ちは本気だよ。あんな美しい人は初めて見たんだ……。あの美しい髪、清楚《せいそ》で優しげな姿。彼女はまさしく天使だよ。君もそう思わないか？」

ロビンソンは真剣な顔で言った。

「まあ……確かに、彼女はいい子のようだけどね」

「うん。それに、彼女の長い黒髪を見るとドキドキするんだ。

僕が主の奇跡によって救われた時、海辺で天使に会ったと言っただろう？　その時の天使が結子さんそっくりだったと思うんだ……」

ロビンソンは熱に浮かされたように呟いた。

ロベルトはふと、その言葉にひっかかりを感じた。

そして、昨夜会った四郎少年の長い黒髪を思い出した。

ロビンソン氏は神島で、長い黒髪の天使に救われた
あの日の神島には人が居ないと言われたが、僕と平賀は複数の靴痕を発見してる
やはり四郎少年があの日、島に居たのではないか？
ロビンソンが見た天使の正体は、四郎少年だったのでは……

ロベルトは心の中でそう思った。

それから二人は、ロビンソンの車でドライブに出かけることになった。

とはいえ、男二人で行きたい場所など思い当たらない。

いつしか車は、神島の見える沿岸道路を走っていた。

その日の天草は薄曇りで、美しい筈の海も空も緑の木々もくすんで見えていた。

ロベルトが退屈げに欠伸《あくび》をした時、ロビンソンが何気なく口を開いた。

「この辺りには夕べも来たんだ。油す……おっと、言ってはいけないんだった」

「例の妖怪がこの辺にもいたのかい？」

ロベルトが問い返す。

「そうそう。平賀神父が油……じゃなかった、例の妖怪の出没地点の地図をくれたから、片っ端から回っていたんだ」

「へえ……。それって、どの辺りになるんだい？」

「それを言っていいのか？」

「言葉に出して噂をしなければ、構わないだろう」

二人は油すましが過去に出没したという地点で車を降りた。

そして辺りを散策したが、ただ鬱蒼《うっそう》とした暗い緑が広がるばかりだ。

薄暗く、静かな森だ。葉擦れの音と、「ホー、ホケキョ」と鳴く鳥の声が聞こえる。

人影はない。

海の見える断崖《だんがい》に出た二人は暫《しばら》く神島をぼんやりと眺め、どちらからともなく「帰ろうか」と呟《つぶや》いた。

少し早めの昼食を摂《と》ることにし、町へ出る。

ロビンソンは迷わずファミレスの駐車場に車を乗り入れた。

二人はステーキとサラダバーを注文し、ロベルトは久しぶりの洋食を堪能《たんのう》した。

「ところで、平賀に相談があるとメールをしていたようだけど？」

ロベルトが雑談を切り出すと、

「平賀神父に、僕と結子さんの間を取り持ってもらおうと思ったんだよ」

ロビンソンは厚いステーキを頬張りながら答えた。

「成る程ね。君が近づくと親父さんが出てくるから、平賀を使おうと思った訳か」

「酷《ひど》い言い方だなあ。僕は平賀神父を利用したいんじゃない。彼とも仲良くなりたいんだ。だって、彼の黒髪も素敵だしね」

ロビンソンは悪びれなく答え、話を継いだ。

「僕は日本人が好きだ。皆、親切で優しいし、控えめで清潔で、掃除好きだ。小さくて大人しくて、愛らしい。僕はもう、強情で我が儘《まま》なアメリカ女性には疲れたんだよ」

ロビンソンの台詞《せりふ》に、ロベルトは「平賀はそうでもないぞ」と言おうとしたが、黙っておくことにした。

ゆっくり食事を済ませた後、「これからどうする？」とロビンソンが訊ねた。

「例の妖怪が出たという、他の場所にも行かないか？」

ロベルトは答えた。

二人が次に向かったのは、油すまし地蔵の建つ場所である。

天草最高峰の倉岳に登る手前を左に折れると、里山の集落があった。石垣の上にぽつりぽつりと民家が建っている。

そこから徒歩で山に入っていくと、崖《がけ》の斜面に苔《こけ》むした三体の地蔵が祀《まつ》られていた。

だが奇妙なことに、三体ともに顔が無い。二体は首から上がなく、残りの一体は顔の前半分が削られたのか、割られたのか、消失している。

薄暗く湿った森で出くわした異様な光景に、ロベルトはぞっと寒気を覚えた。

「中央の像が例の妖怪で、両端はただの地蔵だそうだ」

ロビンソンが横から教えてくれた。

「何故、顔がないんだ？」

「ああ。それは、道の工事をする時に、業者が手荒に扱って壊したんだそうだ」

「なんだ。なら、ただの偶然の事故か」

ロビンソンの答えに、ロベルトは安堵《あんど》の息を吐いた。

二人は車に戻り、次の場所に向かった。

ロビンソンは退屈そうに「まだ行くの？　まあ、他に行く場所もないけど」と呟きながらアクセルを吹かした。

現地に到着すると、ロベルトは辺りを見回しながら散策を始めた。

ここも他と変わらず、何の変哲もない陰気な森に過ぎない。

「僕でも妖怪巡りは退屈だったのに、ロベルト神父には何が面白いんだ？」

ロビンソンは首を傾げながら、薄暗い森に向かってデジカメのシャッターを切るロベルトの後ろ姿を眺めて呟いた。


その日、全部で四ヵ所、「油すましが出る」といわれる場所を巡り終えると、日はとっぷりと暮れていた。

街路灯も信号も人通りもない山道を、スピードをあげて走っていると、前方にダムと貯水池が見えてきた。

「今日は結局、一日中、油すましの出没箇所ばかり回ってしまったな……」

ロビンソンがふと呟いた時だった。

フロントガラス越しに見ていた前方のアスファルトが、雨でもないのに真っ黒に染まり、ヘッドライトを反射してギラギラと七色に輝いた。

何事かと思う間もなく、キューッとタイヤが異音をたて、車は横滑りに大きく対向車線をはみ出して、ダムに向かって突進した。

古びたフェンスと真っ黒な貯水池が目前に迫る。

もしフェンスを突き破れば、貯水池めがけて車ごと真っ逆さまだ。

ロビンソンは必死にハンドルを切ったが、全く手応《てごた》えがない。

ロベルトは思わず助手席からハンドブレーキを引いた。

タイヤが軋《きし》み、激しい音を立てる。

ドン、と大きな衝撃があり、ガリガリと車体がフェンスを擦《こす》る異音が断続的に続いたかと思うと、車はバウンドし、失速して、草むらに停車した。

「……な、何だったんだ……今のは……」

ロビンソンが震える声で呟いた。彼の頭の中を過《よぎ》っていたのは、あの緑色の腕だけの化け物のことだった。

「分からない……。さっき、道路が濡《ぬ》れていたように見えなかったか？」

ロベルトは助手席のドアを開いて外に出た。

だが、先程まで黒光りしていた筈《はず》の道路はすっかり乾いており、辺りの地面や木々を調べても、にわか雨が降ったような痕跡《こんせき》はない。

先程見たと思った黒光りのする路面は、勘違いだったのかと思えてくる。

だが、ただの見間違えなら、車がスリップした理由がないのだ。

生暖かい風が頰を撫《な》でた。

ロベルトはぞっと足元から怖気《おぞけ》が立ち上ってくるのを感じた。

2

一方、平賀はひたすら土の観察をしていた。

島の岩石を構成しているのは、火山岩であるはんれい岩や玄武岩、そこに僅《わず》かに安山岩が加わっていた。

二種類とも珍しくはない火成岩である。

つまり、奇跡の起こった島は、もとは火山の噴火によって海中から盛り上がったものなのだろう。そうした場合、マグマのねばりけによって、島の形は変わる。

一般的に火山噴火によって出来た山や島は、マグマの中にある二酸化ケイ素の含有率で変わってくる。多いとねばりけが強く、少ないと弱い。

ねばりけの強いマグマの噴出時の温度は低く、冷えて固まると白っぽい岩石になる。

ねばりけの弱いマグマの噴出時の温度は高く、冷えて固まると黒っぽい岩石になる。

ねばりけの強いマグマは溶岩が盛り上がって、つり鐘を伏せたような形になる。

ねばりけが中程度のマグマは、円錐《えんすい》形の形をしていることが多く、成層火山またはコニーデと呼ばれる。

ねばりけの弱いマグマは、傾斜が緩やかで横に広がった盾を伏せたような形になることから、たて状火山またはアスピーテと呼ばれる。

神島の形状が、ほぼ二等辺三角形のような、とがった三角錐というところから、平賀はかなり粘りけのあるマグマを想像していた。

そして想像どおりのマテリアルで島の土は構成されていた。すなわち、粘りけのある粘土質の土（その主成分はフィロケイ酸塩鉱物である）と、火成岩によってである。

岩の中に含まれる鉱物は、長石、カクセン石、輝石、カンラン石の順に多い。

石の中に、特殊な光を反射する物質などが加わっていないのかと調べてみたが、これらの鉱石は、むしろ黒く、光の反射など期待できない代物である。

逆に石英と呼ばれる鉱石などは、基本的に水晶であるから、光の屈折から起きる不可解な現象や、静電気発生の原因になると考えられる。だが、石英は皆無であった。

もっとも、水晶のような鉱物が崖面の土に含まれているにしても、克明なキリストの姿を映し出すことなどは至難の業に違いない。

平賀は頭をひねりながら、番号を振った土の塊を次々に見ていった。

比較してみて分かったことは、崖の表面の土と、ピッケルで削った部分の土の密度が異なることだった。表面の土は、ぼそぼそとして空気の含有が多い。

堅い地盤の上に、後から盛り土をした場合などに、そうした結果が現れる。

だが表面の土と奥の方の土に、成分の違いはない。どちらも神島の土といえる。

一点、違いがあるとすれば、表面の方の土にのみ、時折、茶色く毛羽だった繊維のような物が含まれていることだ。

平賀はその繊維を選《よ》り分け、バットの上に並べていった。

短くちぎれた物から長い物まで合わせると、繊維は三十数本に及んだ。

成分を詳細に調べた結果、それらがシナノキ科の黄麻由来の繊維だと判明した。

黄麻の主な生産地は、インド・バングラデシュである。神島に自生していた様子もないことから、明らかに外から持ち込まれた代物だ。

それが土に混ざっている理由については、見当がついた。

黄麻とは、別名をジュートという。伸縮しにくく、保温性に富む性質から、導火線、カーペット基布、畳表、ひも、袋やバッグなどを作るのに多用される。

特に有名なのは、ドンゴロスと呼ばれる麻袋に使われていることだ。

神島の山の中腹には、土を掘り返したり、抉《えぐ》ったような跡があった。仮にそこの土を麻袋に入れて運び、崖《がけ》の上から投げ落とせば、恐らく現状の結果が得られるだろう。

だが、何故そんな事を……？

そこまで思った時、平賀の頭を過るものがあった。

ロベルトがサンタマリア館で見たという、古びた数百体の泥人形のことだ。

「地元の名産品らしいんだが、夢に出てきそうな不気味さだった」とロベルトは言っていた。

「ふむ。陶器人形がここの名産品なのですよね……」

平賀は独り言を呟《つぶや》きながら、インターネットにアクセスした。

天草の観光ガイドの土産物案内から、名産品の陶器について調べてみる。すると、すぐに「天草陶石《あまくさとうせき》」なるものがこの辺りで産出され、複数の窯元が存在すると分かった。

さらに、天草陶石は、天草下島で採掘される粘土の鉱石で、陶磁器の原料として広く利用されていること。日本で産出される陶石（磁器原料）の八割を占めていること。さらに、天草陶石はチタンや鉄の成分が少ないことから、白色で電気絶縁性の高い素材を製造することができると説明がついている。

平賀はそれらを確認すると、天草陶石を取り扱う窯元に電話をかけ、そこから材料の土を販売する業者に連絡を取った。

陶芸用粘土の原土販売業者は、天草に三軒あった。そしてそのうちの一軒から、平賀はある情報を得た。

天草陶石は陶器や工芸品に使用されるのみならず、一九五〇年代半ばから七〇年代初頭までの日本の高度経済成長期において、高電圧用碍子《がいし》などの主原料に用いられるなど、工業用の需要が高まり、盛んに掘削されたという。

「神島の断崖《だんがい》が不自然な形の絶壁だと、ずっと気になっていたんです。もしかすると、貴社は神島の土も掘削しませんでしたか？」

平賀が訊《たず》ねると、

『ええ、先代からそう聞いたことがあります』

電話口で販売業者は答えた。

「神島の断崖が出来た理由について、地元の船頭さんは、自然の風雨で削られたんだろうと仰《おっしゃ》っていましたが、やはり違うんですね」

平賀の疑問に、販売業者は苦笑したようだった。

『いやいや、まさか。風雨だけで、あれほど削れたりはしませんでしょう。まあ、かつてあの島の土を頂いたことは認めますが、それも高度経済成長期の終わり頃の短期間のことです。それ以降は、運搬の手間や経費から考えて元が取れなくなりましたんで、掘削はしていません』

「成る程。分かりました。有り難うございました」

平賀は電話を切った。

神島の断崖は、人為的な掘削によって生じた。

そのことと奇跡に関係があるかどうかは分からないが、一つの事実である。

平賀はメモにそのことを記すと、再び土の分析に没頭し始めた。

集中し過ぎていたせいで、時間の感覚は失われていた。

ふと喉《のど》の渇きを覚え、平賀は立ち上がって冷蔵庫を開いた。

すると、おにぎりと卵焼きにラップがかかったものが入っている。

「Pregate che si mangia（君が食べる事を祈る）」と、ロベルトのメモがついていた。

そう言われてみれば、脳が少し疲れている気がした。恐らく糖分不足だろう。

平賀は固く冷たいおにぎりを頬張った。

3

翌日もロベルトはロビンソンと共に、車で出かけることになった。

実際のところ、昨夜の不気味な事故の恐怖から、二人とも『油すまし』に関する噂をする気分ではなくなっていたのだが、別の問題が発生したのである。

バンパーが凹《へこ》み、車体の側面に無数の傷がついた車は、実はロビンソンの物ではなく、彼のファンから借りていた車だったのだ。

ロビンソンは車の持ち主である「ファンの女性」から呼び出され、車を破損させた事情と謝罪を求められているという。

「参ったよ。彼女が、『まさか他の女の子とデートしてて事故起こしたんじゃないでしょうね』と怒るから、『違う。バチカンの神父と一緒だった』と答えたんだが、信じてくれないんだ。だから今日はロベルト神父にも、僕の証人として付き添ってもらうよ」

ロビンソンは言った。

「ファンの女性って、どんな人なんだい？」

車を貸すぐらいなのだから親密な女性なのだろうかと思いつつ、ロベルトは訊ねた。

「うーん。彼女は晴子《はるこ》っていうんだけど、僕が入院していた病院の看護師なんだ。とても親切にしてもらったし、黒髪で可愛かったから、『可愛いね』とか『好きだよ』とは言ったかな……？　そしたら車を貸してくれたんだ」

ロビンソンはさらりと答えた。

「けど君、確か、結子さんが好きなんだろう？」

「うん。だから結子サンと運命の出会いをしてから、晴子とは疎遠にしてる」

「車は借りっぱなしでかい？」

「そう責めるように言うなよ。その辺は悪かったよ。でも、こんな事になるとは思わなかったし、いずれ折を見て車は返すつもりだった。そんな事よりさ、問題は今日、晴子を怒らせないことだ。僕を上手にフォローしてくれ。頼んだよ」

ロビンソンの言葉に、ロベルトは頭痛を覚えた。


二人の乗った車は、待ち合わせ場所である北海岸に到着した。

『イルカクルーズ』と書かれた看板の前で、ミニスカート姿の女性が立っている。どうやら彼女が晴子らしい。

ロビンソンが車を降りて晴子に駆け寄ると、

「どうして連絡をくれないの？」

と、晴子が怒る大声がした。

ロビンソンは英語と片言の日本語で、必死に言い訳をしている。ロベルトはそんな二人の様子を、車の助手席から見守っていた。

ロビンソンが平謝りとお世辞を繰り返すうち、晴子も機嫌を直したらしい。

二人は仲良く腕を組んで、ロベルトの側にやって来た。

「貴方《あなた》がバチカンの神父様ですか？　初めまして、晴子です」

晴子は訛《なま》りの強い英語で話しかけてきた。

「晴子さん、初めまして。ロベルト・ニコラスです」

ロベルトが微笑んで言うと、

「うわあ、すっごいイケメン神父さん。神父様じゃなければ、絶対乗り換えるのにな。でも神父様だからなあ……」

晴子は日本語で、もごもごと呟いた。

「僕達はこれから二人で、イルカクルーズに行くことになったんだ。何ならロベルト神父も一緒にどう？」

ロビンソンが横から明るく言った。

「いや、デートの邪魔をしちゃマズいだろう。彼女の誤解も解けたことだし、僕は適当に宿へ戻っておくよ」

ロベルトはそう言うと、手を振って二人と別れた。

とはいえ、すぐに宿に戻ってもすることがない。平賀の邪魔にもなるだろう。

軽くどこかに寄って帰ろうと考えたロベルトは、『イルカクルーズ』の受付窓口に行き、英語で書かれた観光パンフレットを手に取った。

幸い、この近くに一つ、歴史資料館がある。

ロベルトはタクシーを捕まえ、その資料館へと向かった。

村里《むらさと》資料館は、ロベルトがこれまで回った観光客相手の真新しい資料館とは全く違っていた。

まず、場所がやけに辺鄙《へんぴ》だ。国道沿いにあるどころか、曲がりくねった私道の奥にあり、その行き道に看板すら出ていない。タクシーの運転手でさえ、首を捻《ひね》りながら運転しているという有様だ。

ようやく目的地に辿《たど》り着いてはみたが、一見して、大した物はなさそうな資料館だと分かった。外観は少し大きめの民家といった風情だ。

荒れ放題の庭兼駐車場と、埃《ほこり》の溜《たま》った玄関口は、滅多にここに客が来ないことを示している。

（しまった、これは外したな……）

ロベルトは直観したが、今更引き返しても仕方がない。

時間潰《つぶ》しと覚悟を決めて、館内に足を踏み入れた。

その資料館のメインの展示物は、イルカの骨格標本であった。

他にも古い土器の欠片《かけら》が大量に展示されている。パネルを見ると、「五千年前」という文字だけが読み取れた。

五千年前といえば、確か、日本は縄文時代であった筈《はず》だ。その当時から、この一帯には人が住み着き、漁などをして暮らしていたのだろう。

シャーマンが着けていたと思われる貝の装飾具、南海産の貝類を使用した遺物が多数あり、古くから南方との貿易が盛んであったことを窺《うかが》わせる。また、五世紀のものだという、大量の製塩土器も展示されていた。

一方、稲作に纏《まつ》わる遺物はほぼ無い。

一際目を引くのは、実物大の蠟人形《ろうにんぎょう》が、海に潜って巨大な貝を採っているジオラマだ。人形の顔はクロマニヨン人の特徴を有しており、裸体であった。

仄暗《ほのぐら》い照明の下で見ると、なかなかに不気味である。

隣の展示室に続く扉を開くと、突然、明るくなった。

部屋の大きな窓からは海が見え、窓際には大きな望遠鏡が設置されていて、作業服姿の男が望遠鏡を覗《のぞ》き込んでいる。

自分と同じ物好きな観光客か、あるいは資料館の設備の点検業者だろうか。

ロベルトが「hello」と声をかけると、男は振り返って「ハロー」と答えた。

木訥《ぼくとつ》そうな顔立ちの男だ。

「あなた、パアテル（神父）さん？」

男は笑って「こっちに来い」と手招きし、望遠鏡を覗くよう、ジェスチャーで示した。

ロベルトが覗いてみると、小舟が一艘《そう》、海に浮かんでいる。

「キャッチング・フィッシュ（魚を捕ってる）」

男はかなり訛った英語で言った。

「ノー・ドルフィン・トゥダイ」

イルカはいない、と言いたいらしい。

「That's right.（ええ）」と、ロベルトは相槌《あいづち》を打った。

「サイトシーイン？（観光ですか）」

ロベルトは何と答えようかと迷いながら、

「We came here to examine the miracle of Kamishima.（私達は神島の奇跡を調べる為に来ました）」

と言った。

すると男は顔を顰《しか》めた。

「カミシマ、ノー。イッツ、シカシマ。ゼアワー、メニー、シカシマ」

男の言う言葉の意味がよく分からず、ロベルトは戸惑った。

何を言っているのだろう？

コミュニケーションの手段はないかと部屋を見回すと、天草の地図が貼ってある。

ロベルトは地図の側に立ち、神島を指さして、

「Here. Kamishima.（ここです。神島）」

と言ったが、男は「イエス、イエス」と頷《うなず》いている。

互いの話が通じていないのだろう。

「シカシマです。バンビですよ。えっと……。Do yo know "Bambi"?（バンビ、知ってますか）?」

男が日本語混じりに言った。

「bambino（子供）?」

意味が分からずロベルトが言い返すと、男は困った顔で、肩を竦《すく》めるジェスチャーをした。

どうやらお手上げという顔だ。

ロベルトも肩を竦め、苦笑いするしかなかった。

＊　＊　＊

その頃、平賀は相変わらず土の分析に熱中していた。

そうして岸壁の最も西側にある崖《がけ》の中腹あたりから採集した土を調べていた時、茶色い糸くずのようなものを見つけた。

一センチ程度のそれは、一見すると黄麻の繊維にそっくりだが、よく見ると微《かす》かではあるが、その片方の端が小さな球状をしていることが分かる。

それも何かのゴミだろうと片付けるのは簡単だが、平賀はそうはしなかった。

平賀はそれをピンセットでつまみ上げ、撮影し、いくつかの断片に切り分けた。

そして早速、手持ちの機材で分析したのだが、結果が出なかった為、それらのデータ一式を、彼の補佐役であるバチカンのシン博士に送り、メールでアドバイスを求めた。

暫《しばら》くすると、シン博士から返信があった。


実物を見ないことには何も言えません。　チャンドラ・シン

それもそうだと平賀は思い、くずのようなものの欠片を丁寧にビニール袋の中に入れて封をした。

そして頑丈な木箱にそれを入れ、緩衝材を周りに置き、ビニールの中の物体が傷つかないよう慎重に梱包《こんぽう》すると、国際航空便を出す為に、郵便局へと出かけたのだった。

午後六時を過ぎた頃、ロベルトが帰って来た。

それから二人は、結子が部屋に届けてくれた夕食を摂《と》った。

食べ終わると、平賀は再び作業に没頭し始めた。

ロベルトはシャワーを浴び、海に面した窓を開いた。

生暖かい風が吹いてくる。空にかかっていた叢雲《むらくも》の合間から、今にも満ちようとする大きな月が顔を覗かせていた。

「月が……」

ロベルトが呟《つぶや》いた時だ。

部屋の扉がノックされた。

ロベルトが扉を開くと、白い着物姿の紗良が立っている。

「主《あるじ》の命により、お迎えにあがりました」

紗良は深々と頭を下げた。

4

紗良の案内でワゴン車に乗り込むと、車内には和服の男達が四名乗っていた。皆、緊張感に満ちた神妙な顔つきで、口を開くのも憚《はばか》られる雰囲気である。

車は暗い山道を通って市街地へ出た。

前方に石橋が見えてくる。島原天草の乱で激戦地となった、祇園橋である。

橋の側で車が停まると、一人の男が車から降りた。

男は祇園社の鳥居の方へ歩いて行く。

不思議なことに、先日ロベルトが見た時には黒く変色していた鳥居の注連《しめ》縄が、真っ白なものに付け替えられている。鳥居についた苔《こけ》も洗い落とされている様子だ。

なのに、その一帯から立ち上る不気味さは、少しも変わっていない。

それどころか、余計に底気味が悪い。

市街地の照明のせいで、付近はまだ宵闇の明るさだというのに、鳥居の向こう側だけが墨を流したように暗い。

鳥居の向こうへ歩き去る男の後ろ姿が、まるでブラックホールに呑《の》み込まれたかのようにぷつりと消えた。

錯覚だろうか？

ロベルトは思わず目を擦《こす》った。

その間に、車は再び走り出す。

次に停車したのは、桂岳《かつらだけ》へ向かう山中に建つ、小さな鳥居の前であった。

また男が一人降り、鳥居の奥へ入って行く。

「ここには『十五社《じゅうごしゃ》』と書かれてあります」

石碑を読んだ平賀が呟いた。

車はそこから細い山道を延々と走った。

その先にあったのは、やはり神社の鳥居であった。

三人目の男が、神社の中へ入って行く。

車内には、平賀とロベルト、運転席の紗良、後部座席に着物姿の男が一人残った。

「今度は『十五柱神社《じゅうごはしら》』と書かれていますよ、ロベルト」

平賀が小声で言った時、紗良が背後を振り返り、平賀達に向かって言った。

「さて。ここで貴方《あなた》がたのお役目を、ご説明しなければなりません。一仁《かずひと》さん、宜《よろ》しいですね」

　すると、後部座席の男がゆっくり頷いた。月明かりに照らされた男の顔は年若く、二十歳前後かと思われた。

「会話は英語で構いませんね」

　一仁と呼ばれた青年は念を押すように言い、話し始めた。

「まず私の身分を話しましょう。私は神社庁付き機関の人間です。日本の神々を祀《まつ》るのが仕事という訳です。貴方がたと同様の神職とお考え下さい。

　そして私が天草に居る理由は、百二十年に一度の神事を成功させる為です」

　一仁青年は酷《ひど》く不可思議なことを、さも当たり前のように言った。

「百二十年に一度の神事？」

　ロベルトは民俗学的興味を大いにそそられ、身を乗り出した。

　一仁青年は神妙に頷いた。

「奇跡が起こったといわれる神島に、『真昼様』という神が祀られているのは、ご存知ですか？　それこそ、この地の人々が古来信仰してきた神でした」

　平賀とロベルトは顔を見合わせ、各々頷いた。何度か耳にした名だ。

「至極簡単に説明しますと、真昼様とは、最も古い太陽神です。

　日本の神話を記した『古事記』や『日本書紀』では『ヒルコ』と記された神であり、日本を国産みしたイザナギとイザナミという二人の夫婦神の最初の子供とされます。

その子供は永遠の輝きを持つ太陽の化身であり、『日依子《ひよるこ》』と名付けられたのですが、後に訛《なま》って『ヒルコ』と呼ばれるようになったのです。

ヒルコの姿は、白い蛇体でした」

「蛇……ですか……」

ロベルトはぞっとした。

イヴをそそのかした蛇の例を出すまでもなく、世界各地の古い伝承にはしばしば蛇が登場する。ある時は忌わしく悪を為《な》す存在として。またある時は永遠と叡智《えいち》を象徴する神秘の存在としてだ。

「ええ、蛇です。

ヒルコは骨の無い、ぐにゃぐにゃとした蛭《ひる》のような子だったとも言われます。その姿が醜く失敗作だった為、海に流された……というのが、記紀による解説です。

しかし、そうした神話が書かれた時代は、同時に、日本国に大和民族と称する渡来人達がやって来て、先住民達を攻め滅ぼし、征圧した時代でもありました。そして先住民達の信じる土着の神もまた、勝利した民族の神によって追いやられ、あるものは島流しにされ、また、悪しきものだと見做《みな》されるようになったのです」

一仁青年の語る言葉は、重みをもってロベルトの胸に迫った。

ヨーロッパ先住民の信仰する大地母神が、キリスト教化以降、聖母マリアと同一視されていったように、キリスト教は、被征服民の神々を呑み込みながら広まっていった。

そして島原天草の乱でもそうだったように、歴史の敗者は語る言葉を持ち得ないのだ。

「歴史書は勝者の言葉しか残さない……という事だね。

ヒルコ神が海に流されたのは、醜いからではなく、それが異教の神だったからか。

ヒルコ神の物語は、日本土着の民族が、大和民族に敗れたという史実を示していると言うんだね」

「ええ、そうです。

ロベルトの言葉に、一仁青年は僅《わず》かに微笑んだ。

ヒルコの島流しは、大和民族――これを天皇家一族と呼び変えても構いませんが――の勝利を讃《たた》える物語です。

新たな為政者達は政を行う中央には古き神々の社を置かず、代わりに僻地《へきち》や離島に社を立て、先住民の神が自分達を祟《たた》らないよう封印して祀ったのです。

この島に『十五社』という名の神社が多いのも、その名残りです」

「そういえば、先程から十五社という神社を二つ、見かけました」

平賀が言った。

「ええ。本来、十五社で祀られていたのは蛇体の竜神でした。

『竜王《りゅうおう》』もしくは『竜宮《りゅうぐう》』という言葉が、訛って『十五《じゅうご》』となったのです。

このことは、民俗学者の柳田國男《やなぎたくにお》氏も『龍王と水の神』の中で、『西日本殊に九州あたりの人々は正確にはR子音を発音し難く、漁師などには、リョウ又はリュウと発音している者は少なく、ジュウゴサンと謂《い》って十五夜と混同して、月の十五日を祭日にしている所もある』と述べていますし、天草各地にも、古い社を『ジュクサさま』『ジュウゴさん』と呼んでいたという伝承が残っています。

近年になって、『天照大御神《あまてらすおおみかみ》と阿蘇《あそ》十二神、土地の守り神といった神々十五柱を祀るから十五社だ』などと辻褄《つじつま》合わせの説明がされていますが、その解釈は誤りです」

「成る程。ところで、竜宮といいますと、私などは浦島太郎《うらしまたろう》の竜宮伝説を思い浮かべてしまいますが」

平賀の言葉に、一仁青年は軽く頷《うなず》いた。

「浦島太郎の原型は『丹後国風土記《たんごのくにふどき》』にありますが、記紀にも同様の『海幸山幸神話《うみさちやまさち》』が存在しており、そちらは九州の物語です。

どちらも主人公が海底へ行き、豊かな文化を持つ不思議な人々が住む楽園で暮らします。『海幸山幸神話』では、主人公の火遠理命《ほおりのみこと》が、竜宮の姫である豊玉毘売命《とよたまびめのみこと》を懐妊させるのですが、姫の正体は八尋和邇《やひろわに》といい、その腹は蛇のようであった、とされていますね。

ここ天草にも、竜宮へ行った男が、一升の小豆を食べさせれば一升の金の糞《ふん》をする三毛猫を貰《もら》って帰るという民話があります。

四方を海に囲まれた日本のような国に於《お》いて、海の向こうの楽園であるとか、海からもたらされる幸というものは、ごく自然な崇拝の対象であったのでしょう。

離島に流されたヒルコ神も、いつしか名を『えびす様』と変え、福の神であり豊漁の神として、この島で再び広く信仰されるようになりました。

結局、土着の神というものは、いっときはそれを追い払ったとしても、その神が人々に望まれるという必要性が無くならない限り、何度でも甦《よみがえ》る。そういう事なのだと思います。竜と蛇の物語は大蛇伝説に形を変え、天草下島にある四つの大池に、それぞれ大蛇が住んでいるという言い伝えになって残りました。

ともあれ、日本からヒルコという古い太陽神が追放された後、大和朝廷は天照大御神という新たな太陽神を持ち込んできます。

ところが、大和朝廷に変事が起こったり、天変地異が起こるなどする度に、ヒルコ神は形を変えて何度か表舞台に登場してきます。

中でもヒルコ神の現《うつ》し身として最も有名なものは、八岐大蛇《やまたのおろち》でしょう」

「八岐大蛇なら知っています。スサノオの英雄伝説に出てくる大蛇ですよね」

平賀が身を乗り出して言った。

「そんなに有名な話なのかい？」

ロベルトが訊《たず》ねると、平賀は嬉《うれ》しそうに頷いた。

「はい。八岐大蛇は八つの頭と八本の尾を持つ、巨大な怪物なんです。祖母に話を聞いた時、八個も脳があったら便利だろうか、不便だろうか、それらを統制するメインシステムは何処にあるんだろうなどと、様々に思いを馳《は》せたものです」

平賀の言葉に、一仁青年はクスリと笑った。

「八岐大蛇は神話の悪役です。八岐大蛇に生贄《いけにえ》として差し出されそうになっている乙女を、スサノオという大和の神が救うというストーリーに登場します。スサノオは八岐大蛇に大酒を飲ませ、眠った所を退治するのです。

この時、実際にスサノオが倒したのは、イザナギとイザナミが最初に生んだとされる八つの国でした。

淡道之穂之狭別島《あはぢのほのさわけのしま》すなわち、淡路島。そして伊予之二名島《いよのふたなのしま》すなわち四国。隠伎之三子島《おきのみつごのしま》すなわち隠岐島、別名は天之忍許呂別《あめのおしころわけ》。次が、筑紫島《つくしのしま》すなわち九州。さらに伊伎島《いきのしま》すなわち壱岐島、別名は天比登都柱《あめひとつばしら》。そして津島《つしま》すなわち対馬、別名は天之狭手依比売《あめのさでよりひめ》。続いて佐度島《さどのしま》すなわち佐渡島。最後は大倭豊秋津島《おほやまととよあきつしま》すなわち本州、別名は天御虚空豊秋津根別《あまつみそらとよあきつねわけ》です。

八岐大蛇とは、これら八国を治める総大将の太陽神であったのです。それゆえ頭が八つあったということです」

「それもやはり、古い太陽神が退治された物語なんだね」

ロベルトが言った。

「八つの頭というのは、八つの国を表す文学的メタファーだったんですか……」

平賀がつまらなさげに呟《つぶや》いた。

一仁青年は二人に向かって各々頷いた。

「八岐大蛇が成敗された後、次に古き太陽神は『鏡神』の姿として登場します。

鏡で日の光を反射した際、それを正面から見ると太陽のように輝いて見える為、鏡は輝く太陽そのもの、あるいはその化身と考えられました。

現存する最古の文献『古事記』によると、雄略《ゆうりやく》四年のことです。雄略天皇が葛城山《かつらぎ》へ鹿狩りに行った際、向かいの尾根を天皇一行と全く同じ恰好《かっこう》の一行が歩いているのを見つけました。

雄略天皇が相手に向かって名を問うと、『吾《われ》は悪事も一言、善事も一言、言い放つ神。葛城の一言主《ひとことぬし》の大神なり』と答えがあった。天皇は恐れ入り、弓や矢のほか、官吏たちの着ている衣服を脱がせて一言主神に差し上げ、一言主神はそれを受け取って、天皇の一行を見送った、とあります。

天皇が鏡神を恐れ敬う様がよく分かりますね。

ところが、それから八年後に書かれた『日本書紀』では、雄略天皇は一言主神と出会い、共に狩りをして楽しんだ、という記載に変わります。

さらに七十七年後に書かれた『続日本紀《しょくにほんぎ》』では、一言主神が天皇と獲物を争ったため、天皇の怒りに触れて土佐《とさ》国に流された、と書かれているんです。

つまり、葛城山で信仰されていた古き太陽神、最初は天皇より高位であったものが、時代と共に凋落《ちょうらく》し、最後は島流しにされた経緯と重なる訳です。

一言主神とは、鏡の神。相手の心と姿をそのまま映します。元来、神は霊的な存在ですから、物質的な姿形を持つ必要もありません。ですから実体はなく、予言をする声だけの存在なのです。

ところで、これとよく似た話がここ熊本にも多数あるのをご存知でしょうか」

一仁青年の言葉を聞いて、平賀とロベルトは顔を見合わせた。

「さあ……」

「分かりません」

二人が首を横に振る。

『油すまし』ですよ」

一仁青年はひっそりと答えた。

「油すまし？　あの妖怪《ようかい》が、古き太陽神だと？」

ロベルトは思わず問い返した。

「正確には太陽神とは言えません。そのなれの果て……というべきでしょうか。

しかし、油すましの伝説には、こうあります。

浜田隆一《はまだりゅういち》の著書『天草島民俗誌』には、熊本の天草郡栖本《すもと》村字河内《かわち》つまりは現・天草市と下浦《しもうら》村とを結ぶ草隅越《くさずみごえ》という峠道を、老女が孫を連れて通りながら『ここにゃ昔、油瓶さげたん出よらいたちゅぞ』と孫に話していると、『今もー出るーぞ』と言いながら油すましが現れたといいます。

また、民俗学者・柳田國男の著書『妖怪談義』では、『(油すましという) 名の怪物』と記載されるのみで、どんな外観なのかは一切記述されていません。

熊本ではこの油すましと同様、峠で妖怪の噂話をするとその妖怪が現れるといった怪異譚が他にも伝えられています。

例えば、『うそ峠』という場所を通りかかった二人連れが『昔ここに、血のついた人間の手が落ちてきたそうだ』と話すと『今もー』と声がして、その通りの手が坂から転がり落ち、二人が逃げ切った後に『ここでは生首が落ちてきたそうだ』と話すと、また『今も……』と声がして、生首が転がり落ちてきたといいます。

あるいは、『今にも坂』という場所で大入道の話をすると、『今にも』と声がして、大入道が現れるというのです」

「成る程……。言われてみれば、よく似た話です」

「相手の心と姿を映し、実体はなく、声しかないという訳か」

平賀とロベルトは深く頷《うなず》いた。

「はい。『油すまし』や『大入道』といった妖怪は、元々は鏡神の性格を持つものとはいえ、鏡神自体が没落し、封印された後に発生したものですから、キリスト教でいうところの悪魔という存在に近いのでしょう。

ここ天草は元来、ヒルコ神の力が強い土地です。その上さらにその力を強める言霊の呪術も仕掛けられています。それゆえ天草に妖怪は現れるのです。

私の属する機関はこのように考えています。

大和民族が日本に渡来してきた時、最初の戦いでヒルコ神が流され、祀られたのが淡路島。そして、大和朝廷が九州平定に成功した際、ヒルコ神が流されたのが天草神島であると。

つまり大和朝廷の勢力が拡大するに伴い、大和朝廷の勢力が及ばない『辺境』もまた中央から遠くなっていった。そして最後にヒルコ神が流されたのがこの天草です。

この二者は同じ地名を与えられることで、言霊の力で同等のものとされました」

「言霊の呪術とは何なんだい？」

ロベルトの問いに、仁青年は少し困った顔をした。

「言霊のご説明は難しいのですが、日本では古来、霊的な力が言葉に宿ると信じられてきました。森羅万象が言葉によって生成しているという考えのもと、何かに名前を付けるという行為によって、名付けられたそのものに意味を与え、祝福や呪いを与えることができるのです。

淡路島と天草、この二つの島は互いに地名移植をし合っています。

まず、天草諸島には大矢野島《おおやのじま》があり、淡路島には野島《のじま》があります。

大矢野島には元竜宮社、すなわちヒルコを祀《まつ》った十五社があり、そこには天草四郎が生まれた、あるいは隠れ家にしていたという洞窟《どうくつ》があります。

一方の野島は、淡路島の最も古い土地であり、朝廷に食事を献上する国であったと記されています。

また、天草の維和島《いわじま》、ここは天草四郎の母が生まれたという場所です。

それに対応するのが淡路島の岩屋。ここには岩楠《いわくす》神社があり、ヒルコ命が祀られています。そこには高さ十数メートルの岩壁があり、洞穴が二つ開いていて、イザナギノミコトの墓所だと伝えられているのです。

そしてまた、天草には五色島《ごしきじま》があり、淡路島には五色《ごしき》・五色浜があります。天草の五色島には、そこの塩水と砂を持って十五社宮に供え、庵《いお》の井戸端にある鐘を打ち鳴らして、その鐘を祭淵《まつりぶち》に沈めれば必ず雨が降るという、不思議な伝承がありますし、その浜には楊貴妃《ようきひ》が海を渡ってきたという伝説があります。一方、淡路の五色浜には平家の姫君が流れ着いたという伝説があります。

さらに天草には栖本《すもと》があり、ここは雨の神としての河童《かっぱ》伝説が有名です。淡路島には洲《す》本《もと》があり、十五社でもよく祀られている白蛇の化身である弁財天《べんざいてん》を祀る厳島《いつくしま》神社がありま す。

さらに神代という共通の地名など、詳しく数えればキリがありません。だから淡路島で神事を行うときは、ここでもやらなければならないんです。そうでないと神事が完成しないんです」

ロベルトは感嘆の溜息《ためいき》を吐いた。

「言葉で世界が成り立つという思考は、ヨーロッパ独自のものだと思っていた……。日本も同じだったとは驚きだ。

神が『光あれ』と言えば光があった、という聖書の記述、そして聖書の言葉そのものが力を持つと考える僕達の感性にとても近い。

それにしても、一体、誰がそんな言霊を仕掛けたというんだ？」

ロベルトの言葉に、一仁青年は答えた。

「誰が、ですって？　それは決まっています。ヒルコ神を天草に閉じ込めておきたかった者達。すなわち時の為政者と、大和朝廷に属する霊学者達です。

私の所属する機関は、こうした霊学者達の系譜上にあります。ですから、彼らが何を行ったのか、私は知っています。私達は神々を祀る作法の番人というところです。

何しろ神事の中には十数年に一度とか、数十年に一度というようなものもありますからね。どこかの組織が管轄しなければ、その本来の意味が忘れ去られ、次第に記憶に残らなくなり、やがて忘れ去られてしまうんです」

一仁青年は一息を吐き、言葉を続けた。

「ともあれ、大和の神を鎮めるには、大和の神の一族に繋《つな》がる人物が正しい作法を行わなければならない。その為、日本の天皇家は今も数々の宮中祭祀《さいし》を斎行しています。

ですが、大和朝廷に対する怨《うら》みを持つが故に、悪神となり祟《たた》りを為《な》す存在となった古き神を鎮める為には、古き神の一族に繋がる人物が祭祀を行わねばなりません。大和民族では駄目なのです。古き神には、自分を滅ぼした敵方の願いを聞く謂《い》われはありませんから。

大和朝廷以来、我々は自分達が攻め滅ぼした相手から斎宮となる一族を選び、滅ぼした神が大和に祟りをなさぬよう、彼ら自身に自らの神に鎮めさせるという手法を続けてきたのです。伊勢神宮《いせじんぐう》しかり、出雲《いずも》大社しかりです。

ところが天草では、祭祀が上手《うま》くいかない時期が長く続きました。

日本にキリスト教が入って来た十六世紀からがそうです。

その為、天草の霊脈が乱れ、天変地異や争乱が起こった。

私達はそのように考えています。

誤解して頂きたくないのは、私は神父である貴方《あなた》がたを貶《おとし》めるつもりは無いということです。あくまで霊学上の解釈としてお考え頂きたい。ご理解頂けるでしょうか」

一仁青年は真っ直ぐな目で平賀とロベルトを見た。

「理屈はどうあれ、宣教師達が君達の祭祀の邪魔をしたということかい？　僕の立場としては複雑な話だな……。それを霊学上の話といわれてもね」

ロベルトは眉《まゆ》を顰《ひそ》めた。

「私は分かるような気がします。つまり、並行宇宙論として捉《とら》えれば良いのです」

平賀が言った。

「並行宇宙論だって？」

「はい。ロベルトもご存じのように、並行宇宙とは、一九五七年にエヴェレットが提唱した宇宙モデルです。彼は、粒子が異なる量子状態を同時に取るのは、それらの量子状態がそれぞれ異なる世界に属している為だと主張し、量子力学的な観測が行われる度に世界は多数に分岐していくが、観測者が観測できる世界はその中の一つの分岐だ、と主張しました。

要するに、物質の存在を突き詰めていくと、多世界あるいは多次元が存在しなくてはならないという結論に至ってしまうのです。

エヴェレットの理論では、それぞれの世界は互いに干渉することも、観察することも出来ないとされていましたが、近年、近傍にある並行宇宙同士は微弱な斥力によって相互作用するという『多世界相互作用理論』も提唱されています。

また、M理論に於《お》いては、我々が住む宇宙を、十一次元空間内に浮かぶ皮膜のようなものだと考え、重力を通して他の宇宙と相互作用しうるという宇宙モデルが提唱されています。

聖書においても、神の世界は、我々の手の届かない所にありますが、聖霊の力によって我々の世界と結びつき得るでしょう？　それと同じです。

この地上で起こっている事すべて、例えば争乱であるとか天変地異であるとか、そうしたものは一つの閉じられた世界の中の出来事なんです。日本に宣教師が来て、改宗した人達がいたとか、その結果がどうだったということと、神霊界の動きは全く別の次元の問題ということです。そして神霊界に働きかける手段としての『祈り』や『祭祀』といったものは、一つのベクトルの力であると、シンプルに考えればどうでしょう」

平賀の言葉に、一仁青年は微笑み、

「これは面白い神父さんだ」

と言った。

「私は面白い神父ではありません。平賀です」

平賀は唇を尖《とが》らせた。

「これは失礼、平賀神父。私も名乗っていませんでしたね。行匡《ゆきまさ》一仁と申します」

一仁青年は腰を折って会釈すると、ロベルトの方を見た。

「貴方はロベルト・ニコラス神父でいらっしゃいますね？」

「え、ええ……」

ロベルトは毒気を抜かれた顔で答えた。

「平賀神父、ロベルト神父、私は先程の平賀神父のご意見に賛同します。

もっとも私達の世界観は、それよりずっと単純なものです。

例えばコインに表と裏があるように、この世には表と裏があると考えます。

表の世界を現《うつ》し世、裏の世界を幽世《かくりよ》と私達は呼びます。

そして、私達の管理する神事というものも、表向きのものと裏向きのものがあるのです。

表神事は現し世の理《ことわり》を、そして裏神事は幽世の理を決定すると考えます。

この二つはどちらも大切で、表が失敗すると、裏にも影響が出る。裏が失敗すると表に影響が出る。そういう事です。

先程、この車に乗っていた者達がこれから行うのは、表の神事です。無論、あの三名だけではありません。今宵《こよい》、日本の主だった神社――水神、竜神、蛇神とそれに関係する神々をお祀りする神社では、宵宮祭、例大祭といった様々な名称で、行事が行われます。それだけを取ってみれば、何ということのない、誰でも見学できるようなお祭りです。そしてそれと同時に、裏神事も執り行います。裏神事を行うのは、日本でもたった一ヵ所。それが私達のこれから行く北請神社です。貴方がたには、この裏神事をお手伝いして頂きます」

一仁青年は至極当然のように言い放った。

5

「僕達が裏神事を……？」

平賀とロベルトは眉を顰めた。

「おや、そこまではお聞きになっていませんか？　既に貴方がたには約束を取り付けてあると、芙頭君からは聞いているのですが」

一仁青年が首を傾げる。

『お前達に協力する代わりに、一つしてもらいたい事がある』

四郎少年の言葉が二人の脳裏に甦《よみがえ》った。

「してもらいたい事がある、とは聞いていますが、内容は聞いていませんでした」

「うむ。日本の百二十年に一度の祭りに参加できるのだから、僕としては断る理由はないけれども……」

「ええ、そうですね。私も何かお手伝いできるのなら……」

平賀とロベルトは口々に答えた。

「良かった。それならば話は早い。

貴方がたにして頂きたいのは、裏神事での祓《はら》い清めの補佐役です。

この裏神事では、斎宮としての紗良さんと、私の仲間である額田《ぬかた》君が、ヒルコ神の為に歌を詠み、鎮めます。そうしてスサノオに扮《ふん》した芙頭君が八岐大蛇を倒す舞いを舞い、霊的にこれを祓うという段取りです。

無事に成功すれば、ヒルコ神を鎮めることができ、神は再び海の向こうへお帰りになる。しかし失敗すれば、神は悪神となり、祟りを為します」

「それは分かりますが、何故そこに神父の僕達が？」

ロベルトは不審げに訊《たず》ねた。

「そうですよ。元々は日本の神なのですから、神式とか仏式でお祓いできるのではありませんか？」

平賀もロベルトに同意した。

「そこが難しいところで、天草という地にはキリスト教が深く入り込んでいます。これらは土着の信仰と融合して交じり合い、その祈る人の精神が封印された土着神の血肉となっているのです。

そこで我々がこの特別な裏神事の為に探し当てたのが、天草でも最も古い血筋の末裔《まつえい》であり、隠れキリシタンでもある芙頭家だったのですが……。

ところでお二方は、この天草の隠れキリシタンのことはご存知ですね？」

一仁青年の問いに、ロベルトは頷《うなず》いた。

「知ってはいる。だが、人口としては少数なのだろう？　絶滅したと主張する学者もいるというね。キリスト教教会に戻って来た者も少なく、天草のキリスト教人口は今や一パーセントに満たないと聞いている」

すると一仁青年は静かに首を横に振った。

「いいえ、隠れキリシタンは殆《ほとん》どいないどころか、天草は隠れキリシタンだらけなのです。しかし、彼ら自身、自分が隠れキリシタンであることを忘れてしまっているのです」

「どういう意味ですか？」

平賀は首を傾げた。

「隠れキリシタン達の行事や風習は、元来キリスト教的ではない、地元の信仰と融合し、離れがたくなっています。

禁教令が敷かれ、この国から宣教師がいなくなると、隠れキリシタン達は『三役』という組織を隠れて作りました。三役とは、洗礼役をするオジ様、神様を守り、行事を執行する実質的リーダーとなるオヤジ様、そして行事の補佐をする役中です。

そうした中、独自の教義解釈なども進んでいきました。

例えば、御前様と呼ばれるデウス（神）、イエス、マリア、殉教者などを描いた掛け軸も、何度も描き直すうちに日本人風の顔になったものが多くある。

あるいは、九州にはサンジュワン様という特殊な聖人が祀《まつ》られていますが、これなどは完全に大蛇であって、ヒルコ信仰が強かった地域に見られる信仰です。そこには必ずといっていいほど、聖水に使われる湧き水や井戸があり、大蛇が水を守っているとされています。そして、それ自体が神様で、粗末に扱うと祟《たた》りがあるなどとも信じられました。

また、オテンペシャと呼ばれるキリスト教の苦行の鞭《むち》も、お祓いの道具のような使われ方になっています。

聖母マリアは安産の神として、今も広く信仰されています。

イエス・キリストも、当初はザビエルの通訳者であった日本人によって『大日如来《だいにちにょらい》』として紹介され、後に『デウス』と名前を変え、さらにイエスの慈しみ深い性格とメシアニズムが弥勒菩薩《みろくぼさつ》のそれと同一視されて、『弥勒菩薩の世』と『ユートピア』、『パライソ』という概念を混在させながら、天草の人々に広く受け入れられていったのです。

宣教師達が持ち込んだ文化、思想、イコン、遺物などは、この地に於いて、単なるキリスト教の聖遺物の概念を超えてしまったのです。

それらのことは、天草の人々が宣教師が一人もいないという状況で信仰を存続させてきた為に起こった退化なのか、進化なのか、分からないところですね」

「キリスト教が禁教されているうちに、彼らは自分たちがキリスト教徒であることを忘れたというのでしょうか？」

平賀が悲しげな顔で訊ね返すと、一仁青年は僅《わず》かに考え込んだ。

「隠れキリシタンの宗教観が年月のうちに変化し、本来のカソリックとはかけ離れたものになったのは事実です。

ここに聖書はなく、祈禱《きとう》文であるオラショを唱えられる人は少なく、唱えたとしてもその内容を理解している人は殆どいなかった。

そうした時代を通じて、隠れキリシタン、棄教や改宗をしたキリシタン、そうでない人々らの信仰や日常の風習も入り混じっていったのです。

最も厳格な隠れキリシタンでさえ、カソリック由来ではないルールを持っている。

逆に、キリシタンではなかった日本人にも、クリスマス、復活祭といったカソリックのイベントは浸透しています。かと思えば正月には神社へ詣《もう》で、人が死ぬと仏式で葬儀をする。そこに矛盾を感じないのは、日本人が根っからの多神教徒だからでしょう。

先祖崇拝、神道、仏事、キリスト教に由来するものまで、様々な信仰、様々な仕来りが渾然一体《こんぜんいったい》となって日常に溶け込んでいる。それが現在の日本の姿であり、天草の姿といっていいでしょう」

「ようするに、日本特有の神様がこの地では半分、キリスト教化しているということですね。それはとても不思議で面白いです」

平賀が関心した様子で言った。

「面白いどころではありませんよ。

こうした状況が、この地におけるヒルコ信仰ともしっかり結びついているわけで、そうした人間の精神的エネルギーが神霊にも影響を与え、ヒルコ神にキリスト教的霊性を付属させ、複雑化してしまっているのです。

失墜した神は悪魔になるでしょう？　ヒルコ神も同様です。

ヒルコの場合、元来は太陽や光の神であり、日本の主神であったものが貶《おとし》められたわけです。そういう霊的背景を持つ悪魔は、キリスト教にもいるじゃありませんか」

一仁青年は、ちらりとロベルトを見た。

「神と並ぶほどの地位にいた光の天使、地に落とされサタンとなった悪魔の長……ルシファーですか」

ロベルトが答えると、一仁青年は深く頷いた。

「ヒルコ神にルシファーとしての性格が付与されたとしたら……。だから伝統的な神事がうまくいかなくなったのだとしたら……。その祓いが厄介になる事を私達も覚悟し、今日まで様々な準備を行ってきました。

芙頭君や紗良さんに教育を施したのもそうですし、我々の持つ古文献を元に、神事の正しいあり方を解明したのもそうです。また、日本中の神社に根回しを行い、淡路と天草で行われる裏表の神事に協力するよう、手配してきました。

そうして全ての準備が整った時、まるでこの神事の日に合わせたかのように、貴方《あなた》がたが天草へやって来た。

それはどういう意味なのかと、私達は戸惑いました。

そこで失礼ながら、お二人のご素性も調べさせて頂きました。そしてロベルト神父、貴方がエクソシストの資格をお持ちだということも知りました。平賀神父が信仰深き神父であるということも。

それでも貴方がたを裏神事にお誘いするかどうか、私達は迷い、最終的には芙頭君の手で行った神託に、答えを任せたのです。

そして結果が出ました。

エクソシズムの力を持つお二人に協力して頂ければ、完璧《かんぺき》な『蟲《むし》祓い神事』が可能となるだろうと……」

平賀とロベルトは顔を見合わせた。

「僕達のことを調べたんですか？」

「申し訳ありません」

一仁青年は頭を下げた。

その時、ずっと黙っていた紗良が口を開いた。

「その点に関しては、私からも謝罪します。ですが、私と四郎さん、そしてここにおられる方々が、この日の為にどれだけの準備をしてきたか、それをお伝えすれば、ご理解も頂けるかと思います。私達は約二十年間、この祭りの日の為に準備をしてきました。今日の裏神事を失敗させる訳にはいかないのです。百二十年前の失敗を繰り返さない為にも……」

紗良はそう言って、唇を固く結んだのだった。

＊　＊　＊

四人を乗せた車が北請神社に到着すると、目に見えそうなほど張り詰めた緊張感が辺りに漂っていた。

軽トラックに載せられた酒樽《さかだる》が、男達の手によって境内へ次々に運ばれていく。

四人も階段を上り、境内に入った。

以前には何もなかった境内の数箇所で、篝火《かがりび》が燃えている。

一仁青年はロベルトに、ストラをかけ、聖書と聖水を持って社の前で待っておくよう言い聞かせた。

平賀は別の準備があるらしい。一仁青年に連れられて社の裏手へ去っていく。

酒樽を運んでいた男達は白装束に着替え、まだ火をつけていない状態の松明《たいまつ》を手にして参道に整列した。

暫《しばら》くすると、錦織《にしき》のきらびやかな着物に着替えた一仁青年が、白い着物に赤い袴《はかま》をつけた巫女《みこ》姿の女性を二人伴って現れた。

女性のうち一人は紗良で、もう一人は知らない顔だ。どちらも白塗りの顔をし、唇と目尻《じり》に赤い紅をつけている。そして各々、右手に神楽鈴《かぐら》を持っていた。

続いて現れたのは平賀と、もう一人の若い青年だ。二人は長く黒い烏帽子《えぼし》と、白い着物をつけている。手には笏《しゃく》を持ち、先の尖《とが》った黒い靴を履いていた。

古代の神官達が現代に現れたような異様な雰囲気に、ロベルトは息を呑《の》んだ。

シャリン、シャリンと鈴の音が響き、二人の巫女が神楽を舞い始めた。非常にゆっくりとした動きで円を描いている。

二人の口から、美しい調べの歌が流れてきた。

暫くすると、左手の坂道から、馬に乗った四郎少年が、一人の男に馬の手綱を引かれて登場した。

四郎少年は編《あ》み笠《がさ》を被《かぶ》り、南蛮織で作られた赤い着物と青い袴、金糸の羽織に白い襷《たすき》、首には襞襟《ひだ》をつけ、腰に長い剣を帯刀しているという、一際目立つ姿であった。その胸元でクルスが揺れている。

編み笠のせいで四郎少年の顔はよく見えないが、馬上でゆらゆらと身体が前後しているところを見ると、彼は酩酊《めいてい》状態か、意識が朦朧《もうろう》としている様子だ。

思わず不安に思ったロベルトだったが、周囲の人々は落ち着き払っている。

「ハッ！」

と誰かの掛け声がかかると、参道にいた男達は、一斉に松明を篝火に差し込み、火のついたそれを捧《ささ》げ持った。

一仁青年は朗々とした声で、祈りの言葉らしきものを唱え始めた。

続いて着物姿の大柄な青年が大太刀を構え、気合と共に社の脇の竹林をなぎ払った。

すると竹林の中に一本の道が開けた。そこから山頂を見上げた奥に、古い石垣と山門が立っているのが、ロベルトの目に入った。

あのような代物は以前にあっただろうかと、ロベルトは首を傾げた。

暗い竹藪《たけやぶ》の奥にあったので、単に見落としていたのだろうか。

松明を持った男達の手によって、大きな八つの酒樽が、竹林の奥へと運ばれて行く。

一仁青年と紗良達もその後に続いた。

平賀と青年も、竹林の中へ入って行った。

「僕達も行きますよ」

ロベルトの側に近づいてきた小柄な青年が、話しかけてきた。

その青年も神父服を着、ストラをつけ、手に聖書を持っている。

自分と同じ役目なのだろうと、ロベルトは理解した。

青年と共に竹林にわけ入って行くと、辺りは一直線に天まで伸びた竹、竹、竹である。

細い緑が群生し、月まで伸びたその姿は、荘厳の一言に尽きた。

山門の背後には巨木があった。

平賀達は山門を潜ってさらに奥へ進んで行く。ロベルト達もその後を追った。

月光は竹に遮られ、足元は真っ暗闇だ。

松明を持つ男達から離れているせいで、周囲どころか、自分の手足も見えない。足を踏み出してもどこを歩いているのか、皆目分からなかった。

ただ夜風にざわめく葉擦れの音が、澄んだ空気に木霊《こだま》して、ロベルトの耳には小川が流れる音のように聞こえていた。

暗闇の中、前を行く人々の足音に耳を澄ませながら、暫く歩いていると、不意に竹林が途切れた。

何か特別な場所であるかのように、月光が差し込む先に、苔《こけ》むした石段がある。

ロベルト達はそれを上った。

石段の先には、円形の盛り土があった。

ただ土を盛ってあるだけなのに、そこから異様な雰囲気が漂ってくる。

その側には烏帽子に金色の狩衣《かりぎぬ》姿の老人が立っていた。

先行していた一同は、その老人の背後に半円形の円陣を組み、老人に向かって深々と頭を下げていた。

ロベルトも陣の後尾に加わり、同じように頭を下げた。

風が意味深な温もりを持っているように感じられる。

暫くすると、石段を上ってくる四郎少年の姿が視界に入った。

四郎少年はふらつくような足取りで、両脇を男達に支えられていた。

白装束の男達は、円形の盛り土の上に酒樽を置いていく。

「僕達はここで」

側に立つ青年に言われるまま、ロベルトは盛り土から少し離れた場所に立った。

白装束の男達はロベルトの後方に下がり、ゆるく円陣を組んだ。

最初に竹林をなぎ払った青年は、ロベルトの近くで腰を折り、頭《こうべ》を垂れている。

平賀と神官姿の青年は、盛り土を挟んでロベルトの向かい側に立っていた。その側に一仁青年が膝《ひざ》をついて座った。

静寂の中、神主が呪文を唱え始める。それは太いチェロの弦の響きのようで、脳髄を透明な振動で満たしていく。

四郎少年は神主の前でぬかずいている。

その側に、世話役の青年がやって来て立った。

四郎少年の頭上で、二人の巫女が交互に神楽鈴を振る。

その都度、世話役の青年が四郎少年の着衣を剝《は》いでいった。

暫くすると、すっかり全裸になった少年の肌に、神主は筆を持った手で、その身体といい顔といい、足にまで、みっしりと文字を書き始めた。漢字なのか図形なのか、何なのか分からない文字だ。

意識朦朧とした忘我の顔つきで、全身を墨の字で覆われた四郎少年の姿は、まさに異様そのものだ。

耳無し芳一のように、四郎少年自身が何かの怪異にとり憑《つ》かれているのではないかと、ロベルトの背筋が寒くなった。

暫くすると四郎少年は、世話役によって着物を着付けられ、カッと眼を開いた。

その顔つきは、祭壇に現れる小さな兆しを全霊で読み取ろうとする巫女のようでもあり、また信仰の真偽を追究する神学者のようでもあった。

全神経を形の無い何かに注ぎ込んでいる、トランス状態の顔つきである。

神主はそっと後ずさり、松明の男達の後列に入っていった。

と、同時に四郎少年は腰から刀を抜いた。

ぎらりと闇に銀の輝きが閃《ひらめ》く。

真剣であった。

四郎少年が見上げた竹林の上には、濃淡のある海にも似た、紺藍色《こんあいいろ》の夜空が広がっている。

暫くすると、突然、場の空気が変わった。

奇妙に風の音が強くなってきた。

満月は雲に隠れて見えなくなった。

不穏な風がざわざわと竹林を揺らし始める。

その風の奥の方から、やけに大きな潮騒の音が響いてきた。

凄《すさ》まじい強風が一瞬吹きつけ、男達の手に持った松明の灯を吹き消した。

それと同時に、竹林を踏み倒すような音が、刻々と近づいてくる。

ずるり……ずるり……
バサバサッ
ずるり……ずるり……
バリバリバリ

闇に目を凝らしても、何も見えない。

ただ、得体の知れない何者かが近づいてくるのが、その姿も見えないのに分かる。

ただならぬ気配が、辺り一帯に漂った。

ロベルトは緊張し、十字架と聖水を握りしめた。

平賀も固唾《かたず》を飲《の》んでいる。

不意にその異様な気配が消えた――かと思った、次の瞬間だ。

獣の悲鳴のような異音と共に、頭上から巨大な白い影が襲いかかってくるのを、ロベルトは見た。

見上げた夜空は先程と変わらず紺藍色をしているのに、その中に一筋、薄い霧のようなものが棚引き、見る間にそれが太く長く膨らんでいく。

鎌首をもたげた巨大な白蛇だ。

少なくともロベルトの目にはそのように見えた。

蜃気楼《しんきろう》か、錯覚なのだろうか。

奇妙な悪夢の中に迷い込んでしまったようで、ロベルトは目を瞬いた。

大蛇の形をしたそれは、酒樽《さかだる》の真上まで来ると、竹林を降下しながら渦を巻き、その地上に近い部分の先端が八つに分かれた。

その姿は、八つの頭を酒樽に突っ込む大蛇、八岐大蛇そのものである。

「おお……っ」

誰かがもらした感嘆の声が辺りに響いた。

その時、四郎少年が流れるような所作で一番近くの頭に近づくと、飛び上がって剣を振るった。

剣が空気を裂く銀色の閃きが、闇の中に走る。

四郎少年は宙を舞い、着地すると、風に運ばれたかのようなしなやかな動きで、次の首に向かって行った。

切り落とされた大蛇の頭は、まるで季節外れの雪のように、すうっと闇に溶けていった。

一体、何が起こっているのだろう？

それを考える間もなく、ロベルトの隣にいた青年がラテン語で言った。
「早く、悪魔祓《ばら》いを。詩篇の六十八です」
その声を聞いた途端、ロベルトの様々な疑念は抵抗のできない力によって打ち消され、
彼は聖水を大蛇に向かって飛ばし、十字架を掲げて祈禱《きとう》の文を口に出していた。

神は立ち上がり、敵を散らされる
神を憎む者は御前《みまえ》から逃げ去る
煙は必ず吹き払われ、蠟《ろう》は火の前に溶ける
神に逆らう者は必ず御前に滅び去る
神に従う人は誇らかに喜び祝い
御前に喜び祝って楽しむ
神に向かって歌え、御名をほめ歌え
雲を駆って進む方に道を備えよ
その名を主と呼ぶ方の御前に喜び勇め

四郎少年が闇の中を舞い進んでゆく度、大蛇は身悶《みもだ》えしているように見えた。
残った頭は、鎌首をもたげて激しく動き、上空から激しく襲いかかってくる。
白装束の男達は松明《たいまつ》に火を灯《とも》し、大蛇に向かってそれを放った。

大蛇はますますのたうった。
仁青年と巫女《みこ》達は指を折って印を組み、呪文のようなものを唱えていた。

C.S.P.B.　父なる神の十字架
C.S.S.M.L.　聖なる十字架は我が光
N.D.S.M.D.　悪魔は我が主にあらず
V.R.S.　悪魔よ、立ち去れ
N.S.M.V.　悪を認めず
S.M.Q.L.　悪魔よ、お前が与えるものは罪悪のみ
I.V.B　毒杯は汝自《なんじ》ら仰げ
ああ、わがイエス、御身の聖なる十字の印もて、
われらよりすべての悪霊を立ち退かしめたまえ
父と子と聖霊との聖名によりて、アーメン

ロベルトの隣で青年が叫んだ。
ロベルトは再び、聖水を大蛇に向かってかけた。

大天使聖ミカエル、

戦いにおいて我らを守り、悪魔の凶悪なるはかりごとに勝たしめ給え
天主の彼を治め給わんことを伏して願い奉る
ああ、天軍の総帥
霊魂をそこなわんとてこの世を徘徊《はいかい》するサタン及びその他の悪魔を
天主の御力によりて地獄に閉じ込め給え
アーメン

ロベルトの声に続いて、今度は祝詞《のりと》の声が重なった。

高天原《たかまがはら》に神留まり坐《ま》す　皇《すめら》が親神漏岐《むつかむろぎ》神漏美《かむろみ》の命以て八百万《やおよろず》神等を
神集へに集へ給ひ　神議りに議り給ひて　我が皇御孫命《すめみまのみこと》は
豊葦原瑞穂国《とよあしはらみずほのくに》を安国と平けく知食せと事依さし奉りき
此く依さし奉りし　国中に
荒振神等をば神問はしに問はし給ひ　神掃へに掃へ給ひて
語問ひし磐根樹根立草の片葉をも語止めて
天の磐座放ち天の八重雲を伊頭《いつ》の千別に千別て
天降し依さし奉りき　此く依さし奉りし
四方の国中と　大倭《おおやまと》日《ひ》高見《だかみ》の国を

安国と定め奉りて下津磐根に宮柱太敷き立て
高天原に千木高知りて皇御孫《ま》命の瑞の御殿仕へ奉りて
天の御蔭日の御蔭と隠り坐して安国と平けく知食さむ国中に成り出む
天の益人等が過ち犯しけむ
種種の罪事は天津罪国津罪許許太久の罪出む此く出ば

松明を持った男たちが、それぞれ太い声で、おおーっと声を上げていった。相手を近づかせない為に出す、威嚇の警蹕《けいひつ》の声だ。

祈禱と祝詞、そして警蹕の重なった声が、分厚い空気の圧力となって竹林全体を揺るがし、その存在を地上から押し上げるかのように感じられた。

四郎少年は腰を落とし、体を回転させ、円を描きながら、次々と大蛇の頭を切り落としていく。

静かな足つきであるにも拘《かか》わらず、その動作は針のように鋭く、美しい。

完成された剣舞を見ているかのようだ。

少年が刀を振り上げ、振り下ろす度、赤い着物がはためき、鮮血が空に舞い散っているようだった。

四郎少年は旋風のように身体を折り返しながら、竹林の中を縦横無尽に舞い、とうとう最後の首を切り落とした。

四郎少年の動きがピタリと止まる。

その瞬間、警蹕も止まり、祝詞も止んだ。

竹林が静まり返る。

張りつめた糸のような時が静止した。

四郎少年が刀の鞘《さや》に抜き身を納めると、カチリと鍔《つば》の金属音が響いた。

そして四郎少年はふっと息を吐き、直立すると、皆に向かって深々と礼をした。

頭をあげ、神事の参加者を見回した少年の顔には、疲労と共に安堵《あんど》の色が浮かんでいる。

「本日は神事にご協力頂き、有り難うございます。無事、神事は終了です」

ひとこと言うと、ふらりと蹌踉《よろ》めいたその身体を、世話役の青年が横から支えた。

白装束の男達が心配げにその周りを取り囲み、彼らは石段を下って去って行った。


その場に残ったのは平賀とロベルトと紗良、そして一仁青年とその仲間らしき数名の青年達だった。

「お二人とも、お疲れ様でした」

汗だくの額を拭《ぬぐ》っていた平賀とロベルトに、紗良が話しかけてきた。

「私はもう夢中で、主に祈っていただけだったのですが、あれで良かったのでしょうか」

平賀が不安げに言うと、紗良は深く頷《うなず》いた。

「落ち着きましたら、神事成功のお祝いをしますので、皆様もご参加下さいませ」

紗良が皆に向かって言うと、一仁青年達は首を振った。

「私達はまた次の仕事に向かいます。恐らく二度とお会いする事もないでしょうが、どうぞお元気で」

そう言い残すと、一仁青年達は去って行った。

「貴方《あなた》がたも、どうぞお元気で。神の祝福がありますように」

平賀はその後ろ姿に声をかけた。

「それにしても、僕達は一体、何を見たんだろう……」

放心した様子で呟《つぶや》いたロベルトを、平賀は不思議そうに振り返った。

「貴方は何を見たのです?」

ロベルトが見たままを答えると、平賀は紗良にも同じ質問をした。

「太い霧の帯がいくつもたなびいて、恐ろしく巨大な八岐大蛇の姿になりました」

と、紗良が答える。平賀は目を瞬いた。

「いわゆる物体化現象というやつですね。水や煙などを媒体として、何らかの形が現れる心霊現象です。

その原因として一番に考えられるのは、脳の錯覚です。昔からよく語られるのが、磁気の乱れが脳の神経細胞に影響を及ぼし、実在しない白い靄《もや》のような幻覚を見せるという事例です。それが形の無い靄であっても、人はそれに意味づけをして脳内変換し、幽霊であったとか、大蛇であったなどと思う訳です。

また、夏場の墓地では墓石が日中と夜の温度変化で膨張収縮を繰り返すことで、磁場が乱れ易くなるとか、鉄筋製の橋が落雷によって磁気を帯びた場合に幻覚を見やすい環境になるとも言われています。この竹林にもそうした条件が整っていたのかも知れません。

ロベルト神父と紗良さんが同じ幻覚を見たのは、一仁青年から同じ説明を受けたせいだとすれば一応の説明はつきます。

ですが……何より残念なのは、私にそれが見えなかった事です。風が強くなって竹林が揺れ、ぼんやりと白い霧が発生したのは分かりましたが、私が気付いたのはそれだけです」

平賀は悔しそうに言った。

「僕自身、自分が何を見たのかよく分からないし、君にそれが見えなかったのは、一生懸命祈っていた為に周りを見ていなかったせいかも知れない。

超心理学では、心と物あるいは心同士の相互作用によって実際の物体が動くというサイコキネシスの存在を認めている。神事に参加した人達のうち何人かがそんな力を持っていて、磁場の乱れによって発生した靄の形を操ったという仮説も成り立ち得るだろうが、やはり僕にはよく分からない事だ」

ロベルトは肩を竦《すく》めた。

「人間が五感で認知したり、脳で理解することができるのは、世界のごく一部に過ぎないとはよくいわれます。でも、私は知りたいんです」

平賀はそう言うと、ロベルトをじっと見た。

「もしもう一度あの神事をこの目で見ることができたら、もっと上手に観察してみせるのですが、残念ながらそれは出来そうにありません。

現状知り得ることが可能と思える事柄は、私と貴方が同じ場所にいて同じ物を見た筈《はず》なのに、違う体験をしたという事実の分析です。そして、貴方と私の脳構造の大きな違いといえば、貴方は非常に右脳が発達したタイプで私が恐らくその逆だと思われる事です。

そこでご提案があるのですが、今回の二人の体験を医療部に提出して許可がでれば、二人でPETによる脳機能検査を受けてみませんか？　少なくとも私は貴方の脳構造に大変興味があるのです」

平賀は大層真面目に言ったが、ロベルトは首を横に振った。

「いやいや、僕は遠慮しておくよ。自分の脳なんて見たくもないさ」

その時、紗良が二人に声をかけてきた。

「神父様がたに、約束の物をお渡ししなければ……」

紗良は平賀とロベルトに、DVDを差し出した。

「有り難うございます。早速帰って見てみます」

平賀が嬉《うれ》しそうにそれを受け取る。

どうやら彼の興味が脳スキャンの話題から仕事へと戻ったらしいことに、ロベルトは安堵の溜息《ためいき》を吐いた。

竹林が爽《さわ》やかにそよぐ音に耳を傾けながら、ロベルトは今夜の出来事を生涯忘れることはないだろうと感じていた。

第五章　舞い落ちる雪と隠れ里の真実

1

風が強い様子だ。動画に映る木々は揺れ靡《なび》いていた。

その向こうに、夕日に赤く染まった島影が見えている。

空は概《おおむ》ね濃紺色になり、夜が迫り来ることを示していた。

やがて風が緩まったように見えた、その時だ。

真夏の島に、奇跡は舞い降りた。

島の上空のたった一点の場所から、真っ白な雪が、しかも豪雪と思われる量の雪が、雪崩をうつようにして、島に降り注いできたのである。

それは天が神島の上に巨大な扉でも作り、雪をかき入れたかのようであった。

島は見る間に白銀に覆われた。それだけでも眼を疑う光景であるのに、さらに雪で覆われた島の頂上付近に、またしても不思議な光が浮かび上がった。

光の色合いは、赤からオレンジの色調であった。

それは最初、神島の山頂に無数の光源が、忽然《こつぜん》と現れるところから始まった。

それらの輝きが、縦に横に伸び縮みしながら揺らめき、やがて雪に覆われた島の頂きの空中に集合したかと思うと、巨大な光の十字架となって空にそそり立った。

十字架を頂き抱いた島の幻想的な美しさは、まるで真っ白な絹のベールを纏《まと》った神の教会のようだ。

その壮大で驚くべき現象はおよそ十分間続いた。

やがて島の上空にあった十字架の輝きは消え、白銀雪で覆われた島は、もはや沈みゆこうとしている夕日を受けて鏡のように紅を反射し、北斎《ほくさい》の赤富士でも見ているかのような美しい紅色になった。

そして夕日がとっぷりと沈むころには、降雪は終わり、瞬く間に島を覆っていた積雪も消えてしまったのである。


ロベルトは呆然《ぼうぜん》とし、平賀は深刻な表情をして、紗良から受け取ったDVDを見終わった。

画面の隅に表示されている日付を確認すると、その現象が起こったのは、光のキリスト像が現れてから二日後のことだ。

「こんなことって、起こり得るものなのかな？」

ロベルトは自分が見たものが映画か作り物としか思えず、呟いた。

「目撃者もいて、写真もあり、動画まであるんですから、起こったのは間違いないでしょう。興味深いですね」

「まあ……そうなるね。降雪の奇跡について出された証拠がたった一枚の写真と、証言者が全て大江教会の関係者だった点から、僕は狂言の線も疑っていたのだけれど、こんな動画が出てきたなら、話は別だ。

それにしても、芙頭君や紗良さんも同じキリスト教徒だというのに、どうしてこんな凄《すご》い映像を発表しないんだろうね。もし僕がこんな奇跡の映像を撮っていたら、テレビやネットで流して、皆で感動を分かち合いたくなってしまうだろう。昨夜の不可思議な神事といい、本当に不思議な人達だ」

「さあ……。彼らが公表したがらない理由は、私には分かりません。神聖なものだからこそ、触れ回りたくないのかも知れませんし、事情があるのかも知れません。

とにかくそんな貴重な映像をこの目で見ることができたのは幸いです。私はこのビデオに不自然な編集の跡がないかどうかを検証します。

バチカンのシン博士にもデータをお送りしなければ。私達が気がつかない何かを、博士なら気が付くかもしれません」

平賀はDVD映像をデジタルデータ化し、シン博士に送った。

暫《しばら》くすると、平賀のパソコンが呼び出し音を鳴らした。

「はい、平賀です」

平賀がパソコンに繋《つな》いだカメラとマイクに向かって答える。

画面にはシン博士の顔が大写しになった。

『美しい映像を有り難うございます。インドには雪が降らないので、とても興味深く拝見しました』

「美しいかどうかは関係ないです。今回の奇跡の映像がようやく入手できたので、お送りしたのです」

平賀が淡々と答えると、シン博士の眉間《みけん》に深い皺《しわ》が寄った。

『貴方がたの頭の中には奇跡のことしか無いのですね。それで私に何をしろと？』

シン博士は普段の鉄仮面めいた顔つきになった。

「お送りした映像を解析し、真夏に雪が降る現象の原因がないかどうか探って頂きたいのです。あの降雪現象が起こったのは、台風が通りすぎた二時間後、現地の気温は二十七度でした。詳しい気象データなどは纏《まと》めて後ほどお送りします」

『ふむ。私は気象は専門ではありませんが、南国で起こった降雪現象を一つの特異点と見《み》做《な》すことは可能かも知れません。科学部とも連携して、取り組むとしましょう』

「はい、お願いします。あと、私がお送りした荷物は届いているでしょうか？」

『届いていますよ。あの木くずのような物体ですね。そちらも科学部が解析中です。結果が出次第、お知らせします』

「宜《よろ》しくお願いします」

平賀とシン博士はほぼ同時にプツリと通話を切った。

気が合っているのかいないのか、よく分からない二人だとロベルトは思った。

平賀は何度も映像を繰り返し再生しては、真剣に見入っている。

そんな彼の後ろ姿を見ながら、ロベルトは欠伸《あくび》をかみ殺した。

時刻を確認すると午前五時前だ。

窓の外に目をやると、藍色《あいいろ》の空に星が輝き、朝焼けに赤く染まった山の稜線《りょうせん》へと鮮やかなグラデーションを描いている。

絵画のような風景に、ロベルトは目を細めた。


神事に奇跡か……。現実と幻想の境目が分からなくなってしまいそうだ

ぼんやりと考えながら、ロベルトは布団に横たわった。

だが、身体はかなり疲れているのに、ぐっすりと寝入ることができない。

ロベルトの瞼《まぶた》には、夢とも現《うつつ》ともつかない切れ切れの映像が目まぐるしく流れた。

それは剣を持った四郎少年の舞いであったり、髪を振り乱して戦った天草四郎の勇姿であったり、原城に翻る陣中旗だったりした。

かと思うと、暗い屋根裏部屋に集った隠れキリシタン達が、地の底から響いてくるようなオラショの呪文を唱えていた。

別の家の広間では、天正少年使節団の少年達が、柔らかな教会音楽を奏でている。

ガルニエ神父は彼を慕う人々に、キリストの教えを説いていた。

その近くの暗闇には訳の分からない妖怪《ようかい》が蠢《うごめ》いている。

それら全ての上に白銀の雪が降り注ぎ、見上げる天空には巨大な十字架が浮かび上がった。

天草という土地は、幾重もの歴史が重層的に織り込まれた複雑な織物のようだ、とロベルトは思った。不協和音だらけの多重奏曲を聞いているような胸の燻《くすぶ》りを感じる。

ロビンソン氏が見たキリストの姿。神島に降り注ぐ夏の雪。ホルトノキの側に立っていた平賀。神島の山頂近くで見かけた複数の靴の痕《あと》……。

サンタマリア館の入り口に立つ巨大な十字架に刻まれた暗号『さんしゃる二　こんたろす五　くさぐさの　でうすのたから　しずめしずむる』とは何を指しているのか。

村里資料館の男性は何故、神島をシカシマと言ったのだろう……。

ロベルトは片肘《かたひじ》をついて布団に横たわったまま、平賀の後ろ姿に向かって訊《たず》ねた。

「ねえ平賀、神島のことをシカシマと呼んでいた人に出会ったんだが、どういう意味だと思う？」

「シカシマですか？　鹿（Deer）のことですかね」

平賀は振り向かずに答えた。

「なんだ、鹿（Deer）か。じゃあ、bambini（子供）は子鹿のことか」

「はい。バンビは絵本や童謡になったり、ディズニーアニメにもなったので、日本ではとても有名です。

特に食べ物が無くなる冬に、母鹿が木の皮を子鹿に与えるところは涙が出ます。なのに、その母鹿は人間達に狩り殺されてしまうんです」

平賀は怒ったような口調で言った。

「それってフェーリクス・ザルテンの『Bambi, ein Lebensgeschichte aus im Walde（森の生活）』という童話だよね。だけどあの子鹿は最後には森の王様になって、ハッピーエンドだったように僕は記憶してるけど」

「そうなんですか？　私は覚えていません。悲しいやら腹立たしいやらで、途中で読むのを止めたのでしょうか」

平賀は小首を傾げて言った。ロベルトは苦笑した。

「鹿といえば、平賀、北請神社にも鹿の置物があったね」

「ええ。日本では鹿は神様の使いと考えられているんです。奈良の春日《かすが》大社や厳島神社にも鹿が沢山いますし」

平賀はパソコンで何事かを調べると、話を継いだ。

「えっと……。日本には『藤原氏《ふじわら》』という、天皇家の側近の大豪族がいたのですが、彼らの信仰していた神様が『白鹿に乗ってやってきた』という伝承がある所から、鹿は神の使い、神獣として日本で定着したという事のようですね」

「ふうん……」

「どうしました、何か気になることでも？」

平賀が振り返って訊ねる。

「いや、何でもない。色々教えてくれて有り難う。調査の邪魔をして悪かったね」

「どういたしまして」

平賀は再びパソコンに向かった。

ロベルトは布団に仰向けになり、再び目を閉じた。

動物を神の御使いと見做す文化は、シャーマニズム的感性の色濃い土地によく残っている。それ自体は少しも不思議ではないのだが……。

天皇家の側近——つまり大和朝廷側の人間が押しつけた筈《はず》の白鹿信仰が、天草の人々にすんなり受け入れられたという点に、ロベルトは違和感《ぐぜ》を覚えた。

キリスト信仰が受け入れられる土台として元々の救世弥勒信仰があったように、マリア信仰が受け入れられる土台として元来の地母神信仰があったように、予《あらかじ》め鹿信仰を受け入れる土台が天草には存在したのではないだろうか。

いや、今はそんな事を考えても詮《せん》無い事か

ロベルトは頭を振ってその考えを追い出した。

それより考えるべきは奇跡の事だ
神島で見た靴痕。あれはやはり四郎少年達のものなのだろうか
だとしたら、彼らはやはり何かを隠している筈だ……

2

翌日、ロベルトはタクシーを呼んでもらい、芙頭の集落へ向かった。

すると以前は静まり返っていた山際に、パトカー二台と大型車が停まっている。

ロベルトが訝《いぶか》りながら山道を登って行くと、大勢の人声が聞こえて来た。

次に見えたのは、五十人余りの男達が大きな家の前で鈴なりになっている後ろ姿だ。

様子を見ていると、家の中から警察官と鑑識らしき人々が現れた。人々が見守る中、警官達は山道を下って来、ロベルトとすれ違った。

村人達は輪になってざわめいている。

その時ロベルトは、少し離れた場所で蹲《うずくま》っている小さな人影に気がついた。紗良だった。

「紗良さん」

ロベルトが近づいて声をかけると、紗良はビクリと肩を震わせ、振り返った。

その目は赤く、涙で濡《ぬ》れている。

「何があったんです?」

紗良は唇を一文字に結び、暫く感情を堪《こら》えていたが、堰《せき》を切ったように泣き出した。

「……行方不明だった父が……亡くなっていたと分かりました。遺体は身体中が爛《ただ》れた、酷《むご》い姿だったそうです……」

「何ですって？」

ロベルトは眉《まゆ》を顰《ひそ》めた。

「先日のニュースで、全身に高温の油を浴びた痕のある遺体が見つかったと、報道されていたのが、父だったんです。

心の底では、覚悟はしていたつもりです。ずっと準備をしてきた神事の直前に、オジ役の父が失踪《しっそう》するなんて、おかしいと思っていましたから……。

もっとよく父を捜してあげれば良かった。でも、何より神事を優先しろと口癖のように言っていた父でしたから、そうすることも出来ず……。神事が無事に成功すれば、よくやったぞと、笑って帰って来るのではと願っていたのに……」

紗良はほろほろと涙を零《こぼ》した。

ロベルトは暫《しばら》くかける言葉も見つからず、立ち尽くしていた。

神事の場に居たロベルトには、神事にかけてきた紗良達の熱意がよく分かった。

確かに、オジ様役の人間があの神事の直前に失踪するとは不可解だ。

まして自殺するなどは考えられない。

だとすれば、事故か、あるいは他殺ということに……。

「警察は何と言っているんです?」

ロベルトは訊ねた。

「原因不明の事故か何かだろうと」

「ふむ……」

「私達は神事の後で父の捜索願を出し、今朝、該当者ありとの知らせがあって、兄と四郎さんが警察に呼び出されたんです。

兄達は父の遺体を確認し、事故にしてはおかしいと警察に言いました。何故なら、遺体が見つかったのは、ここから車で二時間もかかる場所なんです。そんな所に父が行く筈がないことは明らかです。もっとよく調べて欲しいとお願いしたそうです。

それで失踪した現場や家を調べてもらうことになったんですけれど……。

私も先程、警察に色々な質問を受けました。でも警察は、父の失踪直前まで一緒にいた兄と四郎さんが怪しいと疑っている様子で……。何故、捜索願を出すのが遅れたのかと厳しく訊《き》かれました。

私としても、神事の話を警察にするわけにもいかず……。でも、四郎さんや兄がおかしな疑いをもたれるのも心配で……」

紗良の言葉に、ロベルトは暫く考え込んでから言った。

「お父様の遺体がここへ戻ってくるのはいつです?」

「今晩か明日だと思いますが、何故、そんな事をお訊きになるんです?」

「もし宜《よろ》しければ、僕をお父様の遺体に会わせて頂きたいのです」

「どうしてですか？」

「僕は仕事上、何度も警察に協力した経験があります。何かお役に立てるかも知れないと思うからです」

ロベルトが言うと、紗良は眉を顰めた。

「貴方《あなた》は神父様でしょう？　お仕事って、一体？」

「勿論《もちろん》、僕は神父です。ですが同時に調査官でもあります。

僕達は、神島の奇跡が人為によって引き起こされたのか、それとも神の奇跡によるものなのか、それを調査する為に天草へ来たんです。

もし、神島の奇跡と貴方のお父様の死に関係があるとすれば、お父様の死の調査も僕らの仕事の範疇《はんちゅう》です」

「神島の奇跡と父の死が関係しているとでも？」

「それは分かりません。しかし、可能性はあります。

例えば……そうですね、貴方がたは何か隠し事をなさっている。それは神島の奇跡に関することかも知れない。仮に、貴方がたが奇跡を作り出す方法を知っているとしたら、それを聞き出す為に、誰かを誘拐して口を割らせる……という事もあり得るでしょう」

「そんな……。私達が奇跡を作り出しただなんて、出来る筈がありません」

「しかし、貴方がたは恐らく、無人島である神島に出入りを繰り返しています。そしてまた、神島に偶然起こった筈の降雪の奇跡を余すところなく記録なさっていた。

そこから導かれるのは、貴方がたが神島を特別視していたり、定期的に監視していた、という事実です」

「それは……」

紗良は困り顔で黙り込み、答えたくないとばかりに首を横に振った。

「では、この質問にはお答え頂けませんか。貴方がたにとって神島とは何なんです？」

ロベルトの問いに、紗良は虚空を見詰めるような遠い目をした。

「神島は……私達の信仰の原点です。あそこに最初の、私達のコンフラリアがあったのです。コンフラリアは、生活に困窮した者や病に苦しむ人々を助ける為の、互助会的な組織でした。

その後、天草にキリスト教が広まるにつれ、各地に無数のコンフラリアが設立されましたが、島原天草の乱によって、芙頭を除くほぼ全ての組織は壊滅したんです。各地にあった集落も、今は廃墟《はいきょ》となったり、全く原形を留《とど》めない姿に変わったりしています。でも、私達は先祖の想いを忘れたくありません。

芙頭の家は古くから薬師《くすし》の家柄で、キリシタン大名の有馬晴信が天草を治めていた当時から、薬師として仕えていたそうです。天草四郎の妹とも妻ともいわれた女性——彼女は天草四郎と同じコンフラリアに属する、幼馴染《おさななじ》みの女性だったのですが、芙頭家はその直系であるとも聞いていますわ」

「薬師とは何です？」

「ハーブなどを用いて民間療法を行う、村医者のような存在でしょうか。古くは祈禱《きとう》やまじないをしていたとか……。

祈禱やまじないだなんて、今の時代に口にすれば、戯言《ざれごと》にしか聞こえないでしょうね。先日の神事もそうなのですが、貴方がたに私達の感覚をご理解頂くのが難しい事は分かっているつもりです」

「まさか、そんな事はありません。僕も神父の端くれです。神を信じ、天に祈る心には東西の違いなどありませんよ。

それに、西洋のカソリック修道院でも古くから、薬用植物の栽培を行ったり、魔女と呼ばれる不思議な女性達が民間治療を行うといった事がありました。よく似ていると思いませんか」

ロベルトが微笑んで言うと、紗良は少し嬉《うれ》しそうに頷《うなず》いた。そして首からかけていたロザリオをそっと外して、ロベルトに差し出した。

「話の証拠に、ご覧下さいな。これが私達の先祖が有馬氏から賜ったというクルスなんです。先祖は二つ持っていたクルスのうち一つを、天草四郎にも分け与えたとか」

「それは貴重だ。一寸《ちょっと》拝見しても構いませんか？」

ロベルトはロザリオを受け取った。

鎖の部分は比較的新しく、銀製のチェーンでできている。十字架は古い鉄製のもので、長さは五センチ程度だ。表面に鋳型で出来たらしき小さな凹凸があるのが見て取れる。

ロベルトは利き目にモノクルを装着してじっとそれを見、途端に顔色を変えた。

「これは……金槌《かなづち》、ヤットコ、五芒《ごぼう》星、釘《くぎ》と槍《やり》のイコンが刻まれている。配置といい、デザインといい、サンタマリア館で見た物と瓜二《うりふた》つです。

いや、少し違いますね……サンタマリア館のレプリカは、中央に茨冠が刻まれていたのに、これは……茨の輪の中に、さらに小さな何かの生き物の姿がある」

ロベルトはその図案に目を凝らした。

一見するとそれは、キリストのシンボルである魚のように見えた。

だが普通の背びれにしては棘《とげ》が多いデザインだ。

「竜だ……。これは、背中を丸めた竜ですね……」

そう呟《つぶや》きながら、それとそっくりな図案を最近、平賀が自分に見せてきたことを、ロベルトは思い出した。

茨の輪の中に描かれた、脚の無い身体を丸めたドラゴン。

平賀が検証していた『聖なる帯』に描かれていた図柄。

それは、紛れもなくグレゴリウス十三世の紋章である。

そしてこの十字架が鋳型で作られた同一のものなら、サンタマリア館の資料室に眠っている本物の十字架にも、同じ紋が刻まれている筈《はず》だ。そこからレプリカを作る際、わざと法王を示唆する紋章だけを再現しなかったのだろう。

日本とバチカンとイエズス会を繋《つな》ぐ歴史上の遺物の存在に、ロベルトの目は釘付《くぎづ》けになった。

やはりあのサンタマリア館の十字架は、天草四郎本人の持ち物だったのかだとすれば、あの暗号が示しているものは……？

真剣な顔をして黙り込んだロベルトを、紗良は不思議そうに見た。

「どうなさいました？　その鉄製の十字架は、私達にとっては、竜神様のお守りであり、キリシタンの歴史を伝える大切な宝物ですけれど、他の方にとってさほど価値があるとも思えませんが……。

まさか誰かがこの十字架を狙っている……なんてことは、ありませんでしょう？」

紗良はロベルトの手からロザリオを取り、再び首にかけた。

「え、ええ。狙われているのは、その十字架そのものではなく、その十字架が意味するものかも知れません」

すると、紗良は短く溜息《ためいき》を吐いた。

「貴方が仰《おつしや》りたいのは、天草四郎の伝説上の財宝のことでしょうか。

『さんしゃる二、こんたろす五、くさぐさのでうすのたからしずめしずむる』……。

天草四郎のクルスに刻まれた文字が隠れキリシタンの財宝の在処《ありか》を示していると話題に

なった時、探検家や学者を名乗る人々が、しつこくこの村を訪ねて来たこともあったとか。

でも、天草四郎の財宝なんて物は、本当に存在しないのです。

そんなつまらない噂が世間から忘れられ、村には静かな暮らしが戻った筈なのに、また同じような騒ぎが起きて、その為に父の命が狙われたとすれば堪《たま》りません。

何故、今になってそんな騒ぎを蒸し返されなくちゃいけないんでしょう？

神島で、主の奇跡が起こってしまったからでしょうか？

私達はただひっそりと信仰を守り、生きていきたいだけなのに……」

紗良は昂《たか》ぶる感情を必死に抑えつけるような調子で言った。

「信仰を守りながらひっそりと生きていきたい、それが貴方《あなた》がたの望みですか？」

「ええ、その通りです」

ロベルトの問いに、紗良は顔を上げてキッパリと答えた。

「村の皆さんも同じご意見ですか？」

「ええ、そうですわ」

「それが本当なら、神島にキリストの姿を浮かび上がらせたり、夏の雪を降らせたり、巨大な十字架を島の上空に出現させるような、目立つ真似はする筈がない……ですよね？」

ロベルトは窺《うかが》うような口振りで訊《たず》ねた。

「無論です。第一、私達にそのような不思議を起こす力はありません」

紗良の言葉に嘘は無いと感じ、ロベルトはじっくりと頷いた。

「それをお聞きして、一安心しました。

僕達は、神島の奇跡を調査する為に天草へ来たと言いましたよね。神島での不可思議な出来事が、政治の道具に利用される事態を避けたいというのが、僕の本当の望みです」

「政治の道具……と仰《おつしや》いますと？」

「奇跡を演出し、政治的に利用したい、主キリストの力を見せつけ、信者を取り戻したい、世間の注目を浴びたり、資金源となるようなリソースが欲しい……様々な理由から奇跡認定を得ようと、昨今、夥《おびただ》しい数の奇跡の報告が僕達の元に届きます。

そしてそれは、今、バチカンが揺れている事と無関係ではないと、僕は思うのです」

「どういう意味でしょうか？」

「神の奇跡を求心力として、再び信者を取り戻したいという思いが、カソリック世界に広がっているという話ですよ」

ロベルトは自嘲《じちよう》気味に答えた。

紗良は小首を傾げた。

「私にはカソリックの情勢などというものは分かりませんけれど……。

そういえば、神島での出来事が起こった後、崎津教会の四神父様が、私達に対して大変熱心に『教会へ戻って来い』と呼びかけていらしたと、そういう話は聞いていますわ。元は同じイエズス会なのに、戻らないのはおかしいと」

「至極素朴な疑問なのですが、どうして貴方がたはそうなさらないのです？」

「私達が教会へ戻らない理由……ですか。どのようにご説明すればいいのでしょうね。

禁教令によって天草から神父様が去り、私達キリシタンが隠れて信仰を続けようとしたことは事実なんですけれど、長い時代の間に信仰の形が変わっていった……としか説明の仕様がありませんわ。

私達の先祖は、それぞれ小さな組を作って、信仰を温めて参りました。そうするうちに、作法も風習も、それぞれ独自の物を持つようになったと聞いています。

ですから私達の信仰は、あくまでも隠れキリシタンのうちの一つの流派であって、クリスチャンともカソリックとも異なるのです。

私は今回の神事の為に、ラテン語やキリスト教についても教育を受けてきました。だからこそ分かるんです。私達の信仰は、もう私達だけのものだと。そして、それをひっそりと守っていくことが私達の望みなんです」

「成る程、お話はよく分かりました。

では最後に僕から一つ、忠告させて下さい。

貴方がたにとってみれば価値の無い物でも、他の誰かにとって価値が無い物とは限りません。何者かが貴方がたの秘密を狙っている可能性は大いにあるのです。

紗良さんも、どうか身辺には充分ご注意なさって下さい」

ロベルトの言葉に、紗良は不安げに顔を曇らせた。

3

平賀はバチカンのシン博士から連絡を受け取っていた。

パソコンの画面に、シン博士の気難しげな顔が映る。

『神島の降雪現象を解析したところ、有り得ない現象だという結論が出ました』

シン博士がキーボードを叩《たた》くと、平賀のモニタには複雑な数式が次々と現れた。

『お分かり頂けましたか？』

シン博士の声に、平賀は小さく頷《うなず》いた。

「これは雪の落下速度と質量の計算のようですが……。あとは雪の質量と融解の時間の関係式ですか？」

『その通りです。雪には様々な重さの違いがあり、この重さの違いは上空で雪ができるところの気温の差が基本です。いかに雪の結晶がうまく発達し、残された水分が少ないかという事と、重くなって地上に降ってくる際の周辺部の気温でどれだけ溶けるか、その要《かなめ》は、雪に含まれる水分の違いなのです。

気温二十七度の神島において、そもそも雪が降るという事象が不可解なわけですが、仮に降雪があったとしても、それは地上に落下する前に融解しなければおかしいのです。

ところがこの雪は空中で融解せず、降り積もるという現象を起こしている。

積雪を起こす条件は、それが水分の少ない乾いた雪であることです。

例えば、日平均気温がマイナス一度以下の場合、積雪する新雪はおよそ七十キログラム毎立方メートルです。

ところが、七十キログラム毎立方メートルの雪が落下していく場合の計算上の速度と、動画の雪が落下する速度を照らし合わせますと、たとえ映像が撮られた当時の風速等を最大限考慮したとしても、大きな矛盾が出るのです』

シン博士の言葉に、平賀は式を眺めながら首を傾げた。

「本当ですね。実際の雪の落下速度が速すぎます……」

平賀の答えに、シン博士も満足げに頷いた。

『ええ。従って、この降雪現象は物理的に有り得ないというのが私の回答です』

すると、平賀の瞳《ひとみ》がいつにまして大きく見開かれた。

「つまり、この降雪現象には、科学的に大きな矛盾があるということですね？」

シン博士は難しい顔で、眉間《みけん》に皺《しわ》を寄せた。

『そうです。実に不可解で、数理を無視した怪奇現象です』

「ではシン博士も、この現象を主の奇跡だとお考えでしょうか？」

平賀が身を乗り出して訊ねると、シン博士は露骨に顔を顰《しか》めた。

『よしてください。それを判断するのは私ではありません。その映像が偽物なのかどうかも私の関知する所ではありません。

数学者として私が言えることは、映像通りの速度で雪が落下したならば、それは水を多く含んだ重い雪であらねばならず、その場合は地面に達するまでに解けて雨にならねばならない。逆に、積雪する雪ならばもっと遅く落下せねばならない。いずれにせよ不可解だという事だけです』

「ええ……有り難うございます」

通話を切って小さく溜息を吐いた時、背後でロベルトの声がした。

「相変わらずシン博士はつれないね」

平賀が振り向くと、ロベルトが立っている。

「ロベルト、お帰りなさい。博士とのやりとりを聞いていらしたんですか？」

「最後の部分と、君の溜息《ためいき》だけはね」

ロベルトは肩を竦《すく》め、胡座《あぐら》をかいて座った。

「調査に行き詰まっているのかい？　僕でよければ話し相手にはなるけど」

「はあ……。何と言いましょうか、いくつかの材料は出揃って来たのですが、一つの証拠が次の証拠を否定するような矛盾が多くて、少し行き詰まっています。

泣き言は言いたくありませんが、こんな時にローレンが居れば……なんて思ってしまい、つい溜息が漏れたんです」

平賀は正直な思いを述べた。

「まあね。シン博士じゃ力不足な点は仕方もないだろうけど」

「いえ、何と申しますか、シン博士は大変優秀なのです。ですが、あまり調査に乗り気ではないといいますか、やはりそういう点がローレンとは違うなあと思ったりはします」

「君から見て、あの大天才のローレン殿と比べても博士の才能にさほどの遜色《そんしょく》がないんだとしたら、それってシン博士に対する最高級の褒め言葉だよ。けどまあ、君に協力してくれないんじゃあ、彼の優秀な頭脳も宝の持ち腐れって事になるね」

ロベルトは少し意地悪い言い回しで言うと、ポンと手を打った。

「一つ君に、魔法の言葉を教えようか？」

「何です、それは？」

平賀は眉《まゆ》を顰《ひそ》めた。

「シン博士が君に協力したいなぁと思うような、魔法の言葉さ」

「そんなものがあるんですか？　またローレンを引き合いに出すのは、私の良心が咎《とが》めるのですが」

「大丈夫。違う奴さ」

ロベルトはウインクをすると、さらさらと平賀のメモ帳にある言葉を書き付けた。

平賀はそれを見て、目を瞬かせた。

「これが魔法の言葉なんですか？」

「うん。僕の勘では多分、効くと思うんだ。もしもの時の為に、取っておきなよ」

「はい。有り難うございます」

平賀は首を傾げながら、メモ帳を受け取った。

ロベルトは伸びをしながら畳に仰向けに寝そべると、

「あーあ。僕もだんだん畳に慣れてきたよ」

と言って笑った。

「ところでロベルトは今日、どちらにお出かけだったのです？」

平賀が訊《たず》ねると、ロベルトは顔を曇らせた。

「紗良さんに会って来た。彼女の父親、亡くなったんだ」

「えっ、そうなんですか？　それはお気の毒に……」

平賀はロザリオを取り出し、小声で祈りの言葉を唱えた。

「そう。その事も堪《たま》らない話だったんだが、それに付随して憂鬱《ゆううつ》な事もあってね」

「何ですか？　私にも話して下さい」

「うん……。考えても仕方のない話なんだけどね」

ロベルトはそう前置きをして話し始めた。

「紗良さん達を見ていて思ったんだ。過去の宣教師達は、天草で何をしたのかなって。キリシタン館やコレジョ館の館長なんかは僕達に好意的で、宣教師のお陰で天草にキリスト教文化が栄えたとか、キリシタン大名の時代の政治は良かったなんて言ってくれたけど……」

「紗良さん達は、それが嫌だったという意見なんですか？」

平賀の問いに、ロベルトは首を横に振った。

「いや、むしろその逆かな。彼女達はとても純粋に信仰を守っているって分かったんだ。たとえそれがカソリックからすれば異端的な教えであっても、信仰に命を賭《か》けるほどにね。だからこそ、僕は罪深さを感じてしまった……。

君も知っているように、イエズス会が世界布教に乗りだしたのはプロテスタントの台頭に対抗する為だったけど、もっと有り体にいえば、バチカンの財政赤字が原因だ。

十六世紀初頭、イベリア半島を中心に異端審問が激しくなったのも、不満分子を弾圧して財産没収する目的があったし、メディチ家出身で贅沢《ぜいたく》好きなレオ十世が金集めの為に免罪符を乱発したせいで、ルターがバチカンに対して公開疑問状を出し、プロテスタントが勃興《ぼっこう》する羽目になった。

そうした混乱の中、ローマ法王を守る盾として台頭したのがイエズス会だ。

カソリック教会の堕落とローマの荒廃を立て直すといえば聞こえはいいが、要するに信徒が年々減少し、教会の運営も難しくなった時、東洋という別天地を求めて、ポルトガルというカソリック大国が大航海時代の幕を引き上げたんだ。

ちなみにポルトガルに巨額の投資を行ったのは、海上交易ルートをオスマントルコに奪われ立腹していたジェノバとヴェネツィアの特権階級だったが、彼らは自らの行為を『第二の十字軍』と定義していたし、実際の航海に乗り出したコロンブスの船団は、自らを『第二のテンプル騎士団』と誇示する為に、白地に赤十字というテンプル騎士団の旗を船に掲げていた。あれは要するに、『これから東方遠征を行って財産を膨らませますよ』という意思表示だよ。

それはともかく、イエズス会の宣教師達は、東洋への布教活動の先鋒《せんぽう》となった訳だ。

彼らが東洋から持ち帰った金銀財宝によって、サン・ピエトロ大聖堂のドームや礼拝堂、印刷局や図書館などが設立された過程を思うと、僕は胸中複雑だよ」

ロベルトは短く溜息を吐き、話を続けた。

「当時の貿易の目的は、まず西欧諸国が肉の保存料として必需品だった胡椒《こしょう》、丁字、ナツメグ、シナモンなんかの香辛料を、特産地の東南アジアに出かけて直接手に入れることだった。胡椒の産地はインド、スマトラ、ジャワ。シナモンはセイロン。ナツメグと丁字は香料諸島が原産だ。

そして西欧人がイスラム商人の中継貿易を経てアジアの香辛料を買おうとするとき、その支払いにあてられたのが金《きん》だった。しかもその金は、アフリカはスーダン産の金と限られていたんだ。

西欧商人とイスラム商人の取引が常に赤字だったのは、西欧商人がアフリカ商人に対して武器や毛織物と交換に入手したスーダンの金が、全てイスラム商人との香辛料や絹織物、陶磁器との交易に使われてしまったからさ。

イスラム国が交易ルートの覇権を握ると、スーダンの金さえ入手困難になり、西欧人はマルコ・ポーロが『東方見聞録』に書いた黄金の国ジパングを血眼で探し求めることになった。

東方見聞録には、『ジパングは東の海上一五〇〇マイルに浮かぶ独立した島国で、莫大《ばくだい》な金を産出し、宮殿や民家は黄金でできているなど、財宝に溢《あふ》れている。また、ジパングの人々は偶像崇拝者であり、外見がよく、礼儀正しいが、人食いの習慣がある』なんて記述があったものだから、西欧の権力者達は、東方の豊かな土地を植民地にすることを夢見てしまったんだね。

コロンブスが大西洋を西に向かったのは、東南アジアの香料とジパングの黄金が欲しかったから……。実に分かり易い話さ。

しかも当時の西欧は、金だけじゃなく、慢性的な銀不足にも陥っていた。

西欧域内の通貨としても、イスラム商人への支払いとしても用いられていたドラクマ銀貨は、アレキサンダー大王の東征以降、アテネ産の銀に依存していたんだが、やはりオスマントルコ帝国がバルカン半島を征圧した結果、西欧に流入してくる銀が激減したんだ。

そんな時、日本は石見《いわみ》銀山などで採れる世界最高品質の銀を、異様な安値で西欧に提供したんだよ。

当時の日本の金銀の相場は、中国や西欧に比べて非常に安く、三分の一、四分の一という相場だった。

だからポルトガルは毎年、小さなサイズの四艘《そう》の船に、ほとんど中国の商品である絹や磁器を積んで日本に行き、それを日本に売っていた。日本人はそれらを非常に高価な物と見做《みな》して、大量の銀と交換してくれる。

ポルトガルが日本との交易によってあげた莫大な収益が、バチカンに流れ込んだのは間違いない。

そうでなければ、キリシタン大名の名代として一五八五年にバチカンへやって来た天正少年使節団の四人が、あれほどの歓待をバチカンから受ける事は無かっただろう。

そんな訳で、日本とポルトガルとバチカンの蜜月《みつげつ》は暫《しばら》く続いた。

ここ天草にも一五九一年から七年間、コレジョ（大神学校）が存在し、一時はキリスト教文化も栄えたが、禁教令によって宣教師が追放されると、両者の交流は公に断たれた訳だ。

けど、その後も幾度となく、宣教師達が日本に接触しようとした形跡がある。

だがそれは叶《かな》わぬまま、四度の鎖国令が発令され、その直後の一六三七年には島原天草の乱が勃発《ぼっぱつ》した。その結果、やはりキリスト教は危険だという機運が日本国内に高まり、全てのポルトガル人は日本から追放された。

プロテスタント国であるオランダは、『布教はしないが交易はする』という約束を日本政府ととりつけるのに成功し、出島でのみ交易を続けることになったんだ」

「ええ。江戸幕府が鎖国政策を行ったのですよね」

平賀は短く相槌《あいづち》を打った。

「そうさ。そして、そのきっかけとなった島原天草の乱について調べてみたところ、その幕府に対してオランダが武器弾薬を援助した記録があった。

　島原天草の乱は宗教戦争ではなかったと、キリシタン館の館長は僕に言ったが、僕はその逆だと思ったよ。

　あれは、ポルトガルとオランダの、すなわちカソリックとプロテスタントの代理戦争であったのだとね。

　日本との交易によって巨額の利益を得ていたカソリック国から、新教国のオランダは日本という市場を奪ったんだ。

　当時のスペインが広大な国土を維持する為、西欧で戦争に明け暮れていた間、手薄になったポルトガル植民地をオランダが狙うという構図は繰り返し起こっている。

　一六〇二年の蘭葡戦争では、ポルトガル植民地の香料及び砂糖貿易権を奪う目的で、オランダがアメリカ大陸、アフリカ、インド、極東にあるポルトガル領植民地へ攻撃を行い、一時はブラジル、アフリカのポルトガル植民地が、イングランドと同盟したオランダに奪われるという事態を起こしているしね。

　そうした情勢の中で起こった島原天草の乱は、日本という市場を奪われかけたカソリック側が、天草四郎というカリスマを立てることで、日本国内にカソリックの権益が守られるような傀儡《かいらい》政権を打ち立てるべく、起こさせたものではないだろうか……。

　現に同じような内乱は、今も世界各地で起こっているだろう？

　恐らく、当初のポルトガルは天草四郎率いる反乱軍を支援するつもりだったんじゃないかな。けど、王政復古戦争を目前に控えたポルトガルは、政情混乱から支援不可能に陥った。その結果があの天草四郎軍の全滅を引き起こしたんじゃないか……。

結局のところ、宣教師達がこの島に戦乱の火種を持ち込んだんじゃないか……。そんな事を思うとね、僕は紗良さん達に頭を下げたい衝動に駆られてしまったんだよ」

ロベルトはそこまで一気に話すと、ふーっと溜息《ためいき》を吐いた。

「ロベルト神父の見識にはいつも驚かされます。私などは、歴史の裏にある経済的事情について、考えたこともありませんでした。

ですが、何も貴方《あなた》が責任を感じることはありませんよ。全ては起こるべくして起こったのだと、私は思うんです」

平賀は真っ直ぐにロベルトを見詰めて言った。

「まあ……そうだね。僕の責任だなんて傲慢《ごうまん》な事は言わないよ。ただ、少し憂鬱《ゆううつ》になっただけさ。まさかこんな話を紗良さんにしても仕方がない訳だしね。だから君に話を聞いてもらった」

「少しは楽になりましたか？」

「ああ。有り難う。お礼に僕が日本茶を淹《い》れよう」

ロベルトは立ち上がり、緑茶を淹れて戻って来た。

茶を一口飲んだ平賀は、何かを思い出したように顔をあげた。

「大航海時代については、私も一つ、苦い思い出があります。

ベルリン大学の一回生の折、コロンブスの新大陸発見についてレポートを書く課題があったのですが、私は『新大陸発見』という表現自体に抵抗を覚えまして、『発見と言いますが、元々インディオが住んでいたじゃありませんか』という内容の渾身《こんしん》のレポートを百枚ほど書きまして。結果、教授にE判定を貰《もら》い、大喧嘩《おおげんか》になった挙げ句に、単位を落っことしたんです」

「そりゃあ頭の固い教授だったんだね」

ロベルトは苦笑した。

「そうですよね？　お陰で私は、暫くレポート恐怖症になったんですよ」

平賀は再び緑茶を一口飲み、ハッと顔をあげた。

「あっ。もう一つ、思い出しました」

「今度は何だい」

「先日貴方にバンビの事を聞かれ、充分なお答えが出来なかったので、あれから色々と調べてみたのです」

「えっ、そうなの？」

「はい。そうしますと、天草に鹿信仰が広まったのは、どうやら誤解に基づく迷信だったと分かりました」

「どういう意味かな？」

「えっとですね、ニホンジカの子鹿の背中には、バンビ模様とか鹿の子模様と呼ばれる斑《はん》点《てん》があるのですが、大人になればそれが消えます。このことから、『あの鹿のように斑点が取れてキレイになります様に』と願いを込め、主に皮膚病の患者などが、鹿を信仰するようになったそうです。

ところがですね、それ自体が誤解でして、実際は大人のニホンジカの夏毛にも鹿の子模様はあるんです。彼らの背中の斑点は、木々の間から差し込む日光を模したもので、それが一種の保護色となり、天敵から鹿を守る役目をしているのです」

「成る程……」

ロベルトは何と答えていいか分からず、軽い相槌を打った。

そして、ふと時計を見上げた。

時刻は六時を過ぎている。

いつもなら、六時前には結子が夕食を部屋に運んでくる筈《はず》だ。

「話は変わるが、結子さん、遅いね」

平賀は不思議そうに瞬きをして、「そうですか？」と言った。

「うん、遅いよ。また犬の散歩に手間取っているのかな？」

「どうでしょう」

平賀は駐車場に面した窓のカーテンを開けた。

すると確かに、いつも門に繋《つな》がれている犬の姿がない。

その代わり、主《あるじ》の吉岡が門の付近をうろうろしている姿があった。車道に出たり入ったたり、携帯電話を取り出したりしまったりを繰り返している。

二人は吉岡が心配になり、外へ出た。

「ど、どうしましょう……。結子が帰って来ないんです」

吉岡は焦った様子で平賀に訴えてきた。

「結子さん、携帯はお持ちじゃないんですか？」

平賀の問いに、吉岡は首を大きく横に振った。

「嫁入り前の娘に携帯なんてとんでもない。電話は家電で充分ですから」

「成る程。結子さんの友人や知人に、連絡は取られましたか？」

「ええ。思い付く所は全て……」

「では散歩のついでに、どこかに寄り道しているのでは？」

「犬の散歩コースならさっき見回って来たんです。でも、結子はどこにもいないんです。途中に寄り道するような場所もありませんし……。暗くなると危険な箇所もあるんで、絶対に日暮れ前には家に帰るよう言い聞かせていたんですが……」

吉岡は悄然《しょうぜん》と項垂《うなだ》れた。

「吉岡さんは何と言ってるんだい？」

横からロベルトが訊《たず》ねてきた。

平賀が吉岡の言葉を伝えると、ロベルトは「予想以上の過保護ぶりだ」と眉《まゆ》を顰《ひそ》めた。

平賀も小さく頷《うなず》いた。

「吉岡さん、落ち着いて下さい。他に何か心当りはないか、ゆっくり思い出してみませんか」

平賀が言うと、吉岡は泣きそうな顔になった。

「実はここ数日、結子の様子はおかしかったんです」

「どんな風におかしかったんですか？」

「落ち込んでいるというか、思い詰めているというか……。なので余計に心配で。嫌な胸騒ぎがするんです」

吉岡の言葉に、平賀は首を傾げた。

「それは不思議な話ですね」

「何がです？」

「若い娘さんが行方不明になったという場合、一番恐ろしいのは、事故か事件に巻き込まれた、或《ある》いは誘拐されたというケースです」

平賀にズバリと言われ、吉岡は真っ青になった。

「でもそれだと妙なんですよね……。

仮に交通事故だった場合、結子さんだけが轢《ひ》かれた、犬が轢かれた、両者が轢かれたという三つのケースが考えられますが、犬が轢かれた以外のケースですと、犬が現場に残っていないのはおかしい訳で、結子さんの散歩ルートを確認した吉岡さんが、犬に気付かないのは不自然です。

また、仮に誘拐だとすれば、犬ごと女性を連れ去るケースは稀《まれ》です。つまり、散歩ルート上で貴方が犬を発見している方が自然なのです。

従いまして、犬が事故に遭い、結子さんが付き添いの為に病院へ行ったという可能性が考えられます。ですがそうだとしても、数日前から彼女がそれを察知して、落ち込んだり思い詰めたりするのはおかしい訳で、矛盾が生じます」

淡々と答えた平賀の腕を、吉岡は強く摑《つか》んで揺さぶった。

「貴方、何が言いたいんです？　結局、結子はどうなったっていうんですか!?」

「要するに現状は不明です」

クールに答えた平賀を、吉岡は憎々しげに睨《にら》んだ。

「平賀、話はどうなってるんだ？」

ロベルトが横から心配げに訊ねる。

平賀が二人のやりとりを伝えると、ロベルトは腕組みをした。

「君の推理には一寸《ちよつと》ばかり穴があるよ」

平賀は目を瞬かせた。

「何処にです？」

「結子さんが自主的に家出をしたか、散歩ルートを変更した可能性があるだろう」

「何の為にです？　父親に黙ってそんな事をする必要があるでしょうか。あの親子は仲が良さそうでしたよ」

「だからさ、それが問題だよ。吉岡氏は娘を溺愛《できあい》してる。もし、彼女に好きな男でもできたとしたら……なんて思ったんだが、僕の考え過ぎかな。一応、結子さんに恋人の影がなかったか、吉岡さんに訊ねてごらんよ。

それでも行く先に心当りがないなら、警察に届け出るしかないだろう」

「そうですね」

平賀がロベルトの言葉を吉岡に伝えると、吉岡はハッと閃《ひらめ》いたように顔をあげた。

「そうだ、あの男かも知れない！　ロビンソン・ベイカーが、結子を無理矢理連れ出したんだ！」

それを聞いて平賀は携帯を取り出し、ロビンソンに電話をかけたが、電話は留守電になっていた。

平賀が携帯を見せると、吉岡は真っ赤になって怒り出した。

「ロビンソンめ！　あの野郎、警察に訴えてやる！」

吉岡は勢いよく外へ駆けだして行った。

4

畳敷きの和室で、白い着物姿の少年と少女が向きあって座っている。

部屋の外からは大勢の人々がざわめく声が聞こえていた。

「――さん、どうしても行くのですか？」

紗良に似た少女が言った。

「父の部下達も続々と集まっている。我らに他の道はない」

透けるような美貌《びぼう》の少年が答えた。彼は芙頭少年にそっくりだ。

「葡萄牙《ポルトガル》は何と言ってるんです？」

「澳門《マカオ》を通じて援助要請を出したが、返事はない」

「そんな……。約束が違います」

少女は涙ぐんだ。

「これも運命だろう」

ぐっと握った少年の拳《こぶし》の上に、少女がそっとロザリオを置いた。

「これは我が家に伝わる宝です。一つは私に、もう一つは貴方《あなた》に」

「有り難う。では、そなたは……達を宜《よろ》しく頼む」

「はい。どうか貴方に主のご加護があります様に。そして聖……の恵みがありますように」

少女はそっと涙を拭《ぬぐ》い、部屋を出て行った。

一人残された少年は書机に向かい、引き出しから小さな円盤を取り出した。

それから錐《きり》のような工具を手に取り、十字架の表面に文字を刻み始めた。

「四郎様、出陣のご準備を！」

部屋の外から男達の声が聞こえる。

少年は静かに十字を切り、指を組んで呟《つぶや》いた。

「主よ、我らをお守り下さい。そして、聖シルの恵みが我らにありますように」


ハッとロベルトは目を覚ました。

そして思わず見た夢の意味を考えた。


聖シル……。そうか、そういう事か……


ロベルトの頭の中にバラバラに散らばっていたパズルピースの断片が、竜巻に煽《あお》られたかのように激しく空中に舞い上がり、所定の場所にピタリと収まった。

そして、ある仮説がロベルトの脳裏に浮かび上がった。

ロベルトは身体を起こし、シャワーを浴びると、相変わらずパソコンに向かっている平賀の背中に「一寸出かけてくるよ」と声をかけた。

そして再び、芙頭の集落へ向かったのだった。


人払いをしてもらった部屋で、ロベルトは紗良の父親の遺体と対面した。

顔に被《かぶ》せられた白い布を取り、浴衣《ゆかた》の前をはだけると、痛ましい遺体の姿が露《あら》わになった。

硬直はなく、皮膚は黒ずみ、内臓の腐敗によって身体はやや膨張している。

ドライアイスで低温管理はされているが、死後五日というところだろう。

全身についた擦り傷は、「誤って岬の上から転落した際に出来た」という警察見解らしいが、傷口からの出血も皮下出血の痕《あと》もない所を見ると、明らかに死後の傷だ。

遺体の顔面から首筋にかけて、又、胸元から腹部にかけて、高熱の油の雨に打たれたような、まだらに爛《ただ》れた火傷《やけど》の痕がある。

皮膚の水疱《すいほう》から見て、こちらは生前の火傷に違いない。

さらに詳しく見ると、手首と太股《ふともも》部分には鬱血《うっけつ》により褐色に変色した痕があり、皮膚表面にも擦り傷の痣《あざ》が残っている。恐らくは荒いロープで縛った痕だろう。

思わず目を背けたくなるような惨さだ。

ロベルトはその傷痕から、ある物を連想せずにはいられなかった。

拷問である。

十六世紀のトスカーナとピサに存在した、聖ステファノ騎士団に関する秘密文書の中に、ロベルトは同じ拷問法を見たことがあった。

彼らは裏切り者やスパイを拷問する際、小さな穴がいくつも開いた球に取っ手がつけられた器具——通称『鉛のスプリンクラー』の中に溶けた鉛やタール、煮えたぎった湯や油を入れ、そこから滴り落ちてくる熱い液体で相手を苦しめたのだ。

聖ステファノ騎士団は異教のオスマン帝国やトルコの海賊と戦うために作られた、ローマ法王の親衛隊組織であり、イエズス会とも関係が深い。

イエズス会……彼らの仕業なのか？

ロベルトの額には冷や汗が流れ、遺体の身なりを直す手が震えた。

いや、落ち着け、まずは事実確認だ

ロベルトは携帯電話を取りだし、安東神父に電話をかけた。

だが呼び出し音が鳴るばかりで相手は出ない。

ロベルトは紗良への挨拶《あいさつ》もそこそこに、タクシーを飛ばして﨑津教会へ向かった。

だが、聖堂には鍵《かぎ》がかかっている。

教会の裏側へ回ってみると、西丸神父が一人、庭を掃いている姿があった。

「西丸神父、他の神父はどうしたんだ？　安東神父は？」

苛立《いらだ》った顔で訊《たず》ねたロベルトに怯《おび》え、小柄な西丸神父は後ずさった。

「あ……あの、皆、ご不在です」

「何処へ行ったんだ？」

「あ、その、わ、分かりません……」

「彼らはいつから居ない？　いつ帰って来る？」

「あ……あの、それは、その……」

西丸神父が口ごもるのを見て、ロベルトはハッと我に返った。

余りに酷《むご》い死体の様子を見、つい焦りに駆られてしまったが、紗良の父の死がイエズス会の仕業とは決まっていないのだ。西丸神父が誰の味方かも分からない今、とにかく彼から情報を聞き出すしかない。

「……西丸神父、済まなかったね。訪ねてきた途端、質問責めをして悪かった。君、ラテン語は話せるんだよね？」

ロベルトは努めて穏やかな口調で訊ねた。

「少しだけ……です。英語の方が……まだ……少しは」

「そうか、悪かった。じゃあ、英語で話そう」

ロベルトはふうっと深呼吸をした。

「僕は安東神父に話があるんだ。彼の緊急の連絡先は知っているかな」

「僕から皆への連絡方法は、用件のメールをお送りして、電話を待つという形になるんです。出張や講演中ですと、皆、電話に出られない事も多いので……」

西丸神父は申し訳なさそうに答えた。

「成る程。では、上司のジェラール司祭から、彼に連絡してもらう事はできるかい？」

「ジェラール司祭はフランスに帰国中です。今頃は飛行機の中かと」

「ふむ……」

ロベルトが思案していると、西丸神父はロベルトの顔色を窺《うかが》うように見上げた。

「あの、安東神父に何かあったんですか？　ロベルト神父は、昨日の喧嘩《けんか》の原因をご存知なのですか？」

「昨日の喧嘩とは？」

「安東神父と南条神父が大喧嘩《おおげんか》をしていたんです。北見神父がすぐに仲裁に入って下さったのですが、そのまま三人揃って外出され、今朝の食事の用意もいらないと連絡があったので、僕もなんだか心配で……」

西丸神父の木訥《ぼくとつ》な受け答えから、彼は恐らく何の事情も知らないだろうと、ロベルトは察した。

「食事の用意？　いつも君があの三人の食事の用意をしてるのかい？」

「えっ、はい。僕は神父としては半人前で、何をしてもグズなんです。ですから寮では皆さんの食事や掃除のお世話をさせてもらっています」

成る程そうか、とロベルトは思った。

仮にあの三人が秘密の行動を共にするとしたら、西丸神父が足手纏《まと》いになることを恐れ、彼一人を排除したのだろう。

「君はあの三人のスケジュールについては結構詳しいと思うんだけど、出張なんかであの三人が一緒に行動することは多いのかな？」

「そうですね。はい。特に最近は。三人で勉強会をなさる事もありますし」

西丸神父はポケットからスケジュール帳を取り出し、パラパラと捲《めく》った。

ロベルトはドキリとした。

北見のK、南条のN、安東のA、三人それぞれの食事のスケジュールがきちんと書き込まれた、几帳面《きちょうめん》な紙面が目に映ったからだ。

あれを見れば、三人の神父の行動が分かる。紗良の父親殺しに関わったのか、当日のアリバイがあるのかどうか、明らかになるに違いない。

「一寸《ちょっと》、それを見せて貰《もら》えないかな？」

ロベルトの声は上擦った。

「いえ、これは僕の個人的なメモなので……字も汚いですし……」

照れたように言う西丸神父をどうにか口説き落とし、ロベルトはそのノートを手に取ることができた。

三神父の生活はほぼ規則正しいものだった。三人揃って不在の日が月に一回程度ある。

だが、神島の奇跡の日以降、スケジュールは乱れ、数日前からは朝帰りの日が極端に多くなっている。


七月二十二日（紗良の父が行方不明）。三神父が午後九時から翌一時まで外出。

二十三日。北見神父が午後九時から翌朝五時まで外出。

二十四日。北見・南条神父が午後五時から翌朝三時まで外出。

二十五日（死亡推定日）。三神父が午後十時から翌朝二時まで外出。

二十六日からの三日間。三神父の動きに異常なし。

そして、昨夜の午後四時から三神父は外出中となっている。


ロベルトは全身の血が逆流しそうな衝撃を覚えた。

偶然というにはあまりに忌わしい符号の一致が見て取れた。あの三神父は西丸神父がこのような詳細な記録を付けているなど、思いもしなかったのだろう。

ロベルトが何より気になったのは、昨夜からの三神父の行動と、結子が行方不明になったことの時間的一致であった。

（もし結子さんの誘拐も彼らの仕業なら……）

ロベルトの脳裏に、紗良の父の惨たらしい遺体の姿が甦《よみがえ》った。

（彼女を助けなければ。彼らは今、何処に居るんだ？）

ロベルトは目まぐるしく考えた。

紗良の父が監禁されたのは、拷問の声が漏れない条件から考えて、人里離れた犯人達の隠れ家と考えるのが妥当だ。

三神父が朝には寮に戻っていることから、崎津からそう遠くない距離にある筈《はず》だ。

そんな場所は天草にはごまんとある。

離島などもあるが、船を使えば嫌でも目立つし、港には早朝から漁師がいる。

よって、車で行ける人里離れた場所が望ましいだろう。

余り人が寄りつかないような、忌み地のような土地。見棄てられた廃墟《はいきょ》のような場所があれば最適だ。

そして、そんな場所をロベルトはよく知っていた。

油すましの里である。

油すましの伝承は次のようなものだ。

「昔ここに油すましがいたらしいぞ」と人が噂をすると「今も」と、油すましが現れる。

だがその顔を見た者は誰もいない――と。

ロベルトが見た油すまし地蔵の顔面は全て欠けるか、大きく削れていた。

それはただの偶然だったのだろうか？

元から油すましは人から顔を隠し、身を隠す存在だったのではないだろうか。

紗良はこんな事を言っていた。


『天草にキリスト教が広まるにつれ、各地に無数のコンフラリアが設立されましたが、島原天草の乱によって、芙頭を除くほぼ全《とど》ての組織は壊滅したんです。各地にあった集落も、今は廃墟となったり、全く原形を留めない姿に変わったりしています』

コンフラリア。それは信者達の協働組織であり、互助組合であり、福祉機関だ。

コンフラリアには通常、信者の為の病院が存在するし、紗良の先祖も医師であった。

そこに天草の鹿信仰を重ね合わせれば、油すましの正体が見えてくる。

油すまし達は、コンフラリアに所属しながら、隠れ里のような場所に集団で住んでいた。

それが油すましの里である。

あるいは『鹿島』と呼ばれる離島に隔離されることもあった。神島も鹿島だ。

そして、油すましの名のとおり、彼らは油を搾っていたのだろう。

伝説によれば、『油すましどん』は菜種油を搾る油搾り職人だったという。だが彼らが搾っていたのがただの菜種油であるとは、ロベルトには思えなかった。

Hydnocarpus wighitiana.

その木は、秋になれば、小粒な葡萄《ぶどう》状の、南天に似た赤い実を付ける。季節が今ぐらいの夏なら、熟する前の青い実が生《な》っている筈だ。

神島の山の頂上近くにそれが大量に茂っていた様子を、ロベルトはまざまざと思い出した。

緑の葉に緑の実をつけているから目立たないが、ロビンソンと共に油すましの出現箇所を回った日にも、ロベルトは同じ木を何度か見た記憶があった。

油すましの里には必ずこの木が生えていた。油すまし達は、その油を搾っていたのだ。

その木の種子に熱を加えず砕いて油を搾り取ったものを、大風子油《だいふうしゆ》という。その油に含まれる薬効成分が、らい菌の成長阻害作用を持つ、ハンセン病の治療薬である。

大風子油の存在が西欧に伝わるには、一九二〇年代のオーストラリアの植物学者ヨゼフ・F・ロックの研究を待たねばならなかった。

だが、東南アジアやインド、中国では、古代より大風子油が民間治療薬として用いられていたのだ。


ハンセン病。

それは感染力が弱く、致死性もなく、進行も遅いにもかかわらず、白い斑点《はんてん》が皮膚に現れたり、患部が変形し、時に欠落するという症状を引き起こすが為に、しばしば故無き差別の標的となってきた感染症だ。

人類とこの病の付き合いは非常に古く、聖書にもイエス・キリストがハンセン病患者に触れて治癒させる奇跡の記述がある。また西暦三〇〇年頃には、ローマ教会が患者救済の為の「ラザレット」という施設をヨーロッパ各地に設けている。

アッシジのフランチェスコが組織した「小さき兄弟の会（フランシスコ会）」は、イタリア半島中部のアッシジに患者の村を建設し、聖書の精神に基づく救済を行ったし、十字軍の遠征中もハンセン病に罹患《りかん》した兵士を看護する為に、パレスチナでラザロ看護騎士団が組織され、エルサレムのラザレットでは患者の救済が行われた。

それほどにハンセン病とキリスト教の関係は深い。

そしてまた、人類が長く恐れてきたもう一つの感染症が、天然痘である。

一万年前には人の病気であったという天然痘は、非常に強い感染力を持ち、全身に膿疱《のうほう》を生ずる。死亡率は高く、仮に治癒しても瘢痕《あばた》を残すことから、世界中で不治、悪魔の病気と恐れられてきた。

つまり天草の鹿信仰の背景にあったものは、ハンセン病と天然痘の流行だったのだろう。

人類は長らく感染症に怯《おび》えてきた。

その原因となる病原体（病原微生物）が肉眼で見えない為に、何故その病が起こるのか、そして他人に伝染するのかが分からなかった。

人間の脳は理由の分からない物に対して、意味づけを求める。それが恐怖の対象ならば尚更《なおさら》だ。

そこで人類は、病の原因を日頃の行いだとか、血筋だとか、神罰であるなど様々に解釈し、そこに無用の差別や偏見が数多く生じるという過ちを犯してきた。

感染症の原因となる病原体（病原微生物）の存在を人類が知るのは、十七世紀、光学顕微鏡の発明以降であった。ようやく十九世紀の終わりになると、ハンセン病、マラリア、結核、コレラ、ペスト、天然痘、梅毒、チフスといった病原体が次々に発見されたのだ。

それ以前には、これらの病気を正確に区別し、名付けることさえできなかった。

医学が充分に発達した現代でもなお、インフルエンザ、エボラ出血熱、エイズ、ＳＡＲ

Sなど新たな感染症が登場しては、人々を不安に陥《おとしい》れている。

医学の歴史は感染症の歴史に始まったといっても過言ではない。

病の苦しみと、病がもたらす故無き差別の苦しみに対し、救いとなる宗教の存在も、感染症と切っても切れない歴史を持っている。

その証拠に、初期のキリスト教信者には病人が多かった。

キリスト教は本来、虐げられた弱者の為のものであった。

天草にキリスト教が受け入れられたのも、恐らく同じ理由だったのだろう——。


「ロベルト神父、ロベルト神父。もうノートを返してもらってもいいですか？」

西丸神父の声で、ロベルトは我に返った。

「ああ、済まない。どうも有り難う……。ところで君に質問があるんだが、イエズス会の宣教師達がこの天草へやって来た時、ハンセン病や天然痘が流行していたなんて話は聞いたことがあるかい？」

ロベルトの問いに、西丸神父は大きく頷いた。

「はい、イエズス会士の間では有名な話です。当時の天草では、タイプの違う天然痘が短期間の間に何度も流行した為、免疫を持つ住民が少なく、深刻な事態に陥っていたそうです。

普通なら、天然痘が流行している地に足を踏み入れるなど、とても出来ないことです。

ですが、布教への強い意志を持ったイエズス会士達は、勇敢にも天草の地を踏んだのです。当時の宣教師が書いたポルトガル語の手記が教会に伝わっていますが、ご覧になりますか？」

「是非拝見したいね。会派の違う僕が見ても良いなら」

「誰でも手に取れる図書室に置かれたものですし、先輩方の立派な行いですから、隠すべきことではないでしょう。どうぞ」

誇らしく言った西丸神父に案内され、ロベルトは図書室で一冊の手記を手にした。

『……今年、天草の司祭や修道士は非常に霊的な前進をはかる機会に恵まれた。なぜなら我らはそこで大いなる精神的、肉体的苦難を体験したからである。

天然痘という重大な疾病があたかもペストのようにこの地を汚染し、河内浦《かわちうら》城下周辺の村落では、少なくとも四百名以上が亡くなった。

疾病がふるう猛威はすさまじく、それが発生した家ではほとんど全ての人があの世へ送られた。

疾病の流行中に聴聞された告白の回数は三千を数え《コンタス》、彼らは自身が陥っていた様々な罪科から己が一心を解き放った。

我らは男女、子供達とりあわせて四百人もの異教徒に洗礼を授けた。

この人々は庇護やその他の地方の戦乱と苦難を逃れて、あらたにそこへ移住してきたのである。この結果、天草ではこの全期間を通じて注目すべき成果が生み出されたのである』

その手記には天然痘の流行と、その危機によってイエズス会士達が多くの改宗者を得たことに満足しているという意味の事が書かれていた。

スペイン人がアステカ帝国やインカ帝国を支配した時、新大陸に持ち込まれた天然痘が多くの死者と改宗者を出したように、イエズス会がこの惨事を布教のチャンスと捉《とら》えていたことが窺《うかが》える。

この時代には合併していたスペインとポルトガルという、特にイエズス会の力の強かった国が、同じ天然痘の流行を改宗のチャンスと感じたのは偶然ではないだろう。

果たして彼らは強い布教の意志から、危険な天草に足を踏み入れたのか？

ロベルトの知る答えはノーである。

彼らには天然痘を恐れる必要のない秘密があったのだ。

「どうも有り難う。参考になったよ」

微笑みを浮かべたロベルトに、西丸神父は邪気無く頷《うなず》いた。

「安東神父には僕からメールをお送りしておきましょうか？」

「いや、いいんだ。また明日にでも出直すよ」

ロベルトは何とか微笑みを作って答えると、崎津教会を後にした。

ロベルトはタクシーを捕まえ、油すましの里へ向かった。

ロビンソンと共に見て回った油すましの里は四ヵ所。

一つは芙頭の村に近すぎ、一つは見通しの良い荒れ地で、もう一つは崎津から遠すぎた。

犯人の隠れ家があるとすれば、ロビンソンが妖怪《ようかい》を見たというあの廃墟しかない。

そこに結子がいるかどうかは分からない。

いなければそれでいい。

全てが自分の思い違いであれば良い、とロベルトは思った。

祈るような気持ちでタクシーを降り、森の中へ入っていく。

密集していた木立がまばらになった先に、山の斜面に張り付くようにして立つ古い家々と、墓地が見えた。

辺りには霧が立ちこめ、不気味なほどに静まりかえっている。

ロベルトは木立の陰から、家々の様子を窺った。

一見したところ、異常は見当たらない。

やはりただの勘違いだったろうかと息を吐き、平賀に連絡を取ろうと携帯を取り出した瞬間だ。

後頭部に激しい衝撃を受け、ロベルトは地面に崩れ落ちた。

薄れる視界の先で、何者かの黒い靴が携帯電話を踏み割るのが見えた。

5

降雪の奇跡の動画を繰り返し見ていた平賀は、不意の眠気に襲われた。

濃い緑茶でも飲んで目を覚まそうと、急須《きゅうす》を持って電気ポットの側に行き、給湯ボタンを押す。すると、熱湯が滝のように落下して、白い湯気が彼の視界に映った。

「水は透明の液体で、水蒸気は無色の気体なのに、湯気が白い煙に見えるのは、光の波長と水の粒子の大きさの関係から説明できるのですよね……」

平賀は独り言を呟《つぶや》いた。

可視光の波長は、〇・三六から〇・八三マイクロメートル。

湯気（水蒸気を含む空気）は数マイクロメートルの球体で、光の波長に近い。その為、ミー散乱を起こし、入射した光が直進方向だけではなく横方向や後方にも散乱され、乱反射の効果によって、本来は透明の粒子が白く見えるのだ。

一方、水滴の大きさは、一二〇〇から三四〇〇マイクロメートルと、非常に大きい。その為、側方散乱や後方散乱や乱反射が起こりにくく、光の大部分は粒子を同方向に通り抜けるので、粒子は透明に見える。

雲、霧、靄《もや》などが白く見えるのも同様の現象である。

ぼんやりとそこまで思った時、平賀の頭の中で、何かの信号がチカチカと点滅しているような気がした。

何かが、奇跡の謎と繋《つな》がりかけている。

何なのでしょう？　考えないと……。考えないと……

平賀は自分の頭を何度も平手で叩《たた》いた。

そうだ、私達が降雪と思い込んでいたもの……

あれが雪では無かったとしたら？

無かったとしたら……

平賀はパソコンの前に座り直し、雲、霧、靄などの画像を手当たり次第に検索した。

雲が地表に落ちてくる現象というのは、まず考えられない。

そもそも雲というものは、大気中の水分が飽和状態に達したものである。

一方、霧というのは、水蒸気を含んだ大気の温度が下がり、何らかの理由で露点温度に達した時、大気中に含まれていた水蒸気が小さな水粒となって空中に浮かんだ状態のものだ。

水粒は雨粒に比べて非常に小さいが、根本的な霧の発生の原因は大気中の水分が飽和状態に達したものなので、原理的には雲と霧は同じものである。

では両者にどんな違いがあるかというと、大気中に浮かんでいるものが雲であり、それが地面に接しているものが霧だという点だ。

例えば、山に雲がかかっているとき、地上にいる人からはそれは雲だが、実際雲がかかっている場所にいる人からは霧なのだ。

平賀が最初に見た動画は、山にかかる霧であった。

霧を外側から観察している動画である。

霧は外側から観察すると、層雲であることが多いようだ。

他にも、山や高地では層積雲、乱層雲、高層雲状の霧が確認された。

次に放射霧という現象を見た。

晴れた冬の日などに、地表面から熱が放射されて地面が冷えることで発生する霧だ。盆地や谷沿いで発生しやすくて、それぞれ盆地霧、谷霧という名がついているらしい。

続いて見たのは、蒸気霧の動画だ。

霧が発生する原理は、暖かく湿った空気が冷たい空気と混ざって暖かい空気の飽和水蒸気量が下がり、水蒸気が水滴となって発生する。冬に息が白くなるのと原理は同じだ。

水蒸気霧というものもあった。大体の映像は川で撮られたものだ。

暖かい水面上に冷たい空気が入り、水面から蒸発がおきて、その水蒸気が冷たい空気に冷やされて霧が発生する。冷たい空気が暖かい川や湖の上に移動した際にみられるものである。

ことに北海道などの川霧の映像が多かった。

次は移流霧の映像だ。これは暖かく湿った空気が水温の低い海上や陸地に移動して、下から冷却されることで霧が発生したものである。水平方向に霧が移動するのが特徴である。

次は上昇霧の映像。

これはよく見られる、谷に発生する霧のパターンだ。

山の谷に沿って湿った空気が上昇し、露点に達したところで霧が発生する。

遠方から見た場合、山に雲が張り付いて見える。

そして更なる映像を見たとき、平賀は瞠目《どうもく》した。

濃霧が、まるで上から降ってきた雪のように山の頂点を嘗《な》めて、雪崩のように下がっていく映像である。

逆さ霧。

それがこの霧の名であった。

その原理は、冷たい季節風が山頂でぶつかって押し上げられた時、その裏手の地面が温かいために、冷たい大気は温かい大気の下に潜りたがるという性質上、冷気が下に下っていく。

その時、暖かい大気のほうは、水蒸気の飽和点が冷却によって下がるので霧を生じ、霧が上から下へと降りていくように見えるのだ。

濃霧の場合は、まるで降雪して山が雪に覆われたように見える。

それと不知火《しらぬい》の現象が、平賀の頭の中で、ぴたりと重なった。

つまり、何かの原因で神島の上空に、突然冷たい大気が生じたとする。

するとそれは、温められた地表や海面に向かって下っていき、濃い霧となって、一時的に島を覆うような形になる。

当然、そのような冷気と暖気がぶつかり合う場所では、空気の密度に様々な差が生じ、どこかに光源となりうるものがあれば、それが屈折を繰り返し、光が蜃気楼《しんきろう》の作用によって、不知火状態となり、あのような雪に覆われた島の上空に、無数の光がともるということが起こり得る。

キリスト像の謎はさておき、雪の現象はこれで説明できるだろう。

問題は、神島の上空だけに、何故、冷気が発生したかである。

そこさえ解決すれば、奇跡の一つは解明できるのだ。

平賀は早速、シン博士にメールを送信した。

シン博士
降雪の奇跡の正体は、逆さ霧ではないでしょうか。
その映像を添付しますのでご確認下さい。
奇跡当日当時刻、神島上空でのみ大気の冷却作用があったとすれば、奇跡を科学的に解明することが出来ると思われます。

大気が一点でのみ冷却した原因について、博士のご見解をお聞かせ下さい。

平賀

すると間もなく博士から返信が届いた。


逆さ霧の現象については確認しました。

神島上空で大気が冷却した原因については私の専門外である為分かりません。

チャンドラ・シン

平賀はシン博士に電話をかけた。モニタにシン博士の顔が大写しになる。

「博士のメールを読みました。気象がご専門外ということは分かっています。でも、少しお力を貸して頂けませんか」

平賀は訴えるように言った。

『この件に関し、私の知識が役立つとは思えませんね。

気象学には突然変異数的関数が無数存在します。広域の気象予測ならまだしも、局所的な気象現象を計算式によって導くのは極めて困難です。

貴方《あなた》があの日の神島上空その一点における正確な気象データをお持ちならいざしらず、

お持ちではないのでしょう？』

シン博士は冷たく言い放った。

「はい、持っていません。もし持っているとすれば、誰だと思いますか？」

平賀は真面目な顔で訊《たず》ねた。

シン博士はハッと呆《あき》れたような息を吐いた。

『人ですか？　はて、見当もつきませんね。宇宙人にでも問い合わせてみたら如何《いかが》ですか。では、私は忙しいので失礼します』

プツリと通話は切れた。

平賀は黒いモニタ画面を眺めながら、望遠鏡を持った宇宙人が、宇宙船から神島を見張っている姿を想像した。

確かに、宇宙からの観測データがあれば、当日の神島上空の様子が明らかになる。

そして宇宙人ならずとも、そのようなデータを持ち得る物は存在していた。

アメリカ海洋大気庁が所持する軍事航法衛星、ＤＭＳＰである。そこには、気象学、海洋学等に関する膨大な観測データが蓄えられているに違いない。

だが、たとえバチカンから正式に依頼したところで、アメリカ政府がそのようなデータを引き渡すとも思えなかった。

「シン博士にハッキングをお願いする訳にもいきませんし……」

平賀が短く溜息《ためいき》を吐いた時、部屋の扉がノックされた。

立ち上がって扉を開くと、四郎少年と、神事の日の世話役の青年が立っている。

しかも結子と共に居なくなっていた宿の犬が、青年の足元にじゃれついているのを見て、平賀は首を傾げたのだった。

「ロベルト神父は在宅ですか」

四郎少年が言った。

「いいえ、一寸《ちよつと》出かけて来ると言って、朝から出かけています」

平賀が答えると、四郎少年は眉《まゆ》を顰《ひそ》めた。

「一寸と言って、こんな時間までですか？」

そう言われて平賀が時計を見ると、午後七時を過ぎている。

「確かに遅いですね。連絡もないのは変です。電話してみます」

平賀はロベルトに電話をかけたが、電源が入っていないとアナウンスが流れた。

「繋《つな》がりません。こんな事は滅多にないのですが」

平賀は顔を曇らせた。

「やはり……紗良の言う通りだ。ロベルト神父の身が心配です」

「行方不明の結子を捜しに行ったんじゃないでしょうか」

四郎少年と青年が顔を見合わせ、口々に言った。

「平賀神父、ロベルト神父が今日、私達の村に来たことはご存知ですか？」

四郎少年の問いに、平賀が「いいえ」と首を振る。

「その時の彼の様子がおかしかったと紗良が言い、村人を集めて大事な話があると言い出したんです。ロベルト神父から受けた注意を皆に伝えたい、と。ロベルト神父は私達の仲間から死人が出たことを心配し、こう言ったそうです。何者かが隠れキリシタンの秘密を狙っている可能性が大いにある。身辺には充分注意するように、と……」

「ロベルトがそんな事を言ったんですか……」

平賀は眉を寄せた。

次に世話役の青年が一歩進み出た。

「僕は芙頭慎一《しんいち》といいます。紗良の兄で、結子の恋人です」

そう言った慎一の足元で、犬がクゥンと鳴いた。懐いていることは明白だ。結子に恋人がいるかも知れないと言ったロベルトの推測は当たっていた。

「二人は内緒で付き合っていたんですか？」

平賀の問いに、慎一は頷《うなず》いた。

「僕達の付き合いは真剣でした。でも、結子の父親は男女交際に厳しい人ですし、芙頭家の結婚相手は同じ宗教でなくてはならないという決まりがあるんです。

結子は父親を裏切れないと言いました。僕達は話し合い、僕は神事が終わったら芙頭の家を出て、結子と一緒になると言ったんです。当然、家を捨てるなんて話を家族に言える筈《はず》も無く、結子の話もできないまま神事の日は近づいたのですが……。

父の失踪《しっそう》や、僕が父の跡目候補になったことで、結子も随分心配していました。もし僕がオジ役を引き受ければ、女性との接触は禁じられます。だからといって、今芙頭の家が困っているのに家を出て欲しいとは言えないと、結子も悩んでいたようです」

「結子さんが思い詰めていた様子だと、吉岡さんも言っていました。そういう事情だったんですね」

平賀は呟《つぶや》いた。慎一が頷く。

「僕達は結子が犬の散歩に出かける時、時間を決めて会っていました。今日がその約束の日で、約束の場所に行くと、結子の姿はなく、この犬だけが……。僕は宿の客を装って吉岡さんに連絡し、結子の失踪を知りました。

その時思い出したんです。最近、結子と会っている時、誰かにつけられているような、おかしな気配が何度もあったことを……。

ぞっとしました。父を殺した犯人が、僕でなく、恋人の結子を狙ったと気付いたからです。

でも僕にはいくら考えても、結子の行方が分からない。ロベルト神父なら何かをご存知じゃないかと思い、縋《すが》る思いで彼を訪ねてきたんです」

慎一が必死に訴えた。

「……はい、私もそう思います。ロベルトは何かに気付き、一人で結子さんを助けに行ったのでしょう。そういう人ですから」

ロベルトの性格なら、他人には身辺注意を呼びかけておき、自分が単身危険に飛び込むことは充分考えられた。

何故、ひとことでも相棒の自分に相談してくれなかったのかと、平賀は唇を噛《か》んだ。

「彼がどこへ行ったか、見当はつきませんか？」

「何か行き先のヒントになるような事は言っていませんでしたか？」

四郎少年と慎一が身を乗り出して訊ねる。

平賀はじっと押し黙った。

昨夜、ロベルトが語った話を思い出してみる。

何かヒントになるような事は言っていただろうか？

それらしき話は無かったように思える。

『紗良さん達を見ていて思ったんだ。過去の宣教師達は、天草で何をしたのかなって』

『何も貴方が責任を感じることはありませんよ』

『まあ……そうだね。僕の責任だなんて傲慢《ごうまん》な事は言わないよ』

二人の会話が思い出された。

ロベルトは天草の人達に責任を感じていた様子だった。何も知らないまま、西欧の大国の思惑に巻き込まれ、命を落とした人達に申し訳ないと考えている様子だった。それより自分の方が罪深いのだと言いたげだった。

　だからって自分が身代わりになって死ぬつもりじゃないでしょうね

　だから貴方は馬鹿なんです

平賀は拳《こぶし》を握りしめた。辛《つら》くて涙が零《こぼ》れそうだ。

震える手でもう一度、ロベルトに電話をかけてみた。だがやはり相手の電源が切れている。

平賀は顔をあげ、二人を見た。

「私にはロベルトの行方が分かりません。

通常、GPS付きの携帯は通信衛星や基地局と常に微弱電波で通信をしています。相手の電源が入っていれば、その携帯端末が何処にあるか、電話会社には分かるんです。紛失した携帯を捜すサービスなどは、その情報を提供している訳です」

「電源が入っていなければ、それは使えないんですか？」

慎一の言葉に、平賀が頷く。

「そうです」

「ではどうすればいいんです？　警察ですか？」

「凶悪犯罪捜査なら、警察が動いてくれる可能性はあります。でも、それでは間に合わないと思います」

平賀はパソコンの前に座り、シン博士を呼び出した。

シン博士の迷惑そうな顔がモニタに映る。

「ロベルト、貴方《あなた》の魔法を使います」

平賀はポケットの中のメモを握りしめた。

＊　＊　＊

ロベルトは、暗い井戸の淵《ふち》から引き上げられたかのように、はっと目が覚めた。

ぼやけた視界の中にまず見えたのは、ごつごつとした岩肌であった。

岩壁の窪《くぼ》みに置かれた燭台《しょくだい》の炎がいくつも揺れている。

身体の自由がきかない。

女性のすすり泣く微《かす》かな声が聞こえてきた。

ロベルトは頭を振って意識を奮い立たせると、自分が置かれた状況を確認した。

そこは岩肌が四方を囲む部屋のような場所であった。

数台の木のベッドが置かれているのが分かった。

朽ちた包帯や、半分壊れた松葉杖《まつばづえ》などが、部屋の隅に置かれている。

ロベルトは、荒縄で両手足をベッドに縛りつけられ、横たわっていた。

聞こえてくるすすり泣きの声の方に目をやると、四つばかり向こうのベッドに、同じようにくくりつけられている女性の姿が見えた。

結子であった。

「結子さん、大丈夫ですか！」

ロベルトは大きな声で結子の名を何度か呼んだ。

結子はロベルトを振り返ったが、その顔は恐怖に怯《おび》え、言葉も出ない様子であった。

事情を聞き、何か言葉をかけたいが、日本語でなんといっていいか分からない。

それに一体、ここは何処なのか……。

ロベルトはなんとか手足の縄を緩めようともがいたが、縄はきつく縛られていて微動だにしない。

やがてどこからか、鼻を突く油の異臭が漂ってきた。

無理に首を捻《ひね》って辺りを見回すと、頭上のパイプフレームから一メートルばかり先に、大鍋《おおなべ》が竈《かまど》にかかっているのが視界に入った。

鍋の縁からは黄色みがかった水泡が爆《は》ぜて飛び出している。

竈の火は怪物の舌のようにちらつき、グツグツと液体が沸騰する音が響いていた。

鍋の中では大風子油が煮え滾《たぎ》っているのだろう。

温めた大風子油を体に擦り込む。それが昔、ハンセン病患者に対して行われた治療法であった。

ベッドといい、包帯や松葉杖があることといい、おそらくここは実際にハンセン病の治療を行った病棟に違いない。岩壁の様子からすると、洞穴か地下なのだろう。

大声を出しても恐らくは無駄だ。自力で縄を解《ほど》くしかない。

ロベルトは渾身《こんしん》の力であがいた。ガタガタとベッドは揺れたが、かなり頑丈な作りらしく、壊れる気配もなかった。

＊　＊　＊

平賀はロベルトが事件に巻き込まれ、命の危機にあるとシン博士に訴えていた。

『でしたら早く警察に行くべきです』

シン博士は頑として主張した。

「分かっています。でも、事態は一刻を争うのです。

ロベルトの携帯の電源も切れています。普通の方法では彼を捜せません。でも、携帯の位置情報の履歴はサーバーに残っている筈《はず》です。それを調べれば」

『ですからそれを警察に』

「それでは間に合いません。貴方にお願いするしかないんです！」

『あっ、貴方、まさか私に違法行為をしろとでも言ってるんじゃないでしょうね。私を何だと思っているんですか。そもそも、職務外の事を言われても困ります』

「でも、貴方と私達は友人ですよね！」

平賀が叫んだ瞬間、怒った顔で通話を切ろうとしていたシン博士の手が、ピタリと止まった。

『は？』

シン博士は目を丸くした。

「博士、博士の犬は元気ですか？」

平賀は食い付くような勢いで言った。

『は？　な、何故、今それを言うんですか……？』

シン博士はドキリとした顔になった。

「元気ですかと聞いているんです」

『げ、元気ですよ』

「犬は貴方の家族ですか？」

『ええ……。それが何か……』

「ロベルトが言ってたんです。あの犬をバチカンに搬送するには、随分苦労したって。今だから言えますが、少しばかり超法規的な行いもしたし、危ない橋も渡ったそうです。それもこれも、貴方に対する友情の為にしたことだったと、ロベルトは……」

平賀はそこまで言うと息を詰まらせた。

ロベルトが書いてくれたメモには、もっと流暢《りゅうちょう》な言葉が書かれていて、恐らくロベルトなら、上手にシン博士と駆け引きをし、彼を説得できるだろうと思われた。

でも、どうやら自分にはできそうもなかった。

目は懸命に字面を追おうとしているのに、頭がついていかない。口が動かない。息は苦しいし、目の焦点もうまくあわなくなってきた。

視界が変な感じがした。


『……平賀神父？』

無言になった平賀の様子を、シン博士はモニタの向こうから見ていた。

平賀の瞳《ひとみ》が潤み、涙が一粒、頰を流れるのを見て、シンはそっと通話を切った。

シンは困惑していた。

ロベルトの携帯の位置情報履歴を調べる方法が分からないせいではない。それをよくよく知っていたからだ。

何を隠そう、シン博士はローマ警察と協力し、平賀の携帯の通話履歴から位置履歴まで、洗いざらい調べた事がある。その後も一年あまり、平賀神父の身辺に異常がないか、テロリストであるローレン・ディルーカと交流がないか、継続的に情報検索を行い、見張り続けていたのだ。

携帯電話は個人情報の塊であるだけでなく、移動記録のマーカーでもある。

本人と共に移動する携帯端末は、今どこにいるかという位置登録情報を数分ごとに最寄基地局に通知し続けている。

最新のGPS携帯には、より正確な位置情報に加え、利用者の氏名、付近のネットワークの信号強度、ネットの閲覧履歴などを定期的に取得・蓄積し、自動的にサーバーへ送信する機能が予《あらかじ》め組み込まれた物も多い。

奇跡調査官達に支給される携帯も、そのタイプであった。

個人データのバックアップはしていないと（表向きに）主張する電話会社もあるが、平均して六十日分、多くて数年分のデータがサーバーに保管されるのが一般的だ。

勿論《もちろん》、データの濫用は許されないと、法律には銘記されている。サーバーのデータは厳重なセキュリティに守られている。

凶悪犯罪に巻き込まれたり、携帯所持者の反社会活動が明らかになった場合にのみ、裁判所命令をもって警察へ情報開示が行われる仕組みである。

だが、正式な手続きを踏めば、裁判所命令が出るまでに時間がかかることも、シンは知っていた。

シンはごくりと唾《つば》を呑《の》んだ。

問題は、できるかできないか、ではない。

するか、しないかだ。

6

ガタガタとベッドを揺らし、ロベルトは藻掻《もが》いていた。

「ようやく、目覚めたか」

声のする方を振り返ると、小さな木戸から人影が入ってくるのが視界に入る。

燭台《しょくだい》の灯に照らされ、その人物の姿が浮かび上がった。

白髪交じりの髪に上背の高いシルエット。フランスに行った筈のジェラール司祭だ。

ジェラールの手には『鉛のスプリンクラー』が握られていた。

その背後には、北見、南条、安東神父が影のように寄り添っている。

「ジェラール司祭、何をする気ですか！」

ロベルトは叫んだ。

「何をする、とは心外な。法王陛下の、バチカンの財宝を、この地の異教徒たちから取り戻す。それが私の使命だ」

ジェラールは無表情に近づいてきた。

「財宝だって？」

「そうとも。かつてバチカンが危機に瀕《ひん》し、財政難に陥った時、それを見事に再建させた隠れキリシタンの財宝が、この地にはあるのだ。イエズス会は最後の財宝をバチカンに届ける前に、日本から追放されてしまった。バチカンが再び財政的危機に瀕している今こそ、中世の財宝を掘り起こす必要があるのだ」

「馬鹿なことを。それで芙頭さんを殺したというのか？」

「初めから殺そうとは思っていなかったのだよ。あの家は財宝の在処《ありか》を知っている筈だ。大人しくそれを渡せば良かったんだ。だが、あの男は頑《かたく》なにそれを拒否した。忌まわしいほど口の堅い男だった。だから、神聖なる拷問をするしかなかったのだ。

奴らはどうやら、自分の命のことは大事に思っていないらしい。あの男の息子を連れて来ても同じ事になるだろう。そこで、その婚約者を連れて来た訳だ」

「結子さんに何をする気だ！」

「取引だよ。信仰か恋人か、奴の息子はどちらを取るだろうね。じわじわと女をいたぶる姿を送りつければ、どこかの時点で、財宝を渡すと言ってくるのではないかな？

大いに楽しんでやるつもりだったのに、思わぬ邪魔が入ったものだ。ロベルト神父、秘密を知った以上、貴方《あなた》のことも処理せねばな」

そう言うと、ジェラールは忌ま忌ましい『鉛のスプリンクラー』を、鍋《なべ》の中で煮え立っている大風子油につけた。

じゅわじゅわと異様な音がする。

そうして次にロベルトの視界に入ってきたジェラール神父は、湯気が立ち上がり、ぽたぽたと油の滴る器具を、楽しげに見つめていた。

「さてと……。どちらを先にしようかね。まずは女の足首辺りからいこうか。それとも、ロベルト神父、貴方の方が先がいいかね？」

にやついた顔のジェラールが近づいてくる。

ぽたりぽたりと、スプリンクラーから油が滴る度、落ちた石畳から、じゅうという音と湯気が吹き上がった。

そうしてロベルトの耳元にジェラールは囁《ささや》いた。

「法王猊下《げいか》の僕《しもべ》たる私達は、志を一つにすべきだ。私の配下に下るなら、助けてやらんこともない」

そういうとジェラールは踵《きびす》を返し、結子の方へと近づいていった。

「やはり娘の方からにしようか……」

結子が涙に潤んだ瞳で、絹糸のような悲鳴を上げた。

「待て！　結子さんを傷つけるのは止めろ！　その人は関係ないだろう！」

「それなら、お前が先に罰を受けろ！」

ジェラールがスプリンクラーを振り上げた。

次の瞬間、ロベルトの足元に高熱の油が降り注いだ。

ベッドが焦げ、神父服が煙をあげる。

熱い、とロベルトは咄嗟《とっさ》に感じたが、痛みはなかった。

恐怖でガタガタと奥歯が鳴る音が、ロベルトの頭蓋《ずがい》に響いた。

「おや、外したか。悪運の強い男だ」

ジェラールはにやりと笑い、再び鍋の方へ歩き出した。

ロベルトは恐怖を振り払い、平静を装って、その後ろ姿に声をかけた。

「ジェラール司祭、それより僕と取引しましょう。財宝の在処なら、僕が知っている」

「何だと……？　出任せじゃないだろうな」

ジェラールはゆっくりと振り返った。

「ああ、本当だ」

ロベルトは言い切った。

実際のところは確証などないのだが、大凡《おおよそ》の目星ぐらいはついている。ジェラールが乗ってくれれば、次の一手を考える時間が生まれるだろう。

ジェラールは猜疑心《さいぎしん》の強い目つきでロベルトの顔をじっと見た。

自分の態度が自信ありげに見えれば良いが、とロベルトは心で念じた。

「それが本当なら、今すぐ場所を教えろ」

ジェラールは凄《すご》んだ。

「説明は難しいんだ。だから僕が直接、案内する。僕を神島へ連れて行ってくれ」

「ふむ……いいだろう。で、取引というのは何だ？　命乞《いのちご》いかね？」

「いや。結子さんを解放してもらいたい」

ジェラールはフッと笑った。

「それは財宝を頂いてからの話だ。女は人質としてここに監禁しておく。もしお前が嘘を吐いたり逃げたりしたら、この女もお前も終わりだ。いいか?」

「いいとも。分かった」

ジェラールは三神父を振り返って命じた。

「安東はここで娘を見張れ。北見と南条は私と一緒に来い」

そう言われると、三人はまるで敬礼のような仕種《しぐさ》をジェラールに返した。


ロベルトは後ろ手に強く縛られたまま、猿ぐつわをかけられ、引っ立てられるようにして部屋を出た。

狭い洞穴の中を暫《しばら》く歩き、表へ出る。外気は室内よりも五度ほど高く感じられた。

辺りはすっかり夜で、大きな月が出ている。

結子の居場所を確認する為振り向くと、山裾《やますそ》に開いた岩屋の入り口が見えた。

近くの地面には大岩がいくつも転がっており、北見神父がその一つを開いた洞穴の入り口にはめ込むと、その奥に岩屋があることは外からほとんど判別できない。

隠れ家としてよく出来ていると、ロベルトは舌を巻いた。

その時、ふとロベルトの目に留まったのは、岩屋の入り口付近に刻まれた落書きのような印だ。

　への下に十字、その下に〇である。

　サンタマリア館で見た徳利《とっくり》にも同じ紋があったことを、ロベルトは思い出した。十字架を無意味な模様に見えるようカモフラージュした、隠れキリシタンの紋だ。

「何を立ち止まってる、歩け！」

　ジェラールの怒号が飛んだ。

　南条神父が縄を強く引き、ロベルトの背にナイフの刃を突きつけた。

　それからバサリと頭から布をかけられた。

　視界も閉ざされ、縄を引かれるまま、ロベルトは歩いた。

　足の裏の感触と、枝や葉ずれの音から、森の中を歩いていることだけは分かる。

　二十分ほど歩いた頃、乱暴に布がはぎ取られた。

　見ると目の前は緩やかな崖《がけ》で、その下の海に小舟が浮かんでいる。

「降りろ」

　ジェラールの声がした方を反射的に振り返り、ロベルトは驚愕《きょうがく》した。

　夜とはいえ月夜である為、付近の物の輪郭はかろうじて判別できるというのに、間近にいる筈《はず》のジェラールの顔や姿が全く見えなかったからだ。

　いや、よくよく見れば、人の形をした漆黒の濃い闇が、ぽっかりと目の前に開いている感じがする。

目の錯覚なのか何なのか、闇の中に忽然《こつぜん》と開いた洞窟《どうくつ》でも見ているかのようだ。

さらに驚くべきことに、左右を見回すと、ランプを持った手だけが二つ、ロベルトの胸の辺りに浮かんでいた。

そしてその「手」が一つ、ふわふわと崖を下っていったかと思うと、小舟の中にランプの明かりが見えたのである。

それからランプの側に忽然と、南条神父の顔だけが現れた。

「さっさと歩くんだ」

ロベルトの背後で北見神父の声がした。

ロベルトは自由の利かない身体で崖から足を滑らせないよう、慎重に歩いた。

すぐ近くで衣擦《きぬず》れの音がし、南条神父が間近にいる気配を感じる。

それなのにロベルトの目には、彼の姿がまるで見えない。

彼が黒いマントか何かを着ているらしいことは推測できた。だが、普通のマントでない事は明らかだ。

皺《しわ》も、体の立体感も分からないくらいに黒く、闇に溶け込んでいる。

ロビンソンが見たという油すましの正体は、この特殊なマントを着け、隠れ家に出入りしていた神父達だったのだ。彼らはこうした姿で、財宝探しなどの隠密行動をしていたのだろう。

船に着くと、再びロベルトは頭から布を被《かぶ》せられた。

恐らく自分の姿も見えなくなったのだろう、とロベルトは思った。

エンジン音と共に船が動き出す。

神島までは三十分ほどかかる筈だ。

それまでに、暗号を解く準備をしておく必要がある。

ロベルトは己の思考に集中した。


神島に到着すると、ロベルトの頭上からマントが剥《は》ぎ取られ、猿ぐつわを外される。

そうして島に降りた一行は、ロベルトを先頭に歩き始めた。

ロベルトが最初に向かう先は決まっていた。平賀と共に見た、人影の消えた場所である。

集中力を振り絞り、彼はその時の映像を回想した。

平賀と歩いた道順、その時周りに生えていた木々の形を思い浮かべ、時折立ち止まっては、辺りをよく照らすよう、ジェラール達に告げる。

同じような緑の木々の中から、記憶に合致した光景を探そうと、ロベルトは必死であった。

「まだか？」

ジェラールが焦った口調で言う。

「そう遠くないはずだ。もう少し西へ」

一行は早い足並みで移動した。

山の頂上近くの獣道が見えて来ると、ロベルトは人影が消えた周囲にあった大きなアコウの木を見つけた。

「そこを、よく見せてほしい」

そう言うと、ジェラール達は木の周辺を隈《くま》なく照らし始めた。

その時、ロベルトの目に隠れキリシタンの紋が飛び込んできた。

潰《つぶ》れて消えかけてはいるが、への字とその下の○が辛うじて読める。

「そこだ。そこに入り口があるはずだ」

ロベルトが言うと、ジェラール達は木の周辺の草むらをかき分け始めた。

「ありました」

北見神父の声がした。

繁った草むらの木の陰になった場所に、人一人が入れそうな小さな穴が開いている。

一同は身を屈《かが》め、ロベルトを先頭に、小さな穴の中へ入っていった。

洞窟の中はどこかから空気が流れ込んでくるようで、風通しが良く、ひんやりとしていた。

S字にくねった道を這《は》うようにして二十メートルほど進むと、下り坂となり、少し広い場所に出た。

目の前には三つに分かれた道がある。

「さあ、どの道だ？」

ジェラールはそう言いながら、懐中電灯でそれぞれの道の入り口を、くまなく照らし始めた。

それぞれの穴の上部には、奇妙な絵が彫り込まれている。

右側は、蛇の誘惑。

中央は、十字架のイエス。

左側は、太陽に祈る人。

まるで意味が分からない。

「少し考えさせてくれ」

思わず言ったロベルトを、ジェラールが射殺《いころ》さんばかりの目で睨《にら》み付けた。

ロベルトは目を閉じ、考えを整理しようと努めた。

彼は、天草四郎の暗号を用いて謎を解くつもりであった。

まず一文字目の「さんしゃる」は、聖しゃる、すなわち聖人シルこと、シルウェステル一世を示していると思われた。

シルウェステル一世は、ハンセン病にかかったコンスタンティヌス大帝に洗礼を施して全快させた功績により、大帝から財産を寄進され、ローマの国教にキリスト教を導いてラテラノ大聖堂を建立したとされる、伝説の法王だ。その奇跡の治癒の力で死んだ雄牛を生き返らせたり、竜の毒を吐く息を封じたという伝説もある。

すなわち、病気治療に関する聖人だ。

神島に最初のコンフラリアがあったという紗良の証言とも矛盾がない事から、神島の隠れ家に祀《まつ》られているのは聖シルだと、ロベルトは予測していた。

そこで、シルウェステル一世に関連するエピソード、あるいは聖人の日（十二月三十一日）、在位期間（三一四年から三三五年）などのヒントを辿《たど》れば良いと考えていたのだ。

それがまさかこんな絵に出くわすとは、予想外である。

その絵は写実性とはほど遠く、どちらかといえばタロットカードを連想させるような、意味ありげな象徴性を感じさせた。

ロベルトはまず右端の絵に注目した。

聖書にもある、有名な蛇の誘惑の場面である。

アダムとイヴと、イヴを誘惑する蛇とが書かれている。

その時、ロベルトの頭に閃《ひらめ》いたのは、中世のイエズス会が多用していたルルスの円盤のことであった。

アダム、イヴ、背後の木に潜んだ蛇という三つの組み合わせを見れば、誰もがそれを「蛇の誘惑」のシーンだと理解できる。

だが、あえてその絵のパーツに注目すればどうだろう。

暗号を逆に解くような感覚で、絵からアルファベットを抽出するのだ。

すると、Adamus（アダム）、Eva（イヴ）、Anguis（蛇）。もしくはHomo（男）、Mulier（女）、Anguis（蛇）という文字列ができる。

その時ロベルトは、イエズス会に神聖なる文字列「Silvester（シルウェステル）」の九文字を刻んだルルス盤が存在したという噂を思い出した。

イエズス会は世界布教の際、高等教育、文化事業、病気治療の三点を強く推進したことで知られるが、とりわけ布教が難しい国への布教の足掛かりとなったのは、病気治療である。

そこで病気治療の聖人「Silvester」のルルス盤が神聖視されたのだろう。

もっともSilvesterのルルス盤の原版は存在せず、絵やメモ書きすら残っていない。誰もそれを見たことはないが、他の多くのルルス盤の作りから考えれば、一番内側の円にあるのは、Silvesterの九文字である筈だ。

暗号というものは、伝えたい言葉の意味を暗号化によって隠しているにも拘《かか》わらず、仲間内では情報が共有される必要がある。全く読めない暗号では意味がない。

その点から考えれば、Silvester盤も特殊なものというより、イエズス会で一般的に用いられていた構造と同じであってもおかしくない。

モンセラートのベネディクト会修道院、イグナチオ・デ・ロヨラ、イエズス会、日本のキリシタンが同じ系譜に繋《つな》がっている以上、同じ器械を使っていた可能性は高いのではないだろうか。

だとすれば、一番内側の円はSilvesterの九文字。中央の円はSilvesterの九文字が二度繰り返され、間に繋ぎの一文字Tが追加された十九文字。一番外側はSilvesterの九文字が三度繰り返され、繋ぎの部分にTが二文字追加された二十九文字だ。

ロベルトは頭の中でルルス盤を思い浮かべ、中央の円を二回転させた。すなわち「さんしゃる二」である。すると盤上の十二時の方向に並んだ文字はSREとなった。

そしてコンタロスというのは、勘定や口座を意味するポルトガル語だ。その語源はラテン語のcomputare（計算する）に由来する。ロベルトは﨑津教会で見た手記にcontas（数える）という表記があったことを思い出した。

そこから五番目の文字を数えていくと、文字列は、SSLとなる。

SSL……。S（Sol 太陽）、S（Sanctum 聖なる）、L（Laudo 讃《たた》える）。

見事に意味が合致する。

「恐らく左の道だ」

ロベルトが選んだのは、勾配《こうばい》のきつい坂道であった。

一行が暫《しばら》く進むと、今度は道が五つに分かれた。

それぞれの道には五つの絵が描かれている。

ロベルトは再び頭の中のルルス盤を二回転させた。現れた文字列はSRVで、そこから五番目の文字はSVRだ。

ずらりと並んだ絵を眺めると、血を流し十字架を背負って歩くキリストと、復活のキリストの絵があった。

S（Sanguis 血）、V（Vado 歩く）、R（Resurrectio 復活）。

これが暗号だ。

その道の先を行くと、両側にびっしりと墓が並ぶ空間に出た。

十字架の形をしたもの、石に十字架を刻んだだけのもの、マリアの姿を模した墓石などもある。

墓の前には、小さな十字架やメダイが置かれている。きっと生前に死者が大切にしていたものなのだろう。

中には東インド会社が発行したと思われる年代ものの金貨や、スペイン、ポルトガルの金貨を八枚並べて十字架を形作っているものもあった。古美術商が見れば垂涎《すいぜん》ものだろう。

ジェラールと神父達は歓喜の声をあげ、マントを大きく払いのけて辺りを見回していた。

道はまた三つに分かれていた。

ロベルトはルルス盤に従って、S（Scindo 泣く）、R（Reliquiae 遺物）、L（Luna 月）が組み合わさった絵を選んだ。これは少し奇妙な図柄だ。だが、他に妥当な選択肢がない。

少し不安になりながら、奥へと進む。

また四つに道が分かれた。暗号の文字列はＳＩＥ。

四つの絵の中に、雲の上に浮かぶ教会と十二の門の絵がある。

Ｓ（Supernus 天上の）、Ｉ（Immortalitas 不滅の）、Ｅ（Ecclesia 教会）だ。間違いない。

ここは確かに、手掛かりなく入り込めば酷《ひど》く厄介な迷路だろう。だが、暗号さえ分かっていれば迷うことはない。

次の暗号は、ＳＥＳだ。

ロベルトは、Ｓ（Scriptura 聖書）、Ｅ（Ecclesia 教会）、Ｓ（Serpyllum ジャコウ草）を意味する絵を選んだ。

それが最後の暗号であった。

突然、四人の行く手に岩壁が立ちふさがったのだ。

「くそっ、行き止まりだ！」

ジェラールは地団駄を踏み、ロベルトに摑《つか》み掛かった。

だがロベルトは、自分の解読に誤りはないと感じていた。

「きっとここがゴールです。どこかに隠し扉があるでしょう」

それを聞くと、ジェラール達は明かりを翳《かざ》し、辺りをくまなく調べ始めた。

よく見ると、岩と岩の間に僅《わず》かな隙間があるようだ。

その辺りを押したり引いたりするうちに、スイッチらしき場所に偶然触れたのだろう。

突如、異音と共に岩の塊がせり出して来た。隠し扉だ。

岩の扉を横にスライドさせて開くと、忽然《こつぜん》と、目の前にドーム状の空間が開いた。

壁にかかった松明《たいまつ》に神父達が火を灯《とも》す。

すると、床から壁から天井に至るまで目に映る全てを覆う白磁のタイルが、松明の光を反射して柔らかな光を放ち始めた。

静粛で美しいその部屋の奥の壁には石造りの祭壇が設けられ、金銀螺鈿《らでん》の見事な装飾が施された黄金色の箱が、あたかも伝説の聖櫃《アーク》のように鎮座している。その蓋《ふた》の部分にかかる大きな錠前までが黄金製であった。

「遂に見つけたぞ！　バチカンの危機を救う財宝だ！」

ジェラールは大声で叫び、櫃に駆け寄った。

「北見、南条、こいつを運び出すぞ」

「はい、司祭様」

北見神父は櫃に駆け寄った。

南条神父はロベルトの身体を拘束しているロープを掲げながら、司祭に訊《たず》ねた。

「この者は如何《いかが》しましょう」

するとジェラールはニヤニヤ笑いを浮かべ、ロベルトを振り返った。

「ロベルト神父、案内、実にご苦労だったね。もう君には用が無いが、その健闘を称《たた》え、特別に選択肢をあげよう。

このままここでくたばるか、私の配下となるか。二つに一つだ、選ぶがいい」

ジェラールはマントの下から短剣を取り出し、ロベルトの喉《のど》に突きつけた。

南条もナイフをキラリと閃《ひらめ》かせた。

ロベルトは答えに詰まり、重い沈黙の時間が流れた。

その時だ。

「ロベルト神父！」

よく通る声が辺りに木霊《こだま》した。平賀の声だ。

「ご無事ですか、ロベルト神父！」

今度は四郎少年の声であった。

続いて幾重もの男の声、大勢の足音が近づいて来る。二、三十人はいるようだ。

旗色が悪いと勘づいたジェラールは、ロベルトを思い切り突き飛ばした。バランスを崩したロベルトが床に倒れ込む。

「行くぞ、運ぶのを手伝え！」

ジェラールは聖櫃に駆け寄り、頭からマントのフードを被《かぶ》った。

純白の部屋で見る神父達のマント姿は、まるでそこだけ平面の影絵が動いているかのような有様だ。

影絵が三体、聖櫃の側に集まったかと思うと、櫃がぷかりと宙に浮いて動き出す。

「ロベルト！」

部屋に駆け込んで来た平賀と四郎少年だったが、部屋の異様な光景に一瞬、たじろいだ。

「あっ、櫃が！」

四郎少年が神父達に駆け寄っていく。

「ナイフに気をつけろ！　そいつら、ナイフを持っているぞ！」

ロベルトが叫んだ。

神父達は凄《すさ》まじい勢いで入り口にいる人々を突き飛ばしながら走り、その姿はたちまち闇の中へ溶け込んだ。

四郎少年と村の人々がそれを追って走り出す。

平賀はロベルトの側に跪《ひざまず》き、アーミーナイフでロベルトの縄を切り始めた。

「ご無事で良かった……。間に合わないかと心配しました」

「それより平賀、結子さんが囚《とら》われてるんだ」

焦って言ったロベルトを、平賀はじろりと見た。

「彼女は無事です。今頃恋人と一緒に、吉岡さんの元へ向かってますよ」

「それなら良かった。それにしても君、よくあの隠れ家が分かったね」

「シン博士がロベルトの携帯から場所を特定して下さり、四郎さんが隠れ家の場所を教えて下さったんです」

「そうか。結子さんの側には、神父がいただろう。彼はどうした？」

「安東神父ですね……」

平賀は隠れ家に突入した時のことを思い返した。

四郎少年と慎一、平賀が部屋に駆け込むと、ベッドに縛られた結子の足元で、安東神父は項垂《うなだ》れていた。そして平賀達の姿を見ると、ほっとした顔をしたのだった。

「彼の様子はなんだか奇妙でした。私の質問にも素直に応じてくれ、ロベルトとジェラール司祭達が神島にいると教えてくれたんです。警察に突き出すと言うと、罪を認めて従うとも言っていました。

それから四郎さんが村人達を集め、私をここまで案内して下さったんです」

「そうか……。平賀、助けに来てくれて有り難う」

ロベルトはしみじみと言った。

「私じゃなく、皆が貴方《あなた》を助けてくれたんです。これに懲りたら無茶はやめて、ご自分が助かったことを神に感謝して下さいね」

平賀は少し怒った口調で言いながら、ナイフを動かした。

ロベルトを拘束していた縄がほどけ、ほっと一息吐いた時、四郎少年達が部屋へ戻ってきた。

「奴らを見失いました。暗い洞窟《どうくつ》の中では全く姿が見えなくて……。部屋の中でも影絵みたいに見えましたし、あれは何だったんでしょうか」

四郎少年は怪訝《けげん》そうに呟《つぶや》いた。

「あれはベンタブラックです。最大九十九・九六五パーセントの可視光を吸収する、地球上最も黒いといわれる光吸収材料ですよ。

通常私達は物に当たった光の反射を目で捉《とら》えますが、ベンタブラックに光が当たると、光を反射せず捉え、カーボンナノチューブ内を何度も屈折させることで、最終的には熱エネルギーになるのです。

イギリス軍がベンタブラックの不織布を開発し、軍事利用が期待されていると聞いたことがあります。一般には流通していないはずですが」

平賀は淡々と答えた。

「そんな不思議な物があるのですね」

四郎は少年らしい、好奇心に満ちた瞳《ひとみ》で呟いた。

「平賀、悪いが通訳してくれないか。みすみす彼らの財宝を奪われて済まなかったと、芙頭さん達に伝えてくれ」

平賀が頷《うなず》き、通訳に立つ。

ロベルトの言葉に加え、あの財宝は何だったのかと四郎少年に訊ねた。

四郎少年は複雑な顔をした。

「あれは芙頭家が代々守ってきた、聖シルの聖櫃と呼ばれていた物です。この部屋は隠れキリシタンの祈りの場所で、あの聖櫃は僕達にとって大切な宝でした」

「聖櫃には何が入っていたんですか？」

平賀は素直に訊ねた。

「聖シルの遺物と呼ばれるいくつかの壺《つぼ》です。僕は一度中を見ましたが、中は空でした」

「空の壺ですか？」

平賀は目を瞬かせた。

「はい。恐らく昔は何かが入っていたのだと思いますが……」

平賀が四郎少年の言葉をロベルトに伝えると、ロベルトは微《かす》かに笑った。

「その壺の中には、干からびた果物の皮のようなものとか、黒ずんだ炭のようなものが入っていなかったか、訊ねてくれないか？」

平賀がロベルトの言葉を伝えると、四郎少年は驚いた。

「何故それをご存知なんですか？　確かに壺の底に張り付くように、そんな物が入っていました。手は触れてはいけないと言われ、ハッキリとは見ていませんが」

ロベルトはそれを聞き、じっくりと頷いた。

「触れなくて良かったんだ。それは人痘だ。それこそ、聖シルの遺物だったんだよ」

「人痘といいますと、天然痘にかかった人間のかさぶたですよね？」

平賀は思わず問い返した。

「そうさ。免疫のない人への感染率はほぼ百パーセント、致死率は高く、治癒しても瘢痕《はんこん》を残す——有史以来、悪魔の病気と恐れられた天然痘の治療薬だよ。

病気治療に関する聖人シルの名にふさわしい聖遺物だと思わないかい？」

「成る程……確かにその可能性は大きいです。

ただ、一七九六年のエドワード・ジェンナーによる牛痘種痘法の発明と、その後の改良型天然痘ワクチンの開発によって、天然痘は一九八〇年に根絶宣言されていますので、今後は人痘を使う場面もなさそうです。ジェラール司祭達も櫃《ひつ》の中身を見たらガッカリなさるかも知れませんね」

平賀が淡々と言ったので、ロベルトは思わず噴き出した。

「だろうね」

「人痘といえば、四世紀頃から天然痘の流行が始まった西アジアや中国では、かなり古い時代から、天然痘患者の膿《うみ》や瘡蓋《かさぶた》を健康人に接種して軽度の天然痘を起こさせ、免疫を作らせるという人痘法が行われていたと聞いたことがあります。

でも、人痘治療法が中国から日本へ伝わった痕跡《こんせき》はありません。

天然痘は、古くは遣唐使を通じて侵入して大流行しましたし、聖武《しょうむ》天皇が東大寺《とうだいじ》大仏を建立した背景にも悪疫の流行があったといわれます。独眼竜《どくがんりゅう》の異名で知られる戦国大名伊達《だ》政宗《てまさむね》や、四谷《よつや》怪談のお岩《いわ》さんの失明の原因も天然痘でした。

十六世紀に来日した宣教師ルイス・フロイスは、ヨーロッパに比して日本に全盲者が多いことを指摘し、後天的な失明者の大部分は天然痘によるものであることを示唆しています。当時の日本には、まだ適切な治療法がなかったという事です。

でも、この天草には宣教師が人痘を伝えていたのですね」

「そうだね。東方進出を果たしたイエズス会士の中には医師が多く、西アジアや中国から様々な知識を吸収していた。中国で広く行われていた人痘種痘法を知らなかった訳がない。

中世の教会が行ったことは、魔女狩りにしても、科学者への弾圧にしても、その目的は知識狩りだ。未知の知識を教会が独占することによって、教会の優位性を保とうとした。

病気治癒などの知識は特にそうだ。

宣教師達は間違いなく自らにその治療を施しただろうし、それだからこそ、世界中に進出しても、天然痘に感染する心配をすることがなかったんだ」

「ええ」と、平賀が相槌《あいづち》を打つ。

ロベルトは顔を顰《しか》めて話を続けた。

「君も知っているように、スペインのコルテスがアステカ帝国を軍事的に征服した勝因も、天然痘だった。ピサロがインカ帝国の征服に成功したのも、天然痘のおかげだ。ピサロは、王族達が次々と天然痘にかかって後継者争いをしているのに付け込んで、インカ帝国を手中に収めたんだ。

コロンブスの上陸以降、白人の植民とともに天然痘はアメリカに侵入し、先住民に激甚な被害をもたらした。白人だけでなく、奴隷として移入されたアフリカ黒人も感染源となったんだ。

当時の入植者の多くは天然痘からの生還者か、種痘を受けた人々で、天然痘に免疫を持っていた。だが牛馬の家畜を持たなかった先住民達は免疫を持たず、全く抵抗力がなかった為に、その死亡率が九割あるいは全滅した部族もあった。

さらに北アメリカでは、イギリス軍によって故意に天然痘がインディオに広められた記録もある。彼らは親切を装って、天然痘ウイルスをすり込んだ毛布をインディオ達に支給し、民族の殲滅《せんめつ》を図ったんだ。人類史上最も劇的な戦果をあげた生物兵器だよ。

コルテスもアステカで、天然痘患者の使った毛布をせっせと配ったとされている」

「意図的に虐殺を起こしただなんて、あまりに酷《ひど》い話です」

平賀は顔を曇らせた。

「免疫を持たない者からすれば、免疫を持つ者が何故病気にかからないかが分からない。アメリカ大陸で宣教師達は、インディオを使役する権利と引き替えに、彼らを保護してカソリックに改宗させることを義務づけるエンコミエンダ制を導入している。これなんて、医療知識を元に行われた詐欺行為だよ。

しかもだ。疫病は精神的、肉体的苦難をもたらすだけじゃない。疫病に見舞われた社会は、宗教的な動揺をも経験する。改宗させるにも絶好のチャンスという訳さ。

普通なら天然痘の流行している地になど、誰も足を踏み入れたくはないだろう。だけど宣教師達は迷わず布教を進めていった。

それが純粋な信仰の志に基づくものといえるだろうか？　病気を恐れる必要のない秘密が、彼らにあったなら……」

「ですがロベルト、その一方で、献身的に人々に尽くした宣教師の方々もいらっしゃった筈《はず》です。ここにあった聖シルの人痘も、どれほど大勢の命を救ったでしょうか。

私は信じたいです。侵略や利益が目的なだけでなく、ガルニエ神父やアルメイダ司祭のような方々も大勢いた筈だと」

平賀の言葉に、ロベルトは「そうだね」と深く頷いた。

「いつだって悪人はいるけれど、善人だっているんだ」

平賀はロベルトの目をまっすぐに見て、「はい」と微笑んだ。

7

二人が話し込んでいる間に、四郎少年達は祭壇の近くに集まっていた。そして互いにひそひそ話をしたり、首を傾げたり、しあっている。

「様子が変ですね。行ってみましょう」

平賀とロベルトも四郎達の側に駆け寄った。

「神父様がた、これを見て下さい」

四郎少年は聖櫃が奪われた後の祭壇を指さした。

岩の一部に凹《へこ》みがあり、そこにパズルのような器械が置かれている。

「岩で出来た蓋《ふた》があったので、開けてみるとこんな器械が……。ちょうど真上に聖櫃が置かれてあったので、誰も気付かなかったんです」

「ロベルト、これが何か分かりますか？」

平賀が言った。

その器械は一見すると、石で出来た碁盤のようだった。約二十五センチ四方の正方形の枠の中に、縦十一個、横十一個の立方体の石が並んでいる。

石の表面には、それぞれアルファベットと数字が彫られているが、縦に読んでも横に読んでも、意味を全くなしていない。

碁盤の枠の外には、上下左右に二十二本の鉄のハンドルがついている。

「ふむ。まるで『ガリヴァー旅行記』のザ・エンジンだ。触ってもいいかな」

ロベルトは四郎少年の了解を取り、試しに枠の右横にある一番上の取っ手を回した。

すると最上列の横一列の石が回転し、裏側にあった文字が表に出てきた。

どうやらサイコロ状の石の六面それぞれに違う文字や数字が刻まれているようだ。

そして、横のハンドルを回しながら、縦の左端のハンドルを固定しておけば、横一列が回転する際、左端の石だけが回転しない。

その法則を念頭にハンドルを回し、意味のある文字列を作れば良いのだろう。

ロベルトは全ての石の六面それぞれに書かれた文字を書き出し、その組み合わせによって出来る単語を思い描いた。

最初に試すのは、勿論《もちろん》、「st Silvester」だ。

苦労しながらその文字列を出現させたが、何も起こらなかった。

キリスト、教会、十二月三十一日、十二の門……。様々な文字の組み合わせの中から、作成可能な文字列を選び、ハンドルを回してみる。

狙った文字列を出現させることは出来たが、いずれも何も起こらない。

器用な手つきで、次々と文字盤に単語を並べていくロベルトを、四郎少年達は目を丸くし、感嘆の溜息《ためいき》を吐きながら見守っている。

ロベルトは小さく唸《うな》って腕組みをした。

もうこれ以上、思い付く単語がないと思った時、彼の頭に、ふと閃《ひらめ》きが走った。

ここへ来るまでに見た暗号の中に、少し奇妙なものがあったのを思い出したのだ。

それは、「月と泣く」という暗号だ。


そうか、もしかすると……


そしてロベルトが「Scindo・Luna」という文字列を完成させた、その瞬間だ。

カチリと音がして、今の今まで一つの大岩だと思っていた祭壇が、左右に分かれて動き、ぽっかりと開いた地面から、水面が顔を覗《のぞ》かせた。

ロベルト達は澄んだ水面を覗き込み、瞠目《どうもく》した。

その底には大粒の真っ白な真珠が数百粒、眩《まばゆ》い光を放って沈んでいたのである。

そしてそれらの真珠を生み出す元になる阿古屋貝《あこやがい》が、網籠《あみかご》の中にどっさりと入っていた。

水は湧き水なのだろう。表面にさざ波を立て、僅《わず》かに動いている。

隠れキリシタン達は、ここで真珠を養殖していたのだ。

真珠の数からすると、ここだけでなく他にも養殖場を沢山持っていたに違いない。

平賀とロベルトは呆然《ぼうぜん》と、この輝く真珠の泉を眺めていた。

それより一層驚いていたのは、四郎達である。

「こんな物が祭壇の下に眠っていたとは……。まさしく神への供え物にふさわしい。

私達はこの先も先祖の教えを守り、この部屋の秘密は口外しません。そして生涯変わらぬ祈りを神に捧《ささ》げ続けます」

四郎少年はそう言うと、池の縁に傅《かしず》き、十字を切って祈った。

村人達も膝《ひざ》を折り、四郎の背後で祈り始める。

それは静かで荘厳な光景だった。

池から真珠を取ろうとする者など誰一人いなかった。

あれほど大粒の真珠なら、骨董《こっとう》品としての価値も相まって大変な額になるだろう。

それをそっと守っていくという彼らの信仰心は本物だ。

「美しいものだね。くさぐさのデウスの宝とは……」

ロベルトは感心したように呟《つぶや》いた。

「ロベルト、貴方《あなた》、真珠の事も分かっていたんですか？　分かっていなければ、Scindo・Lunaなんて文字列を作れなかったでしょう？」

平賀は首を傾げた。

「いや、まさか僕もこんな所に養殖真珠の技術が伝わっていたなんて、知らなかったさ。ただ、真珠が『人魚の涙』と呼ばれたことを思い出して、もしかしたら……と連想したんだよ。東洋、ことに日本の真珠が世界的に有名なことは知っていたからね。

古代ローマの時代から、真珠は最高の宝石だった。ギルガメッシュ叙事詩には、真珠と蛇が不老不死の象徴だと書かれているし、天国の門は真珠で出来ているという。

歴代の法王陛下も好んでつけた宝石さ。ヨーロッパでは真珠は人が命をかけて取る宝石として、金やダイヤより価値が高いとされていた。

丸くて美しい阿古屋貝の真珠は、アラビア半島と南インド海域でしか採れず、南インドへの航路はイスラムに制圧され、ヨーロッパは慢性的な真珠不足だった。

マルコ・ポーロが『東方見聞録』でインドと日本に美しい真珠があると書いて以来、東方への憧《あこが》れはますます募っていった。

コロンブスは二回目の航海でキューバ沖を航行中、真珠貝と間違えて舟五艘《そう》分の牡蠣《かき》を取り、中に真珠が無かったと嘆いているし、三回目の航海でベネズエラ沿岸が阿古屋貝の産地だと分かると、それ以降、彼らを歓迎するベネズエラの人々を騙《だま》し、鈴や硝子《ガラス》玉や針や留めピンと引き替えに、彼らが身に付けていた真珠を要求して回った。アメリゴ・ヴェスプッチなどは鈴一個と引き替えに、真珠百五十七個を騙し取ったと報告しているよ。相手が交換を拒むと武力で捕獲し、スペインへ連行して奴隷として売り払ったんだ。

奴隷の値段を知ってるかい？　金貨五十枚、または、わずか〇・五グラム弱の真珠二粒で、先住民の奴隷が一人買えたという。

バハマ諸島で捕まえた泳ぎの上手《うま》い先住民を騙して連れ去って、死ぬまで真珠採りに潜らせたという記録だってある。

一方、南インドの真珠に目をつけたのは、イエズス会のフランシスコ・ザビエルだ。彼はインドのゴアに到着すると、直ちに『潜って真珠を採る人々』のいる漁夫海岸で、積極的に布教活動を行って、信者になった者がきちんと真珠を採るよう管理した。『カソリック教徒の潜水夫』を作り出す事こそ、イエズス会の布教の目的みたいにね。

ゴアの次にザビエルが向かったのは日本だった。

彼の目に、日本は間違いなく黄金の国に映ったと思うよ。

日本の内海は真珠の生育に適しているし、中国には昔から真珠養殖の歴史がある。

そう考えれば、宣教師達が『真珠を作るカソリック教徒』を作り出そうとしたのが、むしろ自然だと思える。

天草の人々は収穫した真珠を宣教師達に寄付したのだろう。それが恐ろしく価値のあるものだとは知らずにね……。

そして宣教師達は真珠や銀をどんどんバチカンへ送った。

道理で日本の少年使節団が特別扱いされた訳だ。

格別の祭具を十字架のケースに入れて送ったりしたのも、そのことに対する見返りが遥《はる》かに大きかった為だろう」

すると平賀は呆《あき》れたような溜息を吐いた。

「真珠の主成分はカルシウム結晶のアラレ石とタンパク質コンキオリンですよ。成分は貝殻と同じなんです。貝殻成分を分泌する外套膜《がいとう》が、貝の体内に偶然に入りこむことで細胞分裂して袋状になり、カルシウムと有機質の層を作るのです。この薄層構造が干渉色を生み出した結果、人の目に虹色《にじいろ》のように映るだけです。

そんな物の為に人の命が犠牲になるなんて、酷《ひど》すぎます」

「そうだね。純粋な人達を騙すなんてやり方は、僕も気に入らないよ」

ロベルトは真摯《しんし》に祈る四郎達の姿を見ながら呟いた。

その時、平賀は何かを思い出したように手を打った。

「そういえば、今回の奇跡について、四郎さん達にいくつか聞かなければいけないことがあったんでした」

平賀はすたすたと四郎少年に近づき、声をかけた。

「四郎さん、いくつか質問してもいいでしょうか」

四郎が「はい」と頷《うなず》き、振り返る。

「神島の山頂付近には複数の足跡があり、ロビンソン氏がキリスト像を見たという断崖《だんがい》からは複数のジュートの繊維と、レンズ状細胞を持つ原糸体が発見されました。

そこからいくつかの推理が成り立ちます。

貴方がたは、麻袋に入れた土を断崖から投げ落とすという作業を繰り返していたんじゃありませんか？」

「ええ」

四郎少年は素直に頷いた。

「神島は、天草陶石を得る為に掘削された結果、山が削れ、現在のような断崖ができたと聞いています。その上から土を盛ったという事ですよね？」

「そうです。風雨によって、これ以上、山が削れてしまうのを防ぐ目的です」

「ロビンソン氏が奇跡のキリスト像を見た日は台風で、奇跡の十字架が島の上空に出現した日はその二日後でした。

貴方がたは台風によって削れた土を盛る為に、神島へ来ましたね？

台風の日も、その翌日も、翌々日も、皆さんは島の山頂から土砂を岸壁に落として固める作業をしていたのでしょう？」

平賀は念を押すように訊《たず》ねた。

「ええ、その通りです。私達は交代でその役目をしていましたので、あの台風の日にも当番は島にいました」

平賀はふとそこで、ロビンソンが見たという天使の事を思い出した。

長い黒髪を靡《なび》かせ、彼を助けた天使というのは、目の前の四郎少年ではなかっただろうか。

「台風の日の当番は、貴方だったんじゃありませんか？」

平賀の問いに、四郎は首を横に振った。

「いえ、あの日の当番は私じゃありません。彼です」

四郎少年が指さしたのは、一際体格のいい村人の男であった。

「崖《がけ》の上での作業中、彼はロビンソン氏を見つけて思わず助けたと言ってます。この島では携帯が使えませんので、緊急連絡用のサーチライトで私達にサインを送り、翌日、私達の仲間が漁船でロビンソン氏を助けに向かったのです。

私達が神島に出入りしていることは誰にも知られたくありませんでしたが、あのまま彼を放ってはおけませんでした」

平賀は目を瞬かせた。

「通りがかった漁船がロビンソン氏を救ったのも、偶然ではなかったのですね。でも不思議です。ロビンソン氏は長い髪を靡かせた人影を見たと言っていました」

「ああ、それなら……」

四郎少年は祭壇の上に畳んで置かれていた黒い布を平賀に見せた。

広げるとそれは頭巾《ずきん》であった。

帽子の部分から、面部と後頭部に二枚の長い布が垂れていて、目だけが出るような作りになっている。

「この洞窟《どうくつ》にも以前は病棟があり、看護人はこれをつけていたといいます。今でも私達が顔を隠す時に使うことがあります」

四郎少年が言った。

「何をしてるんだい?」

横から訊ねたロベルトに、平賀が通訳して意味を伝えると、ロベルトはクスリと笑った。

「確かに、この頭巾の布が風に靡けば、黒髪に見えただろう。初恋の天使の正体が大男だと知ったら、ロビンソンは驚くだろうね。

真面目な話、かつての病棟では感染を防ぐのにこうした保護布は役立っただろう」

「ええ、マスク代わりという訳ですね」

平賀は短く相槌《あいづち》を打つと、再び四郎少年に向き合った。

「台風の日、島にいた当番は一人だったと聞きましたが、翌日以降は数名で神島に行ったのでは？」

「そうです。激しい浸食でしたから、その後暫《しばら》くは二十名ほどで作業しました。皆で手分けして島の岸壁の左右に分かれ、土盛りをしました」

「その作業中、一度でも雪は降りましたか？」

「いいえ。不思議なことに、私達は雪に気付きませんでした。作業に必死過ぎたからでしょうか？　あとで降雪の奇跡などと騒がれているのを聞き、記録していた動画を見て、皆で驚いていたぐらいです」

四郎少年の答えに、平賀は満足げに頷いた。

「その日、雪ではなく、霧が出ていたのでは？」

「はい、そうなんです。あの日は経験したこともない冷たい霧が出て、視界が悪くなり、私達はランプの灯を頼りに作業をしなければなりませんでした」

平賀は確信した表情で頷くと、ロベルトに向かって叫んだ。

「ロベルト、島の上空に浮かんだ十字架の謎が解けました！」

「どういう事だったんだい？」

「あの日、神島の上空に寒気が発生し、冷たい霧となって地表や海面に下りて行きました。冷たい大気が地上の暖気とぶつかり合い、逆さ霧という現象を起こして、濃い霧が一時的に島を覆った。遠くから見れば、それが雪のように見えたんです。

島を覆った冷気が二十分程度で去ると、今度は急激にその上空が真夏の気温に戻っていきます。その急激な温度差によって、蜃気楼《しんきろう》が生まれたのです」

「蜃気楼だって？」

「はい。蜃気楼は、温度の違う大気が混在することによって、光が屈折する現象です。

それは概《おお》ね三つに分類されます。

最も蜃気楼らしい蜃気楼は、上位蜃気楼です。冷たい海水や湖水の水面近くの空気が冷やされ、その上空に暖かい空気の層がある場合。つまり『上暖下冷』の大気の時に起こります。この場合、光が冷たい方から暖かい方へと屈折して実際の景色の上方に虚像が現れます。実像が垂直方向に伸びたり縮んだり、逆さまになったり、あるいはそれらが複合して見えたりもします。水平線や地平線の向こう側の景色が見えることもあります。

次は、下位蜃気楼です。上位蜃気楼とは逆の、『上冷下暖』の気温配置で起こる現象で、例えば海水の温度が高く、その水温で暖められた水面付近の空気が上空の気温より著しく高い港湾などで発生します。下位蜃気楼の場合、実景の下の方に鏡のように反転像が現れます。場合によっては下方が見えなくなり、景色が空中に浮いているようにも見えます。真夏のアスファルトの上に現れる『逃げ水』や砂漠の『オアシスの蜃気楼』もこの下位蜃気楼の仲間です。

　その他変わったものとして、側方蜃気楼というものがあります。

　これは実像の水平方向に虚像が現れる蜃気楼で、特別な条件が揃わないと発生しません。それがこの辺りでよく見られるという『不知火《しらぬい》現象』なのです。

　不知火は、主に真夏の大潮の日に起こるとされる怪火現象で、古来、竜宮城の灯であるとか、夜光虫であるとか、果てはＵＦＯであるなど、その正体については様々に論じられてきましたが、実際の仕組みはこうです。

　大潮になると、広大な干潟の上には水路が幾筋も現れます。そして、夜になると泥の部分は放射冷却によって非常に冷たくなり、一方、真夏の水路の水は温かなままです。このため泥の上と水路の上の空気に大きな温度差が生じ、干潟の上に空気でできたレンズの柱がいくつも林立したような状態になるのです。

　この空気レンズに沖合の漁《いさ》り火が映り込み、さらに風にあおられて、幻想的な怪火が時には百余りもの虚像を生んで揺らめくのです」

「それが輝く十字架の正体だと？」

「はい。霧に覆われた島の頂きで、四郎さん達はランプを灯《とも》しながら作業をしていました。その時、大気は急激な『上温下冷』の状態になり、しかも台風の強風で寒暖の激しい乱気流も発生していたと思われます。

　つまり上方蜃気楼に加え、不知火のような蜃気楼現象もそこに加わった。そして四郎さん達の灯したランプの灯が屈折し、十字架の虚像となって現れたのです」

「逆さ霧と蜃気楼、四郎少年達の行動が、雪に覆われた島の上空にあんな不思議な十字架を形作ったという訳か。

それにしても、その日に限って神島上空に寒気が発生したのは何故だろう？」

ロベルトの問いに、平賀は顔を顰《しか》めた。

「残念ながら、冷気発生の原因だけは分かりません。

ですが、ロビンソン氏が見たキリスト像の正体については、恐らく分かります」

「何だって？　そっちの謎も解けたのかい？」

「ええ、恐らくは」

平賀は四郎少年を振り返ると、質問を投げかけた。

「教えて下さい。この洞窟内部には、光苔《ひかりごけ》が生息しているんじゃありませんか？」

四郎少年は暫く答えなかった。

「少し皆と話をしてきますので、お待ち下さい」

村の人々と四郎少年は暫く話し込んでいたが、やがて何かの合意ができたらしく互いに顔を見合わせ、頷《うなず》き合った。

「神父様がた、こちらへ来て下さい」

四郎少年を先頭に、村人達が部屋を出て行く。

平賀とロベルトも彼らに続いた。

聖櫃《ひつ》の部屋の隣にも隠し扉があり、そこは広い空間になっていた。

白磁器のタイルに囲まれた純白の空間に、整然と並んだ椅子。

その中央には泉があり、僅《わず》かに差し込む月光を浴びた水面が煌《きら》めいていた。

壁の松明《たいまつ》に火が灯ると、正面の祭壇と、その奥にある巨大なキリストのレリーフが目に飛び込んできた。

壁から半立体的に浮き出しているキリスト像は、神秘的なエメラルドの光を放っている。

キリストが手に持つ杖《つえ》のグリップ部分は円を描き、円の中央には丸い茨《いばら》とその中に丸まる脚の無い竜の紋が見えた。

「ここが彼らの地下教会か。なんて神秘的なんだろう……」

ロベルトが感嘆の溜息《ためいき》と共に呟《つぶや》いた横を、平賀が夢中で走っていき、ルーペを取り出して壁面を観察し始めた。

「ロベルト、やはりそうです。これは光苔ですよ！」

「光苔だって？」

「はい。光苔ことSchistostega pennataはヒカリゴケ科ヒカリゴケ属の原始的かつ貴重なコケ植物です。近年の洞窟《どうくつ》開発や大気汚染、乾燥化などの影響を大きく受けて減少し続け、日本では天然記念物にも指定された、いわば絶滅危惧《きぐしゅ》種です。

そしてその名前が示す通り、洞窟のような暗い場所に生息してエメラルド色に光るのです」

「苔？　そのキリスト像が苔で出来ているのかい？　じゃあ、ロビンソン氏が見たキリスト像はこれだったというのかい？」

ロベルトはキリスト像に歩み寄り、不思議そうにそれを見上げた。

「その答えはイエスでありノーです」

「どういう意味だい」

「元来、光苔は寒い地域を棲息地《せいそく》としています。主にロシア極東部やヨーロッパ北部、北アメリカなどの冷涼な地域に広く分布し、日本では北海道と本州の中部地方以北にしか存在しない種です。

ロビンソン氏がキリスト像を見た島の岸壁は、南西に向いた日当たりの強い場所でした。あんな所で光苔は繁殖できません。光苔は、岩陰や倒木の陰といった、暗く湿った環境を好む種です。しかも彼らは生育環境の変化に敏感で、僅かな環境変化でも枯死してしまうほどに脆《もろ》い生体です。とても台風の中で光るような強さは持ち合わせていません」

「じゃあロビンソン氏が見た物は、一体……？」

「その答えは、ここを見て下さい」

ルーペで拡大した壁面を懐中電灯で照らしながら、平賀が言った。

覗《のぞ》き込むと、白磁器の細かいタイルと黒い石が、モザイクのように入り交じり、模様らしきものを描いている。

平賀がルーペと懐中電灯を動かしていくと、黒い石の部分には苔が付着し、タイル部分には付着していないのが分かった。

「見えましたか？　この壁面部分は元々、白磁器のタイルに黒いカクセン石をモザイク状に埋め込んで描かれた、イエス様の壁画だったのです。

そこにどこからか光苔の胞子が飛来して付着し、繁殖したのでしょう。

ここは暗くて、しかも中央の池から蒸発してくる水分によって、適度な湿度があり、僅かな光も差し込んでいる。光苔が生育する環境に適しています。

ところが苔類は、密封性の無い固いものには着生できません。特に光苔などは極めて養分の少ない、気泡の多い石にしか着生しないんです。ですから白磁器の部分には繁殖できなかったのです。どこからか飛来した光苔の胞子は、カクセン石にのみ着生し、原始糸を伸ばしてカクセン石を覆い尽くすように繁殖したんですよ」

平賀はさらに壁面を調べ進め、ある一カ所で動きを止めた。

「よく見ると、モザイクの隙間に苔が繁殖しているのが分かります。すると、どうなると思います？」

「苔のことはよく知らないが、黴《かび》なんかだと裏側に周り込んで繁殖するかも……。そうか、この壁面の裏側が、キリスト像が現れた崖《がけ》面になっていたのか！」

ロベルトは思わず叫んだ。

「私もそう思います。モザイクの隙間から蔓延《はびこ》った光苔は、この壁面の裏側にも、キリスト像を描き出していた。

そこへあの大型台風がやって来て、激しい雨風が地表の土を洗い流し、光苔のキリスト像が剝《む》き出しになったのでしょう。

ですが、光苔の生命力は脆く、僅かな環境変化でも枯死してしまいます。

台風の中、海水混じりの風雨を受けた光苔は、暫《しばら》くすると光を失い、干からびて風に飛んで行った。

それがあの台風の夜、ロビンソン氏の目の前でキリスト像が現れ、消えた奇跡の真相だったんですよ」

そう言うと、平賀は四郎少年を振り返った。

「四郎さんに確認したいのですが、輝くキリスト像が現れた場所は、この壁面の裏側だったんですね」

「そうです、神父様。この地下教会は私達隠れキリシタンの心の拠《よ》り所。輝くでうす様のお姿は秘仏とされています。

秘仏というのは、みだりに公開しないもの。人知れず心の中で祈り続けるからこそ意味があるという私達の信仰です」

「それが顕《あら》わになるのを恐れて、崖に土を盛ろうとしたんですね」

「ええ。島の土の浸食のせいで、数年前からこの地下教会のモザイクの壁に近いところまで、地表が削られてしまったのです。以前にもその一部が地表に出て、人魂《ひとだま》だと騒がれた事があったんです。それ以来、私達は見張り番を置き、盛り土をしていました」

平賀は、成る程と大きく頷いた。

これで降雪と十字架の正体も、ロビンソンの見たキリスト像の正体も分かった。

だがまだ分からない事がある。平賀は首を傾げた。

「それにしても、そんな光苔が一体何処から来たというのでしょうか……」

呟いた平賀の側で、ロベルトはその原因に目をつけていた。

宣教師達が使っていたであろう旅行鞄《かばん》。その薄く開いた口の部分に同様の光を見つけたのだ。

ロベルトは旅行鞄をそっと開いた。

するとそこにはエメラルド色の光を放つ、イエズス会士の神父服が納められていたのである。

「これが原因だ。ヨーロッパ北部からやって来たか、北アメリカを旅して来た宣教師の誰かが、光苔《ひかりごけ》の胞子を服に付着させて来たんだ。

天草のキリシタン達は、宣教師が居なくなった後もこの場所で、この服を大切に、お守りのように保管していた。そうしてこの礼拝堂を建設していったんだ。

その間、光苔の胞子は少しずつ壁のキリスト像を覆っていった。当時の人達は相当驚いただろうね。神秘と畏怖《いふ》の念を感じたことだろう」

ロベルトはしみじみと言った。

四郎少年と平賀は、日本語で何かを話し込んでいる。

平賀は嬉《うれ》しそうな顔で何度も頷いたかと思うと、ロベルトを振り返った。

「明日、ここで隠れキリシタンの礼拝があるそうで、神事に協力したお礼に、私達にもそれを見せて下さると言われました。私達も一緒に参加しませんか？」

「それは光栄な申し出だ。是非、そうさせてもらおう」

二人は顔を見合わせ、頷いた。

8

翌日の昼、二人は改めて地下教会へ招かれた。

純白の空間に並んだ椅子には、男女合わせて八十名余りが静かに座っている。

平賀とロベルトも着席した。

天井から淡い自然光が幾筋か差し込み、中央の泉を照らしている。

エメラルド色に輝くキリスト像は、その正体が苔だと分かった今も、神秘的な佇《たたず》まいを見せていた。

キリスト像の隣には、昨日は無かった正方形の布が飾られていた。

天草四郎陣中旗——というより、彼らのコンフラリアの旗である。

旗の最上部には「LOVVAD・SEIA OSACTISSIM・SACRAMENTO」（いとも尊き聖体

の秘跡ほめ尊まえ給れ）と記され、中央には大聖杯、その上に聖餅《せいへい》、聖杯を挟んで左右に二人の天使が聖杯に向かって合掌礼拝する姿が描かれている。

キリシタン館にあったものと図柄は同じだが、こちらは完成品であった。

色の塗り残しなどは見当たらず、広い余白部分には、明らかに絹のみの輝きではない、銀色と虹色《にじいろ》の淡い光沢があった。

阿古屋貝《あこやがい》の螺鈿《らでん》による見事な細工が、布を真珠色に輝かせているのだ。

ロベルトはその清らかな美しさに溜息《ためいき》を吐いた。

その時、二人の側に紗良がやって来て、隣の席に座った。

「お招き頂き、有り難うございます」

ロベルトが小声で言った。

「こちらこそ、この度は有り難うございました」

紗良が二人に頭を下げる。

暫くすると、ランプを手に持った四郎少年が世話役を伴って現れた。

真っ白な着物に白鉢巻姿である。

彼は祭壇の脇にある木の柱に近づくと、柱に開いた穴の中へ、ランプを差し入れた。

すると、岩壁に十字架の影が大きく浮かび上がった。

柱に十字模様の細工がされているのだろう。

幻想的な光景の中、不思議な音が空気を震わせた。

信者達が一斉に呪文を唱え始めたのだ。

んー
まえなわまえなわ
ふんすいやーわなー
あとわなたかきいわなるやあーなあーあ
まえもならしろもしおであかんするやーあ
さくらはなやちるじるやなあああー
はなであるぞやなーあ

四郎少年が泉の正面に座る。

その泉を挟んだ反対側に、若い男女がやって来て、頭《こうべ》を垂れて座った。

それは吉岡結子と芙頭慎一であった。

四郎少年の脇にいた男が、泉の水に十字架を翳《かざ》すと、もう一人の男が十字架の影が映った水面から盥《たらい》で水を汲《く》んだ。

そしてその水を、四郎少年の頭から勢いよく浴びせかけた。

何度かそれを繰り返すと、少年の全身はびしょ濡《ぬ》れになり、薄い着物の生地の下に、すらりとした細い身体が透けて見えた。下着もつけていない様だ。

別の男が四郎少年に大きな貝殻を差し出すと、少年は両手でそれを受け取った。

貝殻の中にも泉の水が注がれる。

水を湛《たた》えた貝の裏側が、虹色の光を複雑に反射した。

四郎少年は、それを神妙な眼差《まなざ》しで見詰めている。

まるで水晶玉を見つめる占い師のような顔つきだ。

人々の呪文は続いていた。

んー
まえなわまえなわ
ふんすいやーわなー
あとわなたかきいわなるやあーなあーあ
まえもなうしろもしおであかんするやーあ
さくらはなやちるじるやなああー
はなであるぞやなーあ

「四郎さんは何をしてるんですか？」

好奇心を抑えきれず、平賀が紗良に訊《たず》ねた。

「ケガレが無い様に身を清め、神様にお伺いを立てているんです」

紗良は答えた。

その時、四郎少年は目を閉じ、口の中で何かを呟《つぶや》いた。

すると別の男が、苦行の鞭《むち》を取り出した。

そして慎一の元へ行くと、その背中を鞭打ち始めた。

慎一は苦しげな顔で無言のまま耐えている。

「慎一さんは大丈夫でしょうか？」

平賀が心配げに訊ねると、紗良は微笑んだ。

「大丈夫ですよ。神託によって、兄はオジ役候補から外されたんでしょう」

「では、その罪で鞭打たれているんですね」

「罪ですか？　いいえ。あれはご先祖の霊に祟《たた》られないように、清めを行っているんです。本気で叩《たた》いているわけではありません。苦しそうにしてみせるのは、自分たちは過《あやま》ちを痛みとして償っていると、ご先祖に納得してもらう為です」

「隠れキリシタンの信仰は、やはりキリスト教とかけ離れてしまったのですね」

「かけ離れてしまったというより、最初から違っていたのかも知れません。

かつて宣教師が天草に来た時、私達の先祖の信仰は間違っていた、だから彼らは天国にいないと言われたそうです。

皆は驚いたといいます。

祖先からの信仰を守るのが供養となると考えている者が多かったですし、祖先と同じあの世に行きたいと願う者も多かったのです。第一、先祖の教えを棄ててしまうと、祟りがあるとも思われていました」

「確かにその考え方自体がキリスト教徒らしくはありませんね」

ロベルトが頷《うなず》いた。

「そうなのでしょうね……。

私は隠れキリシタンとして生まれ、後にキリスト教を学びました。

そして、やはり不思議に思うのです。

キリスト教は、人間には原罪があると説きますが、私はそんなことを教えられていませんでした。

私達の教えでは、アダムとイヴは神様から戒められた知恵の実を食べてしまったけれど、そのことを素直に謝ったために、神様は許して下さったとされています。

マリア様のことを拝むのは、拝めば、キリスト様のような善良で賢い子を授かるからだといわれましたし、キリスト様を拝むのは、そうしておけば、自分が善人でいられるからだと教わりました。私達の教えは素朴で、単純過ぎるのでしょう」

「原罪がないのですか……?」

ロベルトが新鮮な驚きを感じた時、鞭打ちの音はやんだ。

四郎少年は再び貝殻の中をじっと覗《のぞ》き、側の男に何かを告げた。

男は泉の水に十字架を翳し、その影が映った水を汲むと、結子の額に一滴の水を垂らした。
その意味は平賀とロベルトにもよく分かった。洗礼だ。
「あれは洗礼でしょう？」
平賀が訊ねると、紗良は静かに頷いた。
「ええ。結子さんの入信が認められたんですね」
四郎少年が祈りの言葉を唱えている。
結子と慎一は頭を垂れたままそれを聞いていた。
祈りが終わると、四郎少年は祭壇に上り、輝くキリスト像に向かって跪《ひざまず》いた。
信者達が一斉に立ち上がる。
結子と慎一も立ち上がった。
そして、信者達によるミサ曲が始まった。
厳かなアカペラの歌声が岩壁に木霊《こだま》する。

Ave, Maris stella,
　Dei mater alma,
Atque semper Virgo,
　Felix cæli porta.
めでたし、海の星、慈しみ深き神のみ母

永遠なるおとめ、幸いなる天の門よ

Sumens illud Ave
Gabrielis ore,
Funda nos in pace,
Mutans Evæ nomen.
かの「アヴェ」の祝詞《のりと》をガブリエルの口より受けし方よ
私たちを平安のうちに住まわせてください。エヴァの名を覆した方よ

Solve vincla reis,
Profer lumen cæcis,
Mala nostra pelle,
Bona cuncta posce.
罪人の鎖を解き放ち、盲人に光をもたらし、私たちの悪を除き
すべての善きものを求めさせてください

Monstra te esse matrem,
Sumat per te preces,

Qui pro nobis natus
Tulit esse tuus.
あなたの御母たることをお示しください
あなたに宿されて、私たちのためにお生まれになった主が
あなたによって祈りを聞き入れてくださいますように

Virgo singularis,
Inter omnes mitis,
Nos culpis solutos,
Mites fac et castos.
比類なきおとめ、誰よりも柔和なる方よ
私たちを咎《とが》から解き放ち、穏やかで徳深き者としてください

Vitam presta puram,
Iter para tutum,
Ut, videntes Jesum
Semper collaetemur.
私たちの生涯を清め、その道のりを安らかなものとし

いつしか主イエスを仰ぎ見る日に、永遠の喜びに与《あずか》れますように

Sit laus Deo Patri,
Summo Christo decus,
Spiritui sancto,
Tribus honor unus.
Amen.
父なる神が讃《たた》えられますように、至高なるキリストに栄光がありますように
聖なる霊に、三位に一つの誉れがありますように。アーメン

Ubi caritas et amor, Deus ibi est,
Congregavit nos in unum Christi amor.
Exultemus, et in ipso jucundemur.
Timeamus, et amemus Deum vivum.
Et ex corde diligamus nos sincero.
いつくしみと愛のあるところ、神さまはそこにおられます
どんな時も一つに集まりましょう、互いの心が分かれることのないように
悪しき争いをやめましょう、諍《いさか》いをやめましょう

救いの神さまは、私たちのうちにおられるのです

Ubi caritas et amor, Deus ibi est,
Simul ergo cum in unum congregamur:
Ne nos mente dividamur, caveamus.
Cessent jurgia maligna, cessent lites.
Et in medio nostri sit Christus Deus.
いつくしみと愛のあるところ、神さまはそこにおられます
聖徒とともに仰ぎ見ましょう、救いの主、その輝くみ顔を
その喜びは限りなく素晴らしく、世々とこしえに至るまで……

それは完璧《かんぺき》なラテン語のミサ曲で、平賀とロベルトを驚かせた。

祭壇に跪いて祈る四郎少年と、輝くキリスト像、真珠色のコンフラリアの旗は、一枚の宗教画のように美しく穏やかだ。

「あの旗はやはり陣中旗などではなかったのですね」

ロベルトの呟《つぶや》きに、紗良は静かに頷《うなず》いた。

「島原天草の乱の時、キリシタンはあの旗の許《もと》で戦ったのではありません。あの旗はコンフラリアの印です。私達は戦場で傷ついた人達の救助活動をしていたんです。

あの旗を城内に立てていたのは、傷ついた人があの旗の許に行けば手当てが受けられるという目印の為だったんです。

天草四郎はキリシタンの大将で勇敢な英雄だったなどといわれますが、私に言わせれば、戦いに巻き込まれた哀れな人間に過ぎません。

本当に勇気ある戦いをしていたのは、戦火の中、コンフラリアの旗の許で最後まで人々を助けようとした、名も無きキリシタンだったのではないでしょうか」

紗良の言葉を聞き、ロベルトは旗の下で倒れていた人物に思いを馳《は》せた。

名も無きキリシタン——。

最後まで救いの印の旗を振り続けていたその人物は、天草四郎と見間違えられたというのだから、やはり年端もゆかぬ少年だったのだろう。

死を恐れずに人々を救おうとした少年。

特別な力などなくとも、そんな彼こそが奇跡の人だったのだ。

歴史は、どんなに酷《むご》いものであっても、誰かがこんな風に、真夜中に光る太陽のような輝きを垣間《かいま》見せてくれる。

礼拝が終わり、二人は洞窟《どうくつ》の外へ出た。

眩《まぶ》しい日射しが雲間から降り注ぎ、地上を神の慈悲と栄光で照らし出しているようだった。

澄み渡った海を雲の影が横切っていく。

島の緑は鮮やかで、穏やかな風が吹いている。

「静かだね。ここは本当に静かな場所だ」

ロベルトは心地よく暖かな空気を吸い込んだ。

「ロベルト、天草の人々に原罪がないというのは、本当かも知れませんね」

平賀は真面目な顔をして言った。

「彼らの祖先にあたるアダムとイヴは、知恵の実を食べたけれど許されたと、紗良さんが言ってましたよね。

私はその教えもあながち間違っていないと思うのです。

何故なら、人類の祖がアダムとイヴというたった一組のカップルしかいなかったとしたら、生物学的に考えて、今のように繁栄するのは困難です。

つまりアダムとイヴが何組かいたとしても、不思議じゃないと思いませんか？

こんな事を言うのは不信心ですが、聖書だって人が伝えてきたものなのですから、少しぐらいは書き漏らした部分があったのかも知れませんよ」

「同じように知恵の実を食べ、許された人と、罰せられた人がいたとでも？」

「はい、そうです。神は罪を犯した人を見て、その魂のあり方を見て、素直に謝った者のことは赦《ゆる》し、蛇のせいにした者のことは罰したのかも知れません。

だとしたら、原罪の無い人々が存在していてもおかしくないと思うのです」

「ふむ……」

ロベルトは天草で出会った人々のことを思い、虐げられた歴史の中で信仰を守り続けたキリシタンの歴史を思った。

歴史の波のうねりは東洋の小さな島に様々な運命をもたらし、時には通り魔のように理不尽な暴力が彼らを打ちのめしただろう。

そんな中でも純粋な心で神を慕い続けた人々がいた。利己心よりも大きな心で他者を救おうとした人々がいた。

原罪の無い使徒達は、東の果てで育《はぐく》まれていったのだ。

神への信仰を胸に、感染症患者の治療にあたった人達も、真珠を集めた人々も、それを奪うことより守ることを選んだ四郎少年達も、コンフラリアの旗の許に倒れていた名も無き少年も、ロビンソンを助けた名も知らぬ青年も、そのうちの一人に違いない。

ロベルトは平賀の話を信じようと思った。

「原罪の無い使徒か……。そうだね、彼らは確かにそうだとも」

エピローグ　我が口は絶えることなく賛美を謳う

1

事件の終幕から一週間後。

聖徒の座に勤務中の平賀達の許《もと》に、シン博士から呼び出しのメールが届いた。

情報局に向かった二人を博士が居室へ案内する。

一歩、部屋に入ったロベルトは驚いた。以前は何一つ余計な物が無かった室内に、明るい色の鉢植えの花がいくつか飾られていたからだ。殺風景だった部屋はそれだけでも僅《わず》かに温かみを帯びて見えた。

「ご用件は何ですか？」

平賀が切り出すと、シン博士は分厚い紙の束をテーブルに置き、それを捲《めく》りながら話し始めた。

「神島上空に異常寒気が発生した原因が分かりました。

七月十二日、中国科学院長春応用化学研究所から浙江省《せっこうしょう》へ向かって飛び立った中国の軍用機が、太陽フレアの影響から計器に異常を来たし、航路を誤って日本領空を侵犯。パトロール中のアメリカ空軍機と追いかけ合いをした挙げ句、積み荷を廃棄して帰投するというアクシデントを起こしていたのです。

中国側の発表によれば、その軍用機の目的は浙江省農村部への人工降雨であり、積み荷を廃棄した場所は東シナ海上空の東経一二九・八六度、北緯三二・三四度付近、すなわち神島上空だったのです」

平賀は大きく目を瞬かせた。

「成る程、そういう事でしたか。

人工降雨の材料といえば、ドライアイスやヨウ化銀などの冷却物質です。ドライアイスを飛行機から雲に散布する事で温度を下げ、またドライアイスの粒を核として氷晶を発生・成長させて雨を降らせます。あるいは、ドライアイスの代わりに液体炭酸を用いる手法もありますが、降雨のために使われる冷却剤が大量に神島上空で放出されれば、島の上空の温度が急激に下がります」

「それにしても何故、そんな情報をシン博士が入手できたんです？」

ロベルトの問いに、シン博士はコホリと咳払《せきばら》いをした。

「誤解なさらないで下さい。私は非合法な手段など取っていません。先日休暇を頂いて故郷に一時帰国した際、インド政府にいる親族から許可を得た上で情報を得たのです。あくまで合法的に、です」

要するにコネを使ったという事らしい。

ロベルトは驚いた。シン博士がインドの上流階級出身だと見当は付けていたが、インド政府に繋《つな》がる人物だったとは。しかも、いくら親族といえど軍事機密を入手するには相当の苦労をしたに違いない。

奇跡調査に乗り気でない筈《はず》の博士が何故そこまで……とロベルトが首を傾げている隣で、平賀がペコリと頭を下げた。

「わざわざ調査下さり、有り難うございます。ですが、今回の奇跡調査の結果が公表されることはなさそうです。折角調べて頂いたのに申し訳ありません」

「何かあったんですか？」

問い返したシン博士に、ロベルトは事件の経緯を述べた。

「バチカンが揺れている今のような時期に、現役神父が起こした犯罪が公になることを上層部は良しとしなかったのです。

ジェラール司祭と北見神父、南条神父は行方不明。聖シルの遺物の行方も不明のまま、天草の洞窟《どうくつ》神殿についても箝口令《かんこうれい》が敷かれ、今後は日本政府と協議の上で神島の保護に努めるという結論が出ました」

シン博士はそれを聞いても顔色一つ変えずにいた。

「政治的な思惑など、私にとっては大した意味の無い事です。私は解けない謎が気になったので、個人的に解を知りたいと思っただけです。バチカンの上司の覚えを良くする為に行動した訳ではありません」

冷たい口調で言いながら、博士は背を向けてパソコンを操作し、二人にモニタを見るよう促した。

モニタ画面にはシン博士が行った複雑な計算式が暫《しばら》く表示され、その後、3D動画が始まった。

巨大な荷が空中で解かれながら、神島上空へ落ちていく。

するとたちまち冷却剤を核とした無数の氷晶が、豪雪となって輝きながら島へと降り注ぎ、島は見る間に白銀に覆われた。

この時、島では四郎少年達が、突然の冷たい霧に苦労しながら、土盛り作業の為にランプを灯《とも》していた筈だと平賀達が思っていると、3D動画上にもぽつりぽつりと明かりが灯り始めた。

島の山頂部分と崖下《がけした》に灯ったランプの明かりは、冷気と暖気の急激な温度差の為、不知火《しらぬい》のように揺らめき、屈折を繰り返して、霧に覆われた島の上空に揺らめく十字架の影となって投射される。

純白の島にそそり立つ巨大な十字架は、暫くその幽玄の姿を誇示した後、揺らめきながら再び消えていった。

シン博士は満足げに二人を振り返った。

「計算上からも、このように神島で起こった大気屈折現象の過程が証明されました。多少は見栄えに工夫しましたが、あの日起こったことはほぼ正確に再現できている筈です。データに矛盾する計算は行っていませんから」

「とても素晴らしいです。この動画と資料をサウロ大司教にお見せしても構いませんか？」

平賀が身を乗り出し、瞳《ひとみ》を輝かせて言った。

「ええ。構いませんが、目を通した後、資料の方はシュレッダーで廃棄して下さい。そういう約束です」

シン博士が答える。

平賀は「はい」と頷《うなず》き、嬉《うれ》しそうに資料とＤＶＤを受け取った。

ロベルトはその時、シン博士に助けて貰《もら》った礼をまだ述べていないことを思い出した。

「シン博士、お礼が遅れて申し訳ありません。僕の壊れた携帯から、無理をして居所を捜して下さったと平賀から聞きました。その節は本当に有り難うございました」

ロベルトが深く礼をすると、シン博士は表情を緩めた。

「いえ、私の方こそ貴方《あなた》にきちんとお礼を言っておらず、申し訳ありません。犬達をバチカンに連れて来る迄《まで》に、かなりのご苦労をおかけしたこと、深く感謝しています。

長い間、故郷に寄りつく気もなかった私が帰国する気になったのも、あの犬達と貴方のお陰です」

シン博士は優雅な仕草で礼をすると、コホリと咳払いをした。

「ただ、一つ貴方がたに誤解して頂きたくない事があります。私がロベルト神父の居所を調べる為に違法行為をしたと思われたなら、その点は間違いです。私はあくまで合法的に手続きを踏みましたので、誤解なきように」

シン博士は机の引き出しから一枚の書類を取り出し、平賀とロベルトに示した。

それは電話会社の持つＧＰＳ情報を警察に開示するよう命じた、イタリア裁判所からの通達書であった。

「でも、おかしいですよ」

平賀は書類に書かれた日付を目敏く見つけて言った。

「ロベルト神父が誘拐されたのは七月三十日なのに、書類の日付は八月二日です。やはり博士は……」

言いかけた平賀の言葉を、ロベルトは大きな咳払いで遮った。

シン博士は赤い顔をして通達書を平賀の目の前から取り上げると、二人にくるりと背を向けた。

「そ、それは平賀神父の見間違えでしょう。私は仕事が立て込んでおりますので、お二人ともお帰り下さい」

部屋を追い出された二人は、追加資料を持ってサウロ大司教を訪ねた。

博士の作成した動画を見たサウロは微笑んで言った。

「こうした現象がただの偶然の結果の産物だとは、私は思わんよ。天草のキリシタン達の永きに亘《わた》る信仰心が、主の奇跡を招き寄せ、彼らの存在を私達に知らしめたのであろう。

私はこれを持ってもう一度猊下《げいか》の許《もと》へ行き、そのようにお話をして来るつもりだ。少しは猊下のご心痛も和らぐであろう」

その甲斐《かい》があってか、間もなく平賀とロベルトの許に朗報が届いた。

一つはバチカンのユネスコ大使が天草を訪問し、崎津集落一帯が世界文化遺産登録の有力候補となったこと。もう一つはバチカンと日本の神社庁の協力により、神島が国指定の天草国立公園に属する保護地域として認定されたこと。

さらにもう一つの驚くべきニュースは、バチカン国際音楽祭の主催団体であるバチカン音楽財団の強い要請により、隠れキリシタンに受け継がれた祈りの歌・オラショの楽曲が、日本のオーケストラ団の手によって、サン・ピエトロ大聖堂で演奏される事が決まったというのだ。

秋のサン・ピエトロ大聖堂で開かれる「枢機卿《すうききよう》ミサ」は、「法王ミサ」に次ぐ格式の高いミサである。その場に外部のオーケストラ団を招待するのは、およそ三十年ぶりで、カラヤン&ウィーンフィル以来の特例との事であった。

2

季節は巡り、バチカン国際音楽祭が幕を開けた。

メインイベントとなる枢機卿ミサが行われる前日のこと、平賀はロベルトに一本のメールを送ってきた。その内容は、オラショのミサのリハーサルが行われているスタディオ・オリンピコへ一緒に行こうという誘いである。

スタディオ・オリンピコはサッカースタジアムだが、その内部にローマ・シンフォニエッタのリハーサル室があるのだ。

「君がこんな誘いをしてくるのは珍しいね」

オリンピコへ向かう道すがら、ロベルトが言った。

「実は、私達に会いたいという人からメールが来たんです。それと、他の人からも貴方にメッセージを預かってます。日本語ですので、私が訳しますね」

平賀は微笑みながら、手元の携帯を操作した。

「まずは四郎さんからの伝言です。

『バチカンからのご招待にお応《こた》えできず、申し訳ありません。浸食された神島の崖《がけ》の復元に政府が力を貸してくれることになり、多忙にしています。また、先日は慎一さんと結子さんの結婚式を執り行いました。いつか時間がありましたら、また天草へお立ち寄り下さい』。だそうです」

平賀が添付画像を示すと、そこには結子と慎一が寄り添い、微笑んでいる姿と、彼らを祝福するキリシタン達の笑顔が写っていた。

「そうか。皆も元気そうで何よりだ」

ロベルトの言葉に、平賀も「ええ」と頷いた。

「あともう一方《ひとかた》からも、結婚のお知らせが届いてます。アドレスはロビンソン氏のものなのですが、差出人は晴子さんという女性です。

『結婚しました。二人で幸せになります。ロビンソンと晴子より』だそうです」

「晴子さんとロビンソン氏がねえ……」

ロベルトは肩を竦《すく》めると、平賀に向かって訊《たず》ねた。

「四郎君でもロビンソン氏でもないとすれば、僕達に会いたいという人は誰なんだい？」

「すぐに分かりますよ。ほら、あの人です」

平賀が指さした先には、私服姿の西丸神父が立っていた。

西丸神父は二人に気付くと、はにかんだような笑顔を浮かべて駆け寄って来た。

「平賀神父、ロベルト神父、お久しぶりです。平賀神父には突然メールをお送りしてすみません」

「それよりどうして貴方がここに？」

平賀が不思議そうに訊ねる。

「オラショの合唱団イルミナートフィルに志願したんです。僕は今、聖職者としての活動は謹慎中なのですが、どうしてもバチカンに行ってみたくて、個人として来たんです」

西丸神父はそこで一息吐くと、

「リハーサルが始まるまで、まだ時間があるのです。図々《ずうずう》しいお願いを一つ、聞いて頂けませんか」

と思い詰めた顔で言った。

「何でしょう？　私に出来ることでしたら」と、平賀が答える。

「この目で見たい物があるんです」

西丸神父の希望で一同が向かったのは、サン・ピエトロ大聖堂であった。

中央の広い身廊を進んで行くと、天蓋《てんがい》の下に座す聖ペテロのブロンズ像がある。そこから北の翼廊に入った先には、グレゴリウス十三世の墓碑があった。

石棺の正面にはグレゴリウス暦制定の様子を表したレリーフが刻まれ、石棺の足元には有翼のドラゴンの彫像がある。その両脇に、法の書字板を持った女性と不屈の戦いを意味する女神の像。そして中央にはグレゴリウス十三世の威厳ある姿が聳《そび》えている。

「グレゴリウス十三世は日本ととても関わりが深い法王様なんですよね」

感動した様子で、何度も眼鏡をずり上げながら西丸神父が呟《つぶや》いた。

ロベルトはそんな西丸神父に、北側奥にある美しいモザイク造りの祭壇を指さして言った。

「あれがグレゴリウス十三世の聖堂だ。何度か手直しはされているが、サン・ピエトロ大聖堂の中で最も古い礼拝堂なんだよ」

西丸神父が小走りにそこへ駆け寄ると、ロベルトは後ろから声をかけた。

「そのまま天井を見てご覧」

西丸神父が見上げると、青みがかった柔らかな光が高いドーム天井《クーポラ》から差し込んでいる。

「吸込まれそうに美しいですね……。なんだか身も心も包まれるような優しい光です」

西丸神父は眩《まぶ》しげに目を細めた。

「それこそが当初、ミケランジェロがその設計を手がけ、ジャコモ・デッラ・ポルタに受け継がれて完成した、世界一美しいと讃《たた》えられるグレゴリウス十三世のクーポラだ。

金色のブロンズ、貴石、玉石、色とりどりのモザイク、漆喰《しっくい》の装飾なども素晴らしいが、柔らかい光を放っているのはマザー・オブ・パール……すなわち真珠貝の貝殻なんだ」

ロベルトの言葉に、平賀は目を瞬かせた。

「そうなんですか？　何度もあの下を通っているのに、私はあの天蓋が真珠貝でできていたとは知りませんでした」

そう言った平賀に、ロベルトは「君は美術品を見ても彼みたいに感動しないし、僕に何も訊ねやしないだろう？」と答えたのだった。

次に一行が向かった先は、バチカン図書館シクストゥス五世の間であった。

そこにはグレゴリウス十三世に招かれた天正少年使節団の少年達が、法王の死後、次の法王であるシクストゥス五世の戴冠式《たいかんしき》に参列した様子を描いた「ラテラノ教会行幸図」がある。

西丸神父は天井近くの壁面に描かれたその絵を食い入るように見詰めた。

「日本からやって来た四人の少年使節団を、グレゴリウス十三世は愛情あふれる涙と抱擁をもって出迎えたといいます。新しく即位したシクストゥス五世も、前法王と同じく彼らを寵遇《ちょうぐう》することを約束し、伊東《いとう》マンショは戴冠式のミサで、法王が手をすすぐ際の補佐をするという、栄誉ある役を務めたんですよね……。本物のこの絵を見る事が、少年時代からの僕のただ一つの夢でした」

夢見るような顔つきで呟いた西丸神父の目から涙が零《こぼ》れ出した。

西丸神父のその姿と、天草のコレジョ館で同じ絵の複製画を見ながら涙を流していた安東神父の姿が、ロベルトの中で重なった。

「その絵は君や安東神父にとって、特別なものだったのかい？」

優しく訊ねたロベルトに、西丸神父は笑い泣きの顔で頷《うなず》いた。

「はい。北見神父、安東神父、南条神父と僕の四人は神学生時代、ラテラノ教会行幸図の写真を教科書で見、日本の少年達がバチカンから歓待を受けたのを見て、いつか立派な神父になって四人でバチカンへ行こうと誓ったんです。

若き日のロヨラ総長やザビエル司祭様がモンマルトルの聖堂に集まって、イエズス会創立の誓いを立てた『モンマルトルの誓い』に準《なぞら》えて、これが僕らの誓いだと言い合って……。

いつも役立たずだった僕を北見神父は励ましてくれ、『僕が君を必ずバチカンへ連れて行くから』と言ってくれました。

なのに、僕を置いて皆は何故あんな事をしてしまったんでしょう？　安東神父に理由を聞こうとしても、『自分に関わるな』と会ってくれません。

崎津教会に新しく赴任してきた司祭様は、僕が嘘を吐けない不器用者だから皆に置いていかれたのだと仰《おっしゃ》います。

けど、僕はその逆で、やっぱり彼らは僕をバチカンに連れて行ってくれるつもりだったんじゃないかなって、その為に無茶をしたんじゃないかなって、心のどこかで思ってしまう。皆があの時の誓いを忘れたなんて信じたくない。

いつか北見神父達に会える日が来るまで、僕はこの絵を、あの日の誓いを忘れません」

西丸神父の声は、最後には振り絞るような悲痛な声になっていた。

ロベルトには安東神父の涙の理由が分かったような気がした。

彼はラテラノ教会行幸図の中に、純粋だった過去の自分を見出《みいだ》し、犯した罪を悔いていたのだろう。彼ら四人の絆《きずな》が本物だったとすれば、西丸神父にだけは罪を犯させたくないと思う気持ちもあったかも知れない。本当の所は分からない。

ロベルトは、西丸神父にかける言葉が見当たらず、押し黙った。

平賀は身体を震わせ泣いている西丸神父の肩にそっと手をかけた。

「今、ご自分に出来ることを一生懸命なさって下さい。貴方《あなた》のオラショの合唱、楽しみにしていますよ」

平賀の言葉に、西丸神父は何度も何度も頷いた。

リハーサルに戻ると言う西丸神父をスタディオ・オリンピコへ送り届けた帰り道。ロベルトの脳裏には、シクストゥス五世の間に描かれていた、サン・ピエトロ大聖堂のドームを建築している真っ最中の絵が思い浮かんでいた。

「少年使節団がやって来た頃、サン・ピエトロ大聖堂の中央ドームはまだ造りかけだったし、バチカンを彩る美術遺産は大航海時代からルネサンスを経て造られたものばかりだ。西欧のインド、アジア、アメリカ大陸などへの植民地主義的進出によって得た巨額の富が、バチカンを飾り立てたのは事実なのさ。大英博物館しかりね。

それを思うとね、ジェラール司祭達の酷《ひど》い行いも、一歩時代が違えば当たり前だったのかとも思えてきて、僕は憂鬱《ゆううつ》だよ」

ロベルトは溜息《ためいき》交じりに呟いた。

「いえ、ロベルト。私は違うと思います。過去の過ちは、それを繰り返さない為に記憶されるべきものです。ですから私達が、過去と同じ過ちを繰り返さなければ良いんです。

過去の宣教師達の過ちは、自分達以外の世界に異なる文化を持つ人達が居ることを知らないという無知から生まれました。知らない事は罪ではありませんが、知らない事を知ろうともしない態度は誠意を欠くものでしょう。

法王猊下《げいか》は今のような時代にこそ愛と奉仕が必要だと、神の慈しみとそこから生まれる人の希望こそが世界を変えると仰います。

過去の様々な諍《いさか》いが、愛と対話の欠如から来ていることを憂い、英国国教会のカンタベリー大主教や正教会のコンスタンディヌーポリ総主教、ユダヤ教やイスラム指導者との対話を積極的に進められ、開放的な場で相互に敬意を払うことこそ、異なる思想同士の相手から学ぶ為の不可欠な前提だと仰いました。

ユダヤ教のラビとの対話では、『対話は他者に対する尊敬の態度、他者には言うに値する良いものがあるという確信から生まれます。それは、他者の観点、意見、提案を受け入れる余地が心のなかにあることを前提にします。対話には、優しく受け入れることが伴います。はじめから非難することではありません。対話をするためには、防御の姿勢を解いて家の扉を開放し、人間的温かさを受け入れることが必要なのです』と仰いました。

私達の時代は、たとえ宗教や思想が違う者同士であっても、こうして対話を進められる段階まで来たんだと、そうは思いませんか、ロベルト？

大丈夫です。世界から痛ましい争いが無くなる日はきっと、もっとずっとずっと先のことでしょうけれど、世界は良い方向へ向かっています。私はそんな気がするんです」

平賀は遠くを真っ直ぐ見詰めてそう言った。

スタディオからは、オラショの合唱が響き聞こえて来る。

明日のサン・ピエトロ大聖堂は、この美しい歌声で満たされることだろう。

いつかその祈りは世界中に届くだろうか。それは頑《かたく》なに閉ざされた扉を優しく叩《たた》くだろうか。

ロベルトはそんな事を思いながら、そっと目を閉じた。

O gloriosa Domina,
Excelsa super sidera.
Qui te creavit provide;
Lactasti sacro ubere.
栄えある聖母よ、
星空たかくいます御方、
御旨によりあなたを創られた御方を、
聖《きよ》い乳房ではぐくまれた

Quod eva tristis abstulit,
Tu reddis almo germine;
Intrent ut astra flebiles,
Caeli fenestra facta es.
悲しいエヴァが奪ったものを、
あなたは恵みの若芽で取り戻される、
嘆きの星々のために、
天国の通い路となられた

Tu Regis alti janua,
Et porta lucis fulgida;
Vitam datam per virginem,
Gentes redemptae plaudite.
王の高い扉、光かがやく門、
贖《あがな》われた人々よ、
マリアにあたえられた生命を、
手をうち鳴らして賛美せよ

Gloria tibi Domine,
Qui natus es de virgine,
Cum Patre et sancto Spiritu,
In sempiterna saecula. Amen.
マリアより生まれたもうた
主に栄光あれ、
また聖なる御父と聖霊とにも、
世々かぎりなく、アーメン

参考書籍

『天草河内浦キリシタン史』　玉木譲　新人物往来社
『天草学林　論考と資料集』　鶴田文史・編　天草文化出版社
『天草吉支丹史跡探訪』　天草殉教記念聖堂刊
Q&A『天草四郎と島原の乱』　鶴田倉造　熊本出版文化会館
『ペトロ岐部と一八七殉教者』　日本カトリック司教協議会列聖列福特別委員会・編　カトリック中央協議会
『あまくさの民俗と傳承』　天草の民俗と傳承の會
『どちりなきりしたん』　海老沢有道校註　岩波文庫
『長崎のキリシタン』　片岡弥吉　聖母文庫
『日本の民話21　長崎・天草編』　未來社
『カクレキリシタン』　宮崎賢太郎　長崎新聞新書
『まぼろしの天使—天草四郎』　松永伍一　偕成社
『おらしょ—こころ旅(1)』　企画・発刊　長崎県、熊本県、長崎市、佐世保市、平戸市、五島市、南島原市小値賀町、新上五島町、天草市

協力　カトリック長崎大司教区

『教皇庁の闇の奥』 ピーター・デ・ローザ 遠藤利国訳 リブロポート
『秘密結社の謎バイブル』 ジョエル・レヴィ 瓜本美穂訳 ガイアブックス
『秘密結社の手帖』 澁澤龍彦 河出書房新社
『サン・ピエトロ大聖堂』 石鍋真澄 吉川弘文館
『秘密結社版 世界の歴史』 ジョナサン・ブラック 松田和也訳 早川書房
『真珠の世界史』 山田篤美著 中公新書

及び、天草においての取材にご協力していただいた方々に御礼申し上げます本書は文庫書き下ろしです。

バチカン奇跡調査官《きせきちょうさかん》　原罪《げんざい》無《な》き使徒達《しとたち》
藤木《ふじき》　稟《りん》

角川ホラー文庫　19088

平成27年3月25日　初版発行
令和7年5月30日　8版発行

発行者――山下直久
発　行――株式会社KADOKAWA
〒102-8177　東京都千代田区富士見2-13-3
電話 0570-002-301（ナビダイヤル）
印刷所――株式会社KADOKAWA
製本所――株式会社KADOKAWA
装幀者――田島照久

●お問い合わせ
https://www.kadokawa.co.jp/（「お問い合わせ」へお進みください）
※内容によっては、お答えできない場合があります。
※サポートは日本国内のみとさせていただきます。
※Japanese text only

ISBN978-4-04-101968-9 C0193